광주석산고학생 공동창작소설

EMERGENCY

광주석산고학생
공동창작소설

EMERGENCY

김민성 · 문정주 · 민승환 · 송종웅 · 양혜민 · 진도형

심미안

책을 펴내며

    이 책 Emergency는 의학계 관련 진로를 가진 학생들이 함께 모여서 만든 학생 공동창작 소설입니다. 사실 책이라는 것을 집필하기로 한 2015년의 한 여름, 활기찬 나날을 보내던 저희는 일이 이렇게 커질 줄 모르고 있었습니다. 의학계 쪽으로 진로가 비슷한 친구들이 여럿 모여서 이에 관한 연구나 보고서 같은 것을 쓸 줄 알았던 저희는 문과생이 한 명 끼어 있다는 것을 알게 되었습니다. 그래서 저희는 생각을 조금 바꾸어 보았습니다. 조금은 딱딱할 수도 있는 연구 보고서 대신, 좀 더 참신하게 소설을 써 보자는 의견을 내었습니다. 그 친구를 버릴 수 없었던 저희는 같이 의학소설을 적어보기로 했습니다. 그게 이 일의 시작이었습니다.

    그런데 시작부터 난관이었습니다. 일단 어느 정도 주제를 다 잡아놓으니까 문과 친구가 피치 못할 사정으로 인해 그만두게 되었습니다. 당혹스러웠습니다. 아니, 사실 엄청 혼란스러웠습니다. 이미 몇 주간의 토의를 거쳐서 어느 정도 주제랑 가닥이 잡혀있는 상황이어서 결국 저희는 이과생들 8명이 모여서 소설을 쓰기 시작했습니다.

    소설이라는 게 어떻게 써야 하는지 아무런 기본적 개념이 없는데다가 맞춤법이나 문법, 수사법 등에서 많이 약했기 때문에 저희는 최대한 힘을 다해서 소설을 썼습니다. 그래도, 처음 쓰는 소설이었지만, 각 장면에서 사용되는 전문지식에 대한 조사를 하여 실감나는 장면제시를 할 수 있었고, 또 여러 작가들의 소설들을 참고하며 문장에서 사용되는 수사법을 배우며 저희의 문장을 좀 더 아름답게 꾸밀 수 있었습니다. 이야기가 되든 안 되든 그냥 정말 감성만을 담아서 소설을 썼습니다. 그래서 2015년에 첫눈이 내릴 때 즈음에 집필이 끝났습니다. 당시 후기를 보면 '와! 끝났다!', '7개월 만에 끝냈습니다' 등 매우 신나하는 모습들이 있었습니다. 저희들의 모험은 이렇게 일단락되는 것 같았습니다.

하지만 끝의 다른 이름은 시작이었습니다. 끝난 줄 알았던 작업이 교육부 출판비 지원 300만원과 함께 부활하게 됐습니다. 이는 광주교육청에서 주관한 책쓰기 사업에서 우리의 책이 우수사례로 선정되었기 때문이었습니다. 처음에는 저희가 만든 책이 문집형태가 아니라 실제로 출판된다고 하니 기뻤습니다. 뭔가 출간이 된다고 하니 책을 조금 손 봐야 되겠다고 생각한 저희는 책의 오탈자를 고치기 위해 아주 오랜만에 책을 펼쳐보게 되었습니다.

그 책을 다시 본 소감을 한마디로 정리하자면, '끔찍함'이었습니다. 아무리 소설이라 하더라도 이야기의 인과관계는 맞지 않고 중간 중간에 소설 같지 않은 부분들도 섞여 있던 것입니다. 물론 오탈자도 엄청났고 말 그대로 이건 책이 아니었습니다. 저희는 이왕 책을 출판하는 거 제대로 출판하자라는 일념으로 수정작업, 사실은 거의 재집필을 시작했습니다. 이 과정에서 두 친구들이 고속도로 주행 중 IC에서 빠져나가게 되었고, 남은 6명은 그 친구들의 공백을 메우기 위해 고군분투했습니다.

저희들은 우선 말이 안 되는 내용을 걸러냈는데 거의 절반이 날아갔습니다. 저희들은 눈물을 머금고 인물들과 사건에 필연성을 부여하는 내용을 추가하고 여러 면에서 수정을 가하기 시작했습니다. 6명의 학생들이 총동원되어 공부시간을 쪼개가며 새로운 연장을 만들듯이 저희 작품을 녹이고 담금질하기를 수십 번. 그 결과 점점 눈에 띄게 완성도가 높아져 갔습니다. 이렇게 간단하게 요약해 놔서 그렇지 사실 이 과정에서 엄청난 어려움이 있었습니다. 제일 당황스러웠던 것은 맞춤법이었습니다. 그래도 책도 좀 읽고 신문도 좀 읽었다고 자부하고 있었던 저희들은 맞춤법상 하자를 느끼며 처절한 수정 작업을 거치게 되었습니다. 고치고 또 고쳐도 계속 발견되는 잘못된 맞춤법 앞에서 저희들은 무릎을 꿇을 뻔 했지만 여러 친구들의 도움으로 어느 정도 해결하게 되었습니다.

물론 책을 쓰는 과정에서 가장 어려운 점은 창작의 고통이었습니다. 창작(創作), 없던 것을 만들어 내는 것 아니겠습니까? 이것 역시 쉬운 일이 아니었습니다. 금방 쓰겠다고 생각하고 만만하게 덤볐다가 표현의 한

계 때문에 어쩔 수 없이 늘어나는 분량과 산으로 가는 내용들을 감당할 수 없어서 다시 그 내용을 처음부터 쓴 경우도 허다했습니다. 또한 공동 창작소설이다 보니 서로 내용상의 통일성 문제, 개연성의 문제 등을 해결해야 해서 많은 시간을 논의하고 수정하는 데 사용해야 했습니다. 이 과정에서 서로가 지향하는 내용과 결말 그리고 가치관 차이로 인해 의견 차이가 분분했고, 이를 조율하는데 가장 큰 어려움을 겪었습니다.

그래도 이러한 과정에서 우리는 얻는 것들이 참 많았습니다. 열심히 글을 쓰는 친구들에게 미안해서라도 맡은 바 최선을 다하는 책임의식을 기를 수 있었습니다. 또한 길었던 논의 과정에서 처음에는 격하게 대립하다가도 점점 이야기를 해나가면서 서로의 의견을 존중해주는 배려심도 기를 수 있게 되었습니다. 이는 기분 좋은 경험이었기도 했습니다. 이 책을 쓰면서 그 책의 인물들에 자신을 투영하게 되니까 다양한 사람들의 시선으로 세상을 바라볼 수 있었습니다. 그러면서 점차 다른 사람에 대한 이해력 그리고 공감 능력을 키울 수 있었습니다.

저희 책의 집필 이유를 가장 잘 설명해 주는 정말 가치 있는 일이라고 할 수 있는 보람과 의미를 찾자면 바로 의사라는 삶에 대한 이해였습니다. 직접 경험을 하지는 않았지만 내가 그 소설의 주인공이 됨으로써 간접적으로 그 주인공이 의사로서 겪는 어려움, 가치판단적인 고민 등과 함께 의사로서 가질 수 있는 기쁨과 생명이 주는 아름다움을 볼 수 있는 경험이 되어서 큰 도움이 되었습니다.

또한 소설을 쓰는 과정에서 경험의 중요성도 깨닫게 되었습니다. 저자들이 아직은 고등학생 신분이라 대학생이 된 주인공의 풋풋한 연애 모습을 묘사해야 하는 상황에서 답이 없는 장면들이 연출되는 것이었습니다. 최대한의 상상력을 동원해서 같이 낄낄거리며 재미있게 집필을 마치긴 했지만, 특히 주인공들이 서로 사랑을 속삭이는 장면에 대한 묘사는 드라마에서 본 듯한 장면을 연상하여 쥐어짜 내다 보니 눈에 띄게 서툴렀고, 아쉬운 점이 많았던 부분이었습니다.

아울러 소설을 쓰면서 소설의 각종 요소들 특히 시점, 비유, 전개 그리고 구성법에 대해서 많은 고민의 시간을 가지게 되었습니다. 이로 인해 앞으로 다른 소설을 읽을 때 그저 독자로서의 시각이 아닌 작가로서의 시각도 가질 수 있는 귀중한 경험을 할 수 있었습니다.

이 책을 만들 때 도움을 준 많은 분들이 있습니다. 우선 처음부터 저희와 같이 책을 쓰려 했지만 피치 못할 사정으로 그만두게 된 문과 친구, 그리고 문집본으로 같이 책을 낸 동화와 수완이, 그리고 오탈자를 잡는 고생을 해주었던 후배님들, 친구들… 그리고 주말에도 나오셔서 저희의 집필활동에 큰 도움을 주신 한경옥 선생님! 이분들의 도움 덕분에 저희들이 이 책을 완성할 수 있게 되지 않았나 싶습니다.

저희들의 소설은 여기서 끝이 난 게 아닙니다. 저희 6명 각자가 이 책의 후속작을 준비하고 있습니다. 바로 저희들이 앞으로 살아갈 인생입니다. 소설의 주인공처럼 때론 시련을 겪고, 때론 소설보다 더 극적일지라도 현실에서 자신이 원하는 분야에서 멋지게 삶을 개척해가는 우리 친구들의 모습을 기대해 봅니다. 아무쪼록 귀한 시간 내셔서 이 책을 보고 계신 여러분께 감사의 말씀을 드립니다. 꼭 재미있게 읽으실 것이라고 믿습니다.

2016년 4월

공동저자 김민성, 문정주, 민승현, 송종웅, 양혜만, 진도형

차 례

Prologue

○○○○년 ○월 ○일

"삑-삑-삑-삑-"

도어 락의 규칙적인 전자음이 울리고, 문이 열린다.

"여보, 나 왔어."

지친 몸을 이끌고 현관에 들어섰을 때, 현철은 아무런 인기척도 느끼지 못했다. 평소 같았으면 이제 막 8개월이 된 배 속의 아이와 함께 환한 미소를 지으며 아내가 현철을 맞이했을 텐데. 현관에 그녀의 신발은 없었다.

'어디 밖에 나갈 일이 있었나?'

그는 신발을 벗고 집 안으로 들어와 다시 한 번 아내를 불렀다.

"여보?"

역시 아무 소리도 들리지 않았다. 부엌에서 나곤 했던 찌개 끓는 소리나 왁자지껄한 TV소리도 들리지 않았다. 매주 화요일과 목요일이면 그녀는 아파트 안에 있는 카페에서 동네 아주머니들과 수다를 떨곤 했다. 대화의 화두는 역시 두 달 후에 세상에 나올 아이에 관한 이야기였다.

'아줌마들이 그러는데 아이가 엄마 아빠를 꼭 닮아서 정말 예쁘고 똑

똑할 거래.'

아내가 언젠가 그에게 아줌마들과의 수다에 대해 즐겁게 말해준 적이
있었다. 하지만 오늘은 금요일이다. 아마 무슨 일이 있었다면 그녀는 남
편에게 전화라도 해주어 그가 걱정을 하도록 두지는 않았을 것이다.

"여보, 자?"

그가 안방 문을 열자, 그가 잠깐 동안 느꼈던 불안감이 사라졌다. 아내
는 침대 위에서 곤히 자고 있었다. 기분 좋은 꿈을 꾸는지 아름다운 미소
를 옅게 띠며 침대 위에 누워 자는 아내를 본 그는 조심스럽게 그녀의 옆
에 누웠다.

사실 그가 보인 불안이 그가 너무 민감하기 때문에 그런 것만은 아니
었다. 2주 전 어느 날, 그녀는 갑자기 약간의 두통과 어지럼증을 느꼈다
고 했다. 그는 걱정되어 병원에 가보는 게 어떻겠냐고 물었지만, 아내는
임신 중에 일어나는 흔한 증상일 거라며 크게 신경 쓰지 않았다. 임신 8
개월째인 그녀는 최대한 아이가 10달을 다 채워 건강하게 태어나길 빌었
고, 이 때문인지 병원에 가야 한다는 생각을 하지 않았다. 이 정도는 아이
를 위해 버텨야 한다고 여겼던 것이다.

하지만, 그는 그녀의 행동이 진정 아이를 위한 것이 아니라는 사실을
알고 있었다. 산모의 몸 상태는 매우 중요하다. 한 사람의 몸이 아니기 때
문에 두 배로 더 민감하게 몸의 변화를 감지해야 한다. 그는 평소에 아내
의 혈압이 약간 높았던 것도 마음에 걸렸다.

'이번 주 주말에는 꼭 아내와 함께 병원에 가서 정밀 검사를 받아봐야
겠어.'

그는 생각했다.

외투를 벗고 막 씻으려고 하던 찰나에, 그는 주머니속의 핸드폰 벨소리가 울리는 것을 들었다. 박 교수의 전화였다.

'이 친구 오늘 당직일 텐데. 무슨 일 있나?'

상당히 큰 벨소리에도 아내는 여전히 잠에서 깨지 않았다. 그는 아내가 깨지 않도록 조용히 방에서 나와 전화를 받았다.

"여보세요? 무슨 일….'

"일단 지금 빨리 병원으로 와. 응급상황이야.'

"뭐? 아직 퇴근한 지 한 시간도 안됐는데 무슨 소리야? 무슨 일인데?'

"건설현장에서 붕괴 사고가 났어.'

"뭐라고? 어디에서?'

"우리 병원 근교에 건설 중이던 ○○빌딩. 높이가 15층인 건물이 통째로 내려앉았다고. 헉… 헉…. 지금 계속 구조 중이라는데, 피해 규모가 큰가봐. 환자가 물밀 듯이 밀려오고 있어.'

박 교수의 말 사이사이에 급한 듯 거친 숨소리가 들렸다.

"다른 병원으로 환자 좀 돌려 봐.'

"사고 현장하고 가장 가까운 우리 병원으로 들어온 환자 수가 너무 많아. 인근 병원으로 돌릴 대로 돌렸는데도 중상 환자가 상당히 많아서 지금 당장 수술해야 하는데 의사 수가 부족해.'

"뭐라고? 아니 어떻게……?'

"말 길게 끌 시간 없어. 당장 병원으로 와.'

"알겠….'

"뚝―'

그가 말을 마치기도 전에 박 교수는 전화를 끊었다.

'이런 제길. 하필 금요일 밤에 이런 일이.'

그는 서둘러 벗어놓았던 외투를 걸치고 집을 다시 나설 채비를 했다. 집을 나가기 전에, 그는 다시 한 번 방문을 열고 아직 깨지 않은 채로 곤히 자고 있는 아내를 바라보았다. 그는 깨지 않은 아내에게 속삭이듯이 말했다.

"여보-, 미안- 다시 병원에 갔다 와야 할 거 같아-."

그는 아내의 얼굴을 보며 부드러운 미소를 짓고 방문을 열고 나가려 했다.

-안 돼.-

"여보? 깼어?"

현철은 뒤를 돌아보았다. 하지만 그녀는 잠에서 깬 것 같지는 않았다. 여전히 그녀는 아까와 같은 모습 그대로 곤히 자고 있었다.

"잠꼬대인가?"

잠꼬대라는 것을 안 현철은 다시 방을 나가려고 하지만, 왠지 모를 불안감이 그를 다시 한 번 찔렀다. 불안감을 뒤로하고 방을 나서려 하지만, 그의 안에 있는 무언가의 목소리가 그에게 들리는 것 같았다. 가지 말라고. 그녀 옆에 있어야 한다고. 몇 초를 더 제자리에 서서 고민하던 그는, 결국 잠든 아내의 뺨에 키스를 하고 속삭였다.

"아무 일 없을 거야. 최대한 빨리 올게."

그는 걱정을 뒤로 하고 집을 나섰다.

병원에 도착해서 병원 옆의 응급실 근처에 들어서자마자, 현철은 사고의 규모가 얼마나 큰지 볼 수 있었다. 응급실 입구부터 앰뷸런스가 줄지어 늘어서 있었고, 의료진과 소방대원들은 바쁘게 환자들을 이송했다. 병원 앞과 응급실 근처까지의 이런 모습을 배경으로 마이크를 쥔 채 카메라를 보고 말을 하는 몇몇 기자들도 보였다. 응급실 안으로 들어섰을 때, 상황은 훨씬 더 심각해보였다. 응급실 안의 침대들은 모두 환자들로 가득 차 있었다. 환자들의 얼굴과 몸에는 흙먼지와 피가 섞여 달라붙어 있었고, 간호사들과 의사들은 모두 바쁘게 움직이고 있었다. 고통스러워하는 환자들의 신음소리, 환자 가족들의 절규와 울음소리, 간호사와 의사들 사이에 오가는 말 등 응급실 내는 이 모든 소리가 섞이며 아비규환을 이루고 있었다.

　"그렇게 보고만 있을 거야? 언제 전화 했는데 왜 이제 와?"

　박 교수가 뒤에서 소리쳤다.

　"내가 생각했던 거보다 훨씬 심각한데. 현재 수술대기 환자 정보 좀 줘봐."

　"음. 이 환자부터. 복부, 늑골, 심장 부근에 5㎝정도 길이의 못이 3개나 박혔어. 다행히 심장은 건드리지 않았는데, 대정맥을 건드려서 내부 출혈이 심해. 한시가 급하다고."

　"다른 교수님들도 모두 집도 중이셔?"

　"포화 상태야. 말할 시간도 없으니까 빨리. 환자 위험하게 둘 셈이야?"

　박 교수는 그의 등을 떠밀고 다시 급하게 응급실로 달려갔다.

　현철은 엘리베이터를 타고 9층 수술실을 눌렀다. 엘리베이터의 문이

닫히고, 엘리베이터가 올라가는 동안 그는 아내와 아이 생각을 했다. 하필 금요일 저녁에 이런 일이. 사경을 헤매고 있는 환자의 수술을 앞두고, 그는 아내에 대한 걱정이 앞섰다.

'정신 차려야지.'

그는 머리를 좌우로 흔들고 머리를 비우려고 했다. 하지만 머릿속에서는 아내의 모습이 쉽게 사라지지 않았다.

"띵 동"

9층을 알리는 소리가 울리고, 엘리베이터 문이 열렸다.

수술실 복도에 들어서자마자, 여러 환자들이 바삐 이송되고 있었다. 환자를 이송하던 한 간호사가 그를 발견하고 그에게 다가갔다.

"교수님, 오셨습니까?

"현재 환자 바이탈 체크한 거 보고해 봐."

"BP, 체온, 맥박 높은 상태이고, 호흡도 불규칙적입니다."

"바로 수술 들어가지."

잠시 후에, 수술은 바로 진행되었다.

"메스."

그는 환자의 복부를 절개했다. 못은 환자의 심장을 가까스로 비껴갔지만, 대정맥을 건드려 개복 후에 보니 상당한 양의 피가 흉부 내에 고여 있었다. 복부와 늑골 근처에 박힌 못은 깊게 박히지 않아서 다행히도 장기파열이 일어나지는 않았다.

"심폐기로 혈관 연결시켜."

정맥을 관통한 못은 이미 혈관에 큰 구멍을 내었고, 출혈은 계속 되고 있었다. 이 긴박한 순간에도 환자의 심장은 다행히도 잘 뛰고 있었다. 역동적으로 움직이는 심장에서 그는 눈을 떼지 못하였다. 심장이 뿜어내는 생명의 에너지에 홀린 듯, 그는 잠시 동안 심장을 바라보며 멍하니 서 있었다.

'여긴 어디지?'

미연은 몸을 움직였다. 공중에 떠 있는 줄 알았던 그녀는 지금 자기가 있는 곳이 물속이라는 것을 깨달았다. 위에선 햇빛이 물속을 비추어 주위는 푸른 빛을 띠었고, 저 발밑의 거무스름한 짙은 빛깔은 얼마나 물이 깊은지 짐작할 수 있게 해 주었다. 주위를 둘러보던 그녀는 저 멀리 무언가가 있는 것을 보았다. 흰색 혹은 살굿빛을 띤 그 물체는 움직임이 없었고, 그 자리에 정지해 있었다.

'뭐지? 물고기인가?'

그녀는 물속을 헤엄쳐 그 물체로 가까이 다가갔다. 점점 가까워지자, 물체의 형태는 조금씩 선명해졌다. 실오라기 하나 걸치지 않은 갓난아이였다. 그녀는 그 아이가 자신의 아이임을 직감적으로 알 수 있었다. 아직 한 번도 보지 못했지만, 어머니란 존재의 아이에 대한 감각은 그녀를 더욱더 아이에게 빠르게 헤엄쳐가도록 했다.

'아가야, 엄마에게 와.'

아이는 움직임 없이 평온하게 손가락을 빨고 있었다. 아이와의 거리가 20m정도로 줄었을 때, 그녀는 저 아래에서 알 수 없는 무언가의 움직임을 보았다. 물 아래 깊은 곳의 칠흑 같은 어둠에서, 마치 수백 가닥의 실같은 검고 가느다란 것이 빠른 속도로 올라오고 있었다. 그리고 그 검은 것들은 아이를 향해 점점 더 빠르게 다가가고 있었다.

"안 돼."

본능적으로 그녀는 저 검은 것들이 아이에게 닿아서는 안 된다는 것을 느꼈다. 그녀는 더욱더 빨리 헤엄쳤다. 검은 것과 그녀는 동시에 아이와의 거리를 좁혔다. 간발의 차로, 그녀가 먼저 아이에 닿았다. 하지만, 검은 실들은 아이의 몸을 감싸려 하고 있었다.

"저리 가! 가란 말이야!"

그녀는 아이의 몸에 감기는 실들을 필사적으로 떼어 내려 했다. 그녀가 한 가닥의 실을 떼어 내면, 한 가닥의 실이 또 아이의 몸을 감았다. 점점, 아이의 몸에는 더 많은 실이 감기고 있었고, 어느새 그녀의 발에도 많은 실이 감겨 있었다. 그녀는 아이의 몸에 묶인 실들을 두 손으로 한꺼번에 잡고 양쪽으로 힘껏 당겼다. 몇 가닥의 실이 끊어졌다.

'좀 더 힘을 내야 해. 좀 더.'

그녀는 한 번 더 실을 당겼다.

"투두둑."

아이에게 감긴 실들이 모두 끊어졌다. 그녀는 아이가 다치지 않도록 부드러우면서도 최대한 힘껏 아이를 위쪽으로 밀었다. 손에서 떠난 아이는 아무 일 없었다는 듯이 처음과 같이 평온하게 빛이 있는 저 물 위로 점점 멀어져 갔다.

멀어져 가는 아이를 보며, 그녀는 안심할 수 있었다. 그러나 이미 그녀의 몸에 떼어 낼 수 없이 많은 실들이 감겨 있었다. 아이를 놓친 실들은 분노한 듯이 빠르게 그녀의 얼굴과 목을 감쌌다. 실이 그녀의 팔과 다리에 감겨 잡아당기는 힘 때문에, 그녀의 윗옷의 소매가 일부 찢어져 나갔다. 그녀도 모르는 새 그녀의 무명지에 끼워져 있던 반지가 저 위로 떠올라 가고 있었다. 실들은 어느새 순식간에 그녀를 어둠이 가득한 저 물밑으로 끌어당기고 있었다.

'우읍- 읍-.'

그녀는 빠른 속도로 저 깊은 물속을 향해 빨려 들어갔다. 얼굴을 뒤덮은 실에 가려 아이의 모습은 점점 보이지 않았다. 소리치려 했지만, 그녀는 소리칠 수 없었다. 그녀는 점점 더 깊은 저 물속으로 들어가며 공포에 질렸다. 몸의 모든 부분이 실로 뒤덮여 더 이상 그녀는 앞이 전혀 보이지 않았다.

"꺄아아아아아아아아!!!!"

순간, 그녀는 잠에서 깨어났다. 땀에 젖은 채로, 불안감과 공포에 휩싸인 한참 동안 그녀는 거칠게 숨을 내쉬었다.

'이렇게 기분 나쁜 꿈을 꾼 적이 최근에 한 번도 없었는데. 이 꿈은 뭘 의미하는 걸까.'

그녀는 불안해졌다. 하지만 그녀는 악몽 때문에 그녀가 느꼈던 불안보다는 악몽이 아이에게 미칠 영향에 대한 걱정이 앞섰다. 산모가 심리적으로 불안한 것은 분명 아이에게 좋은 영향을 끼칠 리가 없을 테니까.

어느 정도 안정을 찾은 후에, 그녀는 문득 남편이 보이지 않는 것을 깨닫고 남편을 찾았다.

"여보, 어디 있어?"

그녀는 시계를 보았다. 시계가 선명하게 보이지 않았다.

'방금 자다 일어나서 그런 걸까?'

눈을 비비고 다시 시계를 보았지만 여전히 흐려 보였다. 할 수 없이 시계 가까이에 가서 시계의 시침이 위쪽을 가리키고 있는 것을 본 그녀는 퇴근 시간이 한참 지났다는 것을 깨닫고, 남편에게 전화를 하기 위해 핸드폰을 켰다.

그 순간, 그녀는 아랫배를 움켜쥐며 쓰러졌다. 이른 시기에 진통이 그녀를 찾아왔던 것이다. 그녀는 엄청난 진통에 비명조차 지를 수 없었다. 그녀는 가까스로 핸드폰을 켜고 남편에게 전화를 걸었다. 하지만, 그는 전화를 받지 않았다. 그의 핸드폰 컬러링이 두 번째로 들릴 때에 그녀는 구토를 했다. 그녀는 두려웠지만, 그녀 곁에 그는 없었다.

"연결이 되지 않아 삐 소리 이후 소리샘으로 연결되오니…."

그녀는 점점 힘이 빠지고 있었다. 점점 움직이기 힘들어지는 손가락으로 세 개의 숫자를 겨우 누르고 통화버튼을 눌렀다. 다행히도 이번엔 전화를 빨리 받았다.

"119입니다. 무슨 일이시죠?"

"으… 으윽. 죽을 것 같아…."

"무슨 일이십니까. 지금 위치가 어디십니까?"

"사… 살려… 주세요……."

겨우 말 한마디를 내뱉고 그녀는 정신을 잃고 말았다.

"여보세요, 여보세요, 괜찮으십니까? 여보세요!

응답이 없습니다! 위치 정보 전송할 테니 해당 지역으로 출동해주세요!"

"닥터! 집중하세요!"

"BP에 변화가 조금 있습니다."

현철은 몇 초 동안 가만히 서 있다가 정신을 차렸다. 수술 중에 다른 생각을 하다니. 그는 그 스스로 큰 충격을 받았다. 바로 앞에 있는 환자는 사경을 헤매고 있는 상태였다. 수술의 책임자인 집도의가 수술에 집중하지 못하다니. 그는 마음을 바로 잡고 수술에 집중하려 했지만, 다시 한 번 알 수 없는 불안감이 그를 감싸는 것을 느꼈다. 전화를 받고 집을 나올 때 느꼈던 그것과 흡사한 느낌. 하지만, 그는 수술에 집중해야 했다. 그가 한 번 더 집중을 잃으면, 환자는 위험한 상태에 빠질 수도 있다. 실수하지 말고. 침착하게.

"심폐기로 한 번에 너무 많은 혈액이 빠져나가서 그럴 거야. 수혈량 늘리고 피 빠져 나올 때마다 드레인 해주고."

"네, 닥터."

충분한 양의 피가 공급되자 환자의 상태는 조금 안정되었다. 혈압은 약간 높지만, 더 지체하지 않고 인공혈관으로 파손 부위를 대체해야한다.

"혈관 줘."

그는 파손된 정맥의 양쪽 부분을 절개하고 인공 혈관으로 혈관의 양쪽을 연결했다. 5분의 시간이 다 되어 간다. 심폐기로 피를 순환시키는 동안 5분 이내에 혈관을 봉합하지 않으면 위험해질 수도 있다. 하지만 그는 이럴 때일수록 더 침착하게 혈관을 한 땀 한 땀 연결해 갔다.

"봉합 완료."

다행히도 5분을 넘기지는 않았다. 묶었던 혈관을 풀자 피가 들어가며 인공혈관이 부풀어 올랐다. 성공적으로 연결이 되었다는 증거이다.

"큰 건 해결했다. 혈액 다시 투여해. 이제 못을 제거한다."

그는 나머지 2개의 못을 복부, 늑골 순으로 조심스럽게 제거하고 찢어진 부분을 봉합했다.

잠시 후, 4시간이라는 수술 끝에, 그는 수술실을 나올 수 있었다. 환자의 상태는 나쁘지 않았고, 수술은 성공적으로 끝났다.

시계를 보니 2시가 다 되어가고 있었다. 다음 수술은 1시간 뒤에 잡혀 있었다. 잠깐의 휴식시간 동안, 그는 피곤한 몸을 겨우 가누며 의자에 앉았다.

'이런, 늦는다고 문자하는 걸 깜빡했네.'

그는 서둘러 핸드폰을 꺼냈다. 핸드폰에 부재중 전화가 6통이나 와 있었다.

'무슨 일이지?'

그는 걱정되어 아내에게 바로 전화를 해보았다. 벨소리가 울리는 시간이 평소보다 더 길게 느껴졌다. 이윽고, 아내가 전화를 받았다.

"여보세요?"

그는 전화를 받은 상대방의 목소리를 듣고 순간 그의 심장이 멈춰버린 듯한 느낌을 받았다. 아내가 아니었다. 아내의 목소리와 비슷했지만, 그가 지금까지 들었던 아내의 목소리와는 많이 달랐다.

"누구…시죠?"

"보호자 분이십니까?"

그는 덜컥 겁이 났다.

"뭐… 뭐에요? 누구세요? 아… 아내에게 무슨 일이 생긴 건가요?"

그는 핸드폰 너머의 누군가의 목소리를 듣고 순간 이성을 잃었다. 아내가 잘못되었을 지도 모른다는 생각이 그가 느꼈던 불안감과 함께 그를 덮쳤다.

"진정하세요. ○○병원입니다."

여기까지 듣고, 그는 한 번 더 심장이 멈추는 듯한 느낌을 받았다. 무언가 잘못되었구나. 그는 생각했다.

"김현철 씨, 아내분이 지금 저희 병원에 있습니다. 119 신고를 받고 집 안에 쓰러져 있던 부인을 이송한 상태입니다."

그는 즉시 전화를 끊고 병원으로 달려갔다. 그의 눈엔 어느새 눈물이 흐르고 있었다.

'안 돼. 이럴 수는 없어.'

그는 집을 나오기 전 곤히 자고 있던 아내의 모습이 떠올랐다.

'왜 그때… 아내 옆에 있지 않았을까.'

그는 순간 눈을 질끈 감고 입술을 깨물었다.

"미연아, 어딨어! 어딨는 거야!"

병원에 도착하자마자, 그는 그녀의 이름을 외쳤다.

"환자분 보호자 되십니까?"

"어떻게 된 겁니까…. 미연이 지금 어디에 있습니까!"

"진정하세요. 지금 이러신다고 환자분의 상태가 좋아지는 건 아닙니다."

"하…. 지금 아내 상태가 어떻습니까…."

"임신중독증이 이미 진행된 상태였어요. 최근에 이상 징후들이 있었을 텐데, 환자가 말하지 않던가요?"

그는 눈에 눈물이 흐르는 채로 멍하니 서 있었다. 임신중독증이라니. 지금까지 아내가 보여 왔던 증상들 모두 임신중독증이 진행된 후에 나타났던 증상들이었다. 구토, 두통, 시력감퇴. 그는 스스로를 자책했다. 왜 생각하지 못했을까. 그는 의사였다. 많은 사람의 생명을 구하기 위해 노력했고, 노력의 결과는 그들을 죽음의 문턱으로부터 꺼내주었다. 그는 명성 있고, 실력 있는 유망한 의사이다. 하지만, 그의 잘못된 판단 때문에 지금 그의 앞에서 가장 사랑하는 사람이, 아니 가장 사랑하는 사람들이 죽을 수도 있다. 그는 순간 머릿속이 하얘졌다. 그의 다리에 힘이 풀렸고, 몸이 급속도로 떨려왔다.

"안 돼. 안 돼요. 이럴 수는 없습니다."

"산모의 상태가 악화되고 있습니다. 이 상황이 지속되면 태아의 안전도 장담할 수 없습니다. 당장 제왕절개를 해야 합니다."

제왕절개. 그녀가 그토록 피하고 싶어 했건만. 하지만 어쩔 도리가 없었다. 지금 상황은 두 명 다 목숨이 위중한, 한시가 급한 상황이었다.

그때, 산모가 발작을 일으키기 시작했다. 그녀는 팔다리를 부르르 떨었고, 입에는 침으로 된 거품이 차올랐다. 위로 치켜 뜬 눈엔 흰자위밖에 보이지 않았다.

"급간 증세라니, 이런!"

"즉시 수술실로 이동해야 해요! 어서, 빨리!"

아내의 발작 증세를 본 그는 거의 제정신이 아니었다.

잠시 후, 아내가 누워 있는 베드가 빠르게 수술실을 향해 가고 있었다.

"미연아, 할 수 있어. 이겨내야 해. 제발…."

"환자의 상태가 점점 더 악화되고 있습니다."

'최악의 상황에는 산모와 아이 모두 위험에 처할 수도 있다.'

미연이 누워 있는 베드를 옮기며 담당 의사는 생각했다. 산부인과 의사로서 지금까지 많은 분만을 지켜보았지만, 이 정도로 위급한 상황은 연륜이 있는 그녀도 오랜만에 보는 것이었다.

"보호자분은 여기서 기다리고 계세요."

"안됩니다. 저도….."

"기다리고 계세요!"

그를 수술실 입구에 남기고, 산모와 함께 의료진들은 수술실에 들어섰다. 어시스트 두 명은 산모를 수술대 위로 올려놓았다.

"준비해."

나머지는 모두 서둘러서 분만 준비를 하였다.

그녀의 상태는 이미 나빠져 있었다. 혈압이 정상 수치보다 높아지고 있었고, 무엇보다 방금 보였었던 급간 증세가 환자의 상태를 잘 보여주었다. 게다가 급간 증세로 인한 면역력 약화 때문에 제왕절개 분만 시 상처로의 감염 위험도 있었다. 그러나 더 이상 선택의 여지가 없었다.

"마취 실시."

그녀의 코와 입을 통해서 에테르가 스며들어가고 있었다. 점점 발작증세가 가라앉더니 곧 이어 그녀의 눈이 스르르 감겼다. 환자가 완전히 마취된 후에, 수술이 시작되었다.

"세로형 절개 실시합니다."

집도의는 빠르고 정확하게 산모의 복부를 절개했다. 피하지방, 복막과

근막을 모두 절개하자 자궁이 보였다. 태아의 위치로 보아, 자궁하부를 절개해 머리부터 꺼내면 될 것 같았다.

"자궁하부 수직 절개합니다."

자궁을 절개했을 때, 의사는 태아의 위치가 바뀌었다는 것을 알았다. 방금 전 산모의 급간 증세 때문인 것 같았다.

"이런, 어서 태아 발 찾아봐요."

절개부위의 정반대에 태아의 머리가 위치해 있어서, 태아의 발부터 거꾸로 빼낼 수밖에 없었다.

"발부터 차례로 꺼냅니다."

태아의 다리가 자궁 절개선 밖으로 끄집어내어졌다. 이후에, 태아의 다리를 산모 머리 쪽으로 끌어당겨 뒤쪽 어깨와 팔을 꺼내고, 태아를 아래쪽으로 견인하여 앞쪽 어깨 및 팔을 분만 후 태아의 머리를 만출시켰다.

"태아의 머리가 너무 큰 것 같습니다."

"자궁을 더 절개해야 해요."

"환자의 바이탈에 이상이 있습니다."

갑자기, 환자의 바이탈을 체크하는 기계에서 경고음이 들리기 시작했다. 환자의 혈압이 급격히 상승하고 맥박이 빨라지기 시작했다.

"어서 수혈 실시해. 환자의 상태가 좋지 않아."

정맥에 수혈관이 연결되자, 그녀는 자궁을 조금 더 절개했다. 태아의 머리가 빠져나오기에 충분해보였다. 태아의 머리가 만출 되자, 어시스트는 아이의 머리를 잡고 당기며 아이의 몸이 완전히 자궁에서 빠져나오게 하였다.

"아이가 나오고 있어요. 남자아이에요."

아이는 크게 울었다. 8개월 된 아기라는 사실이 믿기지 않을 정도로 아이는 건강해보였다. 그녀는 탯줄을 잘라 묶었다.

"아이는 무사하네요."

아이를 분만하자마자, 갑자기 산모의 상태가 악화되었다.

"닥터, 맥박이 점점 빨라지고 있습니다."

혈관이나 심장에 이상이 생긴 것이었다. 그녀는 재빨리 아이를 간호사에게 넘기고 산모의 상태를 보았다. 자궁에서 출혈이 점점 심해지고 있었다.

"어서 자궁 부위 봉합해."

수술이 진행되는 동안, 밤늦은 장기간의 수술 때문에 피곤이 극에 달한 현철은 아내와 아이에 대한 걱정으로 울다 지쳐 잠시 잠이 들었다.

그는 주위를 둘러보았다. 넓게 펼쳐진 푸른 바다와 구름 한 점 없는 깨끗한 하늘. 저 멀리 보이는 지평선은 바다와 하늘의 비슷한 색 때문에 잘 보이지 않을 정도였다.

'내가… 왜 여기에 있지?'

좀 더 주위를 둘러보던 그 순간, 갑자기 저 멀리 물 위에 떠오르는 물체가 보였다. 먼 거리였지만, 바다의 푸른 색과 반대로 흰색을 띤 그 물체를 그는 쉽게 알아차릴 수 있었다.

'저게… 뭐지?'

그는 물위를 헤엄쳐 그 물체로 가까이 다가갔다. 거리가 가까워지자, 물체의 형태는 조금씩 선명해졌다. 실오라기 하나 걸치지 않은 갓난아이였다. 그는 더 가까이 아이에게 다가가 아이를 안았다. 곤히 자고 있는 아이에게서 그는 어렴풋이 느껴지는 아내의 분위기를 느낄 수 있었다.

그는 갑자기 무언가가 그의 발에 닿는 듯한 느낌을 받았다. 아이를 한 손으로 들고 남은 한 손을 물속에 넣어 이리저리 휘저어 보다가, 그는 딱딱한 무언가를 손으로 낚아챘다. 반지였다. 눈에 익은 반지였다.

'이건….'

그가 그의 아내에게 영원한 사랑을 맹세하며 아내의 손에 직접 끼워줬던 그 반지. 아내의 손에 있어야 할 반지가 지금 그의 손에 들려 있었다. 아내는 없고 아내의 반지만이. 아내를 찾아보려 주위를 두리번거리던 그 순간 갑자기, 그의 손에 들려 있던 아이가 큰 소리로 울기 시작한다.

아이의 울음소리에 화들짝 잠에서 깬 그는 자신이 수술실 앞 의자에서 졸고 있었다는 사실을 깨달았다. 그리고 그는 응급실 안에서 들려오는 아이의 울음소리를 들으며 안심했다. 아이는 건강한 것 같았다. 이윽고, 문이 열리며 수술 중이었던 의료진이 나왔다.

"산모의 상태는 어떻습니까? 아이는요? 괜찮은 겁니까??"

"아이는 매우 건강합니다. 8개월이라고는 믿기지 않을 정도로요."

그녀는 그에게 아이를 안겨주었다.

"사내아이입니다."

아이를 보자마자, 그는 아이의 익숙한 모습에 놀랐다. 꿈에서 보았던 그 아이. 꿈에서는 몰랐지만 이제 와서 아이를 보니 미연의 모습을 많이 닮은 것 같았다. 무사히 세상의 빛을 본 사랑스러운 아이의 모습을 보며 그는 한숨을 돌렸다.

"그런데…."

간호사는 말을 이었다.

"그런데…라니요…?"

그는 느낌이 좋지 않았다.

"산모의 상태가 매우 좋지 않습니다. 깨어날 수 있을지…."

순간 그의 머리가 크게 울렸다. 방금 전 꾸었던 꿈에서 보았던 아내의 반지가 떠올랐다. 아이는 있었지만 아내의 모습은 찾을 수 없었다.

'망할 꿈 때문에….'

그는 마음을 다잡을 수가 없었다. 이제는 정말 아내가 자신과 다른 세상의 사람이 될 수도 있다는 불길한 예감이 들었다. 그는 자신을 자책했다. 의사이면서, 그리고 한 여자의 남편으로서, 그는 그녀를 지키지 못했다. 만약 그녀를 잃게 된다면 어떻게 세상을 살아갈 수 있을까. 아마 하루하루가 무의미한 삶일 것 같았다. 그에게 있어 삶의 한 부분이었던 그녀가 지금 돌아올 수 없는 곳으로 떠나려 하고 있었다.

그는 그녀가 있는 회복실로 달려갔다. 상태는 심각했다. 사실상 코마상태였다. 그는 그녀의 손을 잡고 흐느꼈다.

"안 돼. 미연아… 일어나야 해… 어서 일어나서 우리 아기 얼굴을 봐야지…."

의식불명인 아내는 미동도 없었다. 영원히 깨어나지 못할 잠에 빠진 듯 얼굴은 매우 평온해 보였다.

"아이가 당신을 꼭 닮은 것 같아. 정말로 예뻐. 그러니까 일어나… 아이를 안아줘야지…."

"분만이 거의 끝날 때 갑자기 혈관과 심장에 이상이 생겼습니다. 게다가 막 분만이 끝난 상황이라 환자의 몸이 회복되지도 않은 상황이라서 몸이 버틸 수 있을지…."

그 순간, 생명장치의 기계음이 울리기 시작했다.

"심장 박동이 빨라지고 있어요!"

"선생님! 환자의 상태에 변화가 있습니다!"

맥박과 혈압이 점차 올라가고 있었다. 기계음이 점점 더 빨라지자, 간호사는 급히 의사를 부르러 병실 밖으로 달려 나갔다.

그리고 그녀의 손이 움직였다. 처음에는 잘못 봤나 싶을 정도의 작은 움직임이었지만, 그는 그 미세한 움직임을 확실히 알아챌 수 있었다. 다시 한 번, 이전보다 더 눈에 띄게, 그녀의 손가락이 움직였다. 이윽고, 그녀가 조심스럽게 눈을 떴다.

"미연아… 괜찮아? 정신이 들어?"

"오…오빠…."

"말을 아껴. 곧 선생님이 오실 거야. 지금 말하면 더 힘들어져. 제발…."

"아…니야… 지금 아니면 오빠랑 말할 시간이 없을 것 같아…."

그녀는 말을 잇는 것조차 힘들어 보였다.

"무슨 소리야… 제발 조용히 있어줘… 지금 위험하다고!"

"난 알아. 지금 내 상태가 어떤지… 그러니까 이러는 거야."

"그러지 마. 지금 무슨 소리 하는 거야."

힘겹게 그를 바라보는 미연.

"…미연아."

힘없이, 그녀는 미소를 지었다. 한 방울의 눈물이 그녀의 볼을 따라서 흘러내렸다. 애써 미소 짓는 아내를 본 그의 눈에서도 끝내 눈물이 흘러나왔다. 그가 볼 수 있는 그녀의 마지막 웃음이었다.

말을 마치자마자, 그녀는 발작을 일으켰다. 팔다리와 몸이 격렬하게 떨리고 있었다. 눈물이 가득한 눈에는 흰자위만 보이고, 입에는 피가 섞인 거품이 차기 시작했다.

"아… 안 돼! 이봐요! 환자가 발작 증세를 보이고 있잖아! 지금 뭐하는 겁니까!"

"시저라니! 어서 진정제 투여해!"

"삐———삐——삐——삐—삐삐삐삐삐"

바이탈 체크 기기의 소리가 점점 더 빨라졌다.

"혈압이 너무 높아요!"

"삐——————————————"

"어레스트! 어레스트!"

"제길! 어서 제세동기 가져와!"

의사는 CPR을 실시했다. 그는 빠르고 세게 환자의 가슴을 압박했다.

"제세동기 준비 됐습니다."

"모두 거리 벌려. 100줄!"

그는 멍하니 아내를 바라보았다.

"3, 2, 1, 클리어!"

"변화 없습니다!"

그는 다시 CPR을 시작했다.

"준비 됐습니다!"

"200줄! 3, 2, 1, 클리어!"

"변화… 없습니다."

말없이 그는 CPR을 계속했다.

"200줄!"

"준비됐습니다."

"클리어!"

삐—————————

바이탈 기기의 전자음에는 변화가 없었다.

"…………"

그는 제세동기를 내려놓았다. 잠깐 동안 병실 내에 정적이 흘렀다.

"선생님, 사망선고를…"

"…지금 몇 분이지?"

"3시 42분입니다."

갑자기 그가 의사에게 달려들었다.

"안 돼… 누구 마음대로! 비켜… 비키란 말야!"

그는 제세동기를 잡았다.

"뭐하는 겁니까! 어서 막지 않고 뭐해!"

그는 300줄에 맞추고 충격을 주었다.

역시 아무 변화가 없었다. 그는 CPR을 계속했다.

"그만하세요. 이제."

"닥쳐! 살려야 해. 꼭 살려야 된단 말이야…."

"이 자식! 그만하라고!"

의사는 그를 잡아 환자로부터 떼어 냈다. 그는 바닥에 엎어졌다.

그는 잠시 동안 멍하니 바닥을 바라보다가, 굵은 눈물을 한 방울 차가운 병실의 바닥에 떨구었다.

"흐…흐흑….”

다른 의료진들은 모두 안타까운 시선을 그로부터 돌렸다.

말없이 그 모습을 보고 있던 의사가 마침내 입을 열었다.

"사망시각 3시 42분. 강미연 환자 사망.”

*

"여보.”

"응? 왜 그래?”

"만약에, 만약에 말야. 나랑 아기가 상태가 심각해져서 우리 둘 중 한 명만 살 수 있다고 해보자.”

"그런 소리를 왜 해? 불안하게. 당연히 아이도 이 세상에 무사히 태어나고, 당신도 우리 아이가 예쁘게 커가는 모습을 봐야지.”

"그래서 정말 만약에라는 거야. 만약에 아이랑 나 둘 중에 한 명만 살수 있다면 어떻게 할 거야?”

"하아… 도대체 이런 질문을 왜 하는 거야….”

"그냥 당신 생각이 궁금해서 그래. 대답 안 해 줄 거야?”

"쩝… 알았어. 음… 만약에 그런 위험한 상황이 일어난다면, 나는 아이보다는 당신을 택할 것 같아. 물론 아이가 죽는 것도 슬프지만, 당신을 잃는다는 건… 그건 정말로 견디기 힘들 것 같아.”

"음… 그래?”

"그래. 그러니까 몸조리나 잘 해. 그런 생각은 다신 하지 말고.”

"음… 알았어. 이제 다신 안 물어볼게. 근데, 여보.”

"응? 또 왜?"

"나 아이스크림 먹고 싶어. 헤헤."

"…차가운 거 몸에 안 좋은 거 알면서."

"그래도 먹고 싶은데… 안 사올 거야?"

"알았어. 금방 갔다 올게. 대신 조금만 먹어야 돼. 설마 저번처럼 사오고 나니까 먹기 싫다고 안 먹는 거 아니지?"

"아냐! 나 정말 먹고 싶다고."

"금방 갔다 올게."

"빨리 갔다 와~~."

대충 옷을 걸치고 그가 집을 나섰다. 서둘러 가는 남편의 뒷모습을 보던 미연은 자신의 볼록한 배를 보며 손으로 부드럽게 어루만졌다.

'아가, 엄마는 알고 있단다. 아빠가 저렇게 말씀은 하셔도 너를 이 세상 누구보다 가장 사랑해 주실 거라는 걸 말야. 아빠는 너에게 세상 누구보다 너를 위하는 멋진 아빠가 될 거란다. 그러니 어서 건강하게 세상에 나와서 밝게 웃는 모습을 엄마와 아빠에게 보여주렴. 엄마하고 아빠 품에 안겨 예쁜 눈으로 엄마와 아빠를 보며 웃어주렴. 아가.'

Chapter 1

남겨짐

무채색

무지개

성장통

흔들리며 피는 꽃

남겨짐

인간의 감정은 누군가와 만날 때와 헤어
질 때 가장 순수하며 가장 빛난다.

– 장 폴 리히터

한 생명이 세상의 빛을 보았지만, 다른 한 생명의 불은 꺼지고 말았다.
그 사이에서 이 엇갈림을 지켜볼 수밖에 없었던 한 남자는 괴로워했다.

힘들게 세상에 나온 사랑스러운 모습의 아들이었지만, 아들을 볼 때마
다 그는 아내의 마지막 모습이 떠올라서 미칠 것만 같았다. 아빠를 보며
생글생글 웃는 아이. 그리고 그 위에 겹쳐 보이는 엄마의 미소. 다른 듯
닮은 두 사람의 얼굴을 보며 그는 어쩔 줄을 몰랐다. 그녀를 잃은 슬픔은
그가 생각했던 것보다 훨씬 큰 것이었다.

하지만 그는 그녀를 사랑했기 때문에, 사랑했던 그녀의 마지막 말을
되뇌어야 했다.

'우리 아이를… 많이 사랑해줘. 당신을 닮았다면 분명 좋은 사람이 될
거야….'

아내의 마지막 말이 다시금 그를 일깨웠다. 그는 아이의 얼굴을 다시
바라보았다. 아이는 여전히 사랑스러운 미소를 띠고 아빠를 보고 있었다.

'미연아, 우리 아기, 정말 예쁘지? 당신 말대로 정말 잘 키울게. 아이가

커가는 모습 함께 봐줘.'

그는 아이의 이름을 아내가 맘에 들어 하던 이름인 지성으로 지었다.

'김지성. 내 아들!'

지성은 태어났을 때부터 조금 특출 난 아이였다.

걸음마는 물론이고 말을 하는 것까지 다른 아이들보다 시기가 훨씬 빨랐으며, 유치원부터 초등학교 때까지는 지성이 영재라는 소문이 허다했다.

그는 아버지의 손에서만 자랐다는 다른 사람들의 편견 어린 시선을 피하기 위해서, 남들보다 뛰어나야만 했다. 현철은 지성에게 항상 최고에 대한 압박을 주었다.

'넌 남들과는 달라야만 해.'

지성은 점점 이런 아버지의 기대와 압박에 지쳐만 갔다. 중학교를 입학한 후에도 지성은 여전히 최상위권의 성적을 유지했지만, 이는 그의 자의가 아니었다.

'아들, 이번 시험도 1등이지? 아빠는 너만 믿는다.'

지성은 아버지의 기대에 부응하기 위해서 노력하고 또 노력했다. 하지만 그럴수록 아버지에게서 돌아온 말에는 칭찬과 격려가 거의 없었다.

'엄마, 아버지는 절 사랑하지 않는 걸까요?'

그는 이럴 때마다 얼굴도 본 적이 없는 어머니를 떠올렸다.

항상 아버지는 어머니에 관한 말이 나오면 말을 돌리셨다. 그는 어릴 때 아버지에게 어머니에 대해서 질문을 하곤 했지만, 그는 어머니가 그가 어릴 때 사고로 돌아가셨다는 말밖에 들을 수 없었다.

점점 더 지성은 지쳐갔고, 그의 성적도 조금씩 흔들리기 시작했다. 이럴 때마다 아버지는 그를 독려해주기는커녕 더 채찍질을 하기만 했다.

사실 지성의 아버지가 이렇게까지 아들을 엄격하게 키우게 된 건 그만한 특별한 사연이 있었기 때문이다.

지성이 정말 어렸던 시절, 집에는 지성과 현철만이 생활을 꾸려가고 있었다.

엄마라는 존재의 빈자리는 아픔으로 남아 있었지만 속 깊은 어린 지성이 잘 자라 주어서 현철은 안심할 수 있었다.

그는 아들과 함께 산다는 것 자체만으로도 너무나도 기뻤지만 그에게는 걱정거리가 하나 있었다.

그의 아들 지성이 사람을 너무 잘 따르는 것이 그에게는 큰 고민이었다. 점점 현철이 바빠졌기 때문에 지성이 집에 혼자 있게 되는 시간이 점점 더 많아졌고 그럴수록 현철은 지성을 더 독하고 사나이답게 키워야겠다고 다짐했다.

그래서 아들을 점점 엄격하게 키우게 되었다. 그럼에도 딱히 현철은 아들을 공부를 잘 하게 압박을 주지 않았다. 인생은 공부가 전부가 아니고 그 시절에는 뛰어노는 것이 아이에게 도움이 될 것이라는 현철의 철학이 담긴 육아 방법이었다.

아버지의 뜻에 맞게 지성은 신나게 어린 시절을 보냈다. 건강하고 씩씩하게 자라고 있던 지성의 초등학교 2학년 때, 진료를 하던 현철에게 갑작스레 전화가 왔다.

"여보세요?"

"네, 강남초등학교 2학년 5반 김지성 아버님 되시는 분이죠?"

"아, 예 그렇습니다만."

"저기 그쪽 아이가 저희 딸 얼굴을 손톱으로 망가트려놨어요. 여자애 얼굴이 이렇게 피 떡이 돼서 왔는데 어떻게 이럴 수가 있는 겁니까? 아니 무슨 애가 여자아이를 이렇게 사정없이 그것도 얼굴을 긁어 놓을 수가 있습니까?"

"예? 아니 제가 경황이 없어서… 혹시 만나서 이야기 하실 수 있으시겠습니까? …예 …예 그럼 그때 학교에서 만납시다."

현철은 시계를 보았다. 아직 지성이 하교를 하지 않았을 시간이었다.

'이놈이….'

그는 이번 사고가 아이들이 어릴 적 한 번쯤은 겪을 수 있는 대수롭지 않은 상황이라고 생각했다. 그래서 잠시 시간을 내어 지성을 데리고 그 아이와 부모를 만난 후 그 아이를 자신의 병원에서 치료를 해 주면 되지 않을까 생각을 하며 학교에 찾아갔다. 하지만 이 사건이 어떤 결과를 초래하게 될 지는 그는 상상하지도 못했다.

"여깁니다."

교무실에 들어갔더니 지성이 담임 선생님과 함께 두 남녀어른이 서 있었다. 그 어른들에게 둘러싸여 비난의 폭격을 맞고 있던 아이는 분명 현철, 자신의 아이였다.

"지성아!"

"아빠!"

지성은 아빠의 얼굴을 보자마자 참았던 울음을 터뜨렸다. 아들의 서러운 울음에 화가 난 현철은 그 사람들을 향해 걸어갔다.

"왜 울어… 우리 아들."

"흑흑… 끄윽 내가 뭘… 꺽꺽… 잘못… 으흐흑… 했는 …어형 데에…."

"뭡니까? 당신들이 뭔데 제 아이에게 뭐라고 하십니까? 사건의 경위나 피해자의 피해 상태, 주변 목격자들의 진술 등 많은 것을 고려해야 할 상황에서… 그저 여자아이를 때렸다는 이유 하나만으로 저희 아이가 이런 비난을 맞고 있어야 하는 겁니까? 거 자식이 아픈 것은 저도 가슴 아프게 생각합니다만 저희 아이도 이제 9살입니다. 이렇게 어린아이가 이런 비난의 폭격을 맞고도 버틸 수 있을 것 같습니까?"

그는 감정을 억누르며 최대한 침착하게 말을 끝마쳤다.

"어머, 어머. 자식을 똑바로 키우는 부모였으면 저런 말은 안했겠지. 그 부모에 그 자식이라더니 어디서 적반하장이야?"

그는 그 사람들의 말을 무시한 채 아들 지성에게 고개를 돌렸다.

"지성아 도대체 왜 싸운 거니? 이유가 뭐였니?"

"흑…흑… 쟤…쟤가 으끄윽 나한테… 자…꾸 힉큭 엄마 으으으응큭 없는… 애라고… 끅… 그러잖아…꺽꺽…."

"뭐? 지금 뭐라고? 너 정말로 이 아이에게 그런 식으로 말 했니?"

그는 상대 아이를 쏘아보며 말했다.

"그게…."

"아니 왜 애한테 그러세요? 저희 딸이 설마 그런 교양 없는 이야기를 했겠어요?"

"거짓말 하지 말고 똑바로 얘기해. 네가 정말 이 아이에게 그렇게 말한 거니?"

그 아이는 잠시 머뭇거리더니 울음을 터트렸다.

"정말 네가 그런 이야기를 한 거니?"

현철은 매우 화가 났지만 그래도 침착하게 말을 이어갔다. 그래도 그가 잡아먹을 듯한 눈빛으로 아이를 추궁하고 있는 것은 사실이었다.

"아니 이 아저씨가! 지금 다친 애한테 무슨 짓이야? 안 그래도 아픈 애를 그렇게 쏘아대도 되요?"

"그래요! 그리고 설령 그리 말했더라도 폭력을 휘두른 당신네 아이가 정말 죄가 없다고 생각하나?"

그는 매우 화가 났지만 자신의 아이가 그 아이에게 상처를 입힌 것은 분명한 잘못이었기 때문에 침묵으로 일관했다. 상대 부모는 그 침묵을 잘못에 대한 불인정으로 여겼고 그들은 점점 더 심한 말을 하기 시작했다.

"애 교육 좀 똑바로 시키세요. 무슨 애가 여자애 얼굴을 저렇게 만들도록 폭력을 씁니까? 엄마 없이 자란 거 티 내는 것도 아니고…."

"뭐라…?"

그 소리를 들은 현철은 흥분을 하기 시작했다. 수차례의 설전과 모욕적인 망언들을 주고받은 끝에, 결국 도가 지나친 말이 나오고야 말았다.

"집안 꼴 잘 돌아간다! 우리나라 최고 의사면 뭐하냐? 자기만 성공할 줄 알지 지 자식은 에미 없이 키운 티 다 내게 키우…."

현철은 결국 이성의 끈을 놓고야 말았다. 그의 기억 속에는 그 다음에 어떤 일이 일어났는지는 남아 있지 않았다. 그가 정신을 차렸을 때는 이미 교무실 안은 난장판이 되어 있었고 상대 아빠가 통증을 느끼는 듯 눈가를 부여잡고 있었다.

"이런… 미친…."

제정신이 든 현철은 순간 당혹했다.

'내가 무슨 짓을….'

그는 평생 사람 얼굴에 손을 댄 적은 없었다. 놀란 그는 재빨리 상대 아빠의 얼굴에 손을 가져갔다.

"괜찮아요? 제가… 정신이 나가서….'

순간 주먹이 그의 얼굴을 강타했다.

"이 새끼가 어딜 만져? 꺼져."

"아… 죄송합니다….'

하지만 그를 쳐다보는 남자의 눈빛은 싸늘했다.

"꼴에 의사라는 새끼가 사람을 치고 이제 와서야 죄송하다고 지랄이
야? 하! 이거 보니 애새끼가 사람 치는 게 아주 지 애비를 닮아서 그런 거
였구만? 너 가만 안둘 거야. 사람 때리는 의사라니… 넌 의사 자격도 없
어 이 새끼야."

그 둘이 실랑이하는 사이 경찰관들이 빠르게 도착했다. 경찰차로 이송
되어 서에서 만난 둘은 계속해서 실랑이를 벌였다. 그 와중에 상대 아빠
의 수많은 욕설들은 현철을 점점 더 힘들게 했다.

"여자가 빨리 간 게 다행이네. 하마터면 남편하고 아들한테 두들겨 맞
고 살았겠어? 시댁 피가 사람 때리는 피인데 그 피 어디 가겠나? 잘 죽었
네, 잘 죽었어."

"그만하세요! 공무집행방해죄로 추가 처벌합니다!"

형사들이 상대 아빠를 제지했지만 상대 부모는 계속해서 은근하게 현
철에게 모욕감을 주고 있었다. 이런 말을 들을 때마다 현철은 이성의 끈
을 놓을 것 같았지만 더 이상 그것을 놓는 불상사를 일으키지는 않았다.

폭력 사건이 일어났지만 쌍방폭행이 이루어졌다는 점, 그리고 그 부부
에게서 원인 제공이 이루어졌다는 점 때문에 이 사건은 조용히 무마되었
다. 하지만 그 사건은 부자의 가슴에 깊은 상처를 남기고 말았다.

그날 이후로 현철은 매일 밤 소주를 마시며 가슴을 움켜쥐었다.

'여보… 미안해….'

계속해서 그 남자의 악담들이 그의 귀 옆에서 맴돌았다. 그럴 때마다 그는 아내에게 미안해서 미칠 지경이었다. 시간이 약이라고 했던가, 점점 차분하게 생각을 정리할 수 있게 된 현철은 굳세게 다짐을 하였다.

본인이 완벽한 사람이 되어야지만 자신의 아내에게 그리고 아들에게도 부끄럽지 않은 사람이 될 수 있다고 생각했다. 그리고 자신의 아들도 어디 가서 가족의 이야기가 언급되지 않기 위해서 공부도 잘하고 인성도 바른 완벽한 아이가 되어야 한다는 생각을 가지게 되었다.

그날 이후로 현철은 점점 더 완벽함을 추구하는 매정한 아빠가 되어갔고 그런 아버지의 밑에서 지성은 아버지에 대해 두려워하면서도 아버지를 기쁘게 해 드리기 위해 아빠의 말을 따랐다. 그렇게 지성은 점점 자신의 의지와는 무관하게 아버지를 위해서라는 일념으로 공부를 하게 되었고, 비록 우수한 성적으로 초등학교, 중학교를 졸업했지만 점점 지쳐가는 몸과 마음은 어찌할 수 없었다. 이러한 힘겨운 상황 속에서 지성은 고등학교에 진학하게 되었다.

무채색

반배치 고사 당일, 지성이는 새로운 학교의 정경을 보며 굳은 다짐을 하며 고사장에 들어섰다. 그는 이 새로운 공기가 폐포에 깊숙히 박히도록 깊게 숨을 들이쉬었다.

"아들, 네 고등학교에서 보는 진짜 첫 번째 시험이다. 반배치 고사 때부터 학교에서 너를 3년간 어떻게 관리해야 할지 플랜을 짜니까 이 시험을 정말 잘 봐야 한단다. 항상 1등만 했으니까 이번에도 1등 할 거라고 아빠는 믿는다."

그는 오늘 아침 아버지가 차 안에서 해 준 이야기를 떠올렸다. 그가 잘되기 위해 해 주신 아버지의 말씀이라는 걸 그는 알았지만 그래도 그에게는 그 말들이 큰 짐이 되어 들려왔다.

고등학교 교실에 들어서자 수많은 교복을 입은 아이들이 이미 앉아서 책을 펴고 공부를 하고 있었다.

'아… 이렇게나 많은 학교에서 친구들이 모였는데 이 사이에서 내가 1등을 할 수 있을까?'

그에게 지금껏 느끼지 못했던 불안감과 함께 새로운 것과 조우하는 떨림이 그의 온몸을 훑고 지나갔다. 그 떨림이 공명하여 그의 배로 집중되었다. 그는 급히 휴지를 들고 화장실로 뛰어갔다. 화장실 칸들은 모두 비어 있었다. 아무래도 모두들 낯선 공간이라 화장실을 잘 가지 않는 듯했다.

'아, 내가 이 학교 신입생들 중 최초로 이 학교 화장실을 쓰게 되는구나!'

기분 좋게 그는 칸에 들어가 아랫배를 긴급하게 응급처치했다.

'으아… 살겠다.'

시끌벅적 학생들이 무리로 화장실로 들어오는 듯 말소리가 크게 들려왔다. 그들의 이야기는 주로 공부에 관한 이야기였고 특히나 그들의 관심사 중 하나는 누가 이번 시험에서 전교 1등을 하게 될 것인지였다.

"이야 진짜 이렇게 많은 학교에서 모였는데 과연 누가 1등을 하게 될까?"

역시 익히 들은 바와 같이 타 학교들의 전교 1등들이 이 학교에 몰려서 들어왔다는 것을 증명한다는 듯이 아이들이 말에 언급되는 이름에는 지성이 중학교 때부터 소문으로 접했거나 아님 같이 영재학급을 한 익숙한 이름들이 언급해졌다.

"내가 봤을 땐, 이번에 전교 1등은 김지성이다."

"맞다! 인정한다. 걔 중학교 때 3년 내내 전교 1등이었다며? 김지성이 전교 1등감이지."

아이들의 말 사이에 자신의 이름도 등장하자 지성이는 왠지 모를 뿌듯함을 느꼈고 뭔가 마음을 더 굳게 먹게 되었다.

"아니, 난 그렇게 보지 않는데, 김지성은 절대로 전교 1등은 될 수 없을 거다."

어느 낯선 목소리가 지성의 폐부를 찌르듯이 깊게 스며들어 왔다. 그 목소리에는 알 수 없는 굳은 자신감이 심어져 있었다.

"엥? 이게 무슨 소리냐? 왜 지성이가 전교 1등이 될 수 없다고 확신하는 거냐?"

아이들은 순간 술렁였고 이곳저곳에서 그에 대한 비방의 목소리가 들려왔다.

"뭔 뜬금없는 소리야? 진짜 네가 어떻게 알아?"

"그니까 말이야. 3년 연속 1등한 애를 네가 어떻게 바로 판단하냐? 말이 좀 되는 소리를 좀 해라. 나대지 말고."

그 낯선 목소리는 이런 반응을 예상했다는 듯이 조금 더 큰 목소리로 청중들의 시선을 사로잡았다.

"야! 좀 조용히 좀 해 봐. 내가 이런 말을 하는 데는 이유 없이 트집을 잡는 것이 아니라 팩트에 근거한 이야기를 하는 거라고!"

어느새 지성의 아랫배는 진정되어있었지만 그의 심장은 점점 진정할 수 없었고 그는 이 안에서 꼼짝도 하지 못하고 그 이야기를 집중해서 들었다.

"자 들어봐. 내가 말이지 지성이랑 같은 중학교 나온 거 알지? 잘 들어. 나는 말이야 아마 그 아이는 잘 모르겠지만 김지성을 3년 동안 계속해서 지켜봐 왔어."

지성이는 꿈에도 생각지 못했던 소리이다. 자신을 3년간 지켜봤다고? 무슨 허무맹랑한 소리인지 더 이상 들을 가치가 없다고 판단한 지성은 화장실에서 나갈 뒤처리를 했다.

"내가 중학교 내내 정말 유령같이 생활을 해서 아마 그 아이는 잘 모르겠지만 난 그 애가 가족들과 어떤 관계를 지니고 있는지, 학교 생활은 어떤지를 완전히 꿰고 있어."

들다 못한 한 학생이 그를 향해 소리쳤다.

"야 이 싸이코야. 그거 완전 스토킹 아니야?"

"이놈 진짜 위험한 놈이잖아?"

"도대체 왜 그런 거냐? 너 게이냐?"

낯선 목소리는 여의치 않고 이야기를 계속 했다.

"내가 그 아이를 이렇게까지 관찰한 건 바로 니들이 생각하는 김지성의 모습을 나는 기대했었기 때문이야. 나는 중학교 때 처음 입학했을 때 반배치 고사를 정말 엄청나게 망쳤어. 그래서 며칠간 심신이 피폐해질 만큼 고생하고 있었지. 그런 상황에서 입학식 날 학교장 앞에서 전교 1등으로 선서를 하는 지성이의 모습은 나를 그에 대한 경외감으로 가득 차게 만들었어….

미치겠는 거야. 나도 그렇게 교장선생님 앞에서 전교생의 앞에서 선서를 주도하고 싶은데 당시 나에게 있어서는 감히 넘볼 수도 없는 자리였거든. 그래서 난 지성이를 지켜보고 그하고 똑같이만 하면 그 녀석과 비슷해지거나 더 잘해서 선서를 할 수 있겠지 생각해서야. 그래서 3년 여간 그를 지켜봐 왔지. 아니 정확히는 2년 여정도 되겠다."

그의 말에 어느 정도 수긍이 가는 듯 다른 아이들의 목소리는 들리지 않았다.

"그래. 그런데 그 잘하는 지성이를 3년이나 지켜봤으면 도대체 뭐 때문에 걔가 전교 1등을 못한다고 생각하는 거냐?"

낯선 목소리는 깊게 숨을 내쉬며 이야기를 계속했다.

"그건 말이지. 그 아이는 진심으로 공부를 하고 있지 않아. 그 아이는 자기 아빠를 위해 존재하다는 듯이 공부를 하고 있어."

청천벽력 같은 이야기였다. 엄청난 충격이 그의 가슴을 울렸고 지성은
아무 것도 할 수 없었다.

"아빠?"

"그래. 그 위대한 대한민국 대표 흉부외과 의사 김현철 씨 말이야. 그
분이 자신의 분야를 개척해 나가시는 정말 위대하신 의사선생님이지만
내가 봤을 때 자식 교육은 영…."

"그게 무슨 소리야?"

"아마 지성이 걔는 자기 아빠에 대한 부담감이 굉장히 많을 거야. 그래서
그런가. 지켜본 결과 하루 대부분의 시간을 책을 펴고 앉아서 공부를 하고
있지만 절대로 그건 공부가 아니라 그냥 하는 척만 하고 있을 뿐이야.

맨날 그냥 암기만 죽어라고 하니까 중학교 때는 양도 적고 쉬우니 성
적이 그럴 수 있었을지는 모르지만 아마 고등학교 올라와서는 전교 1등
에는 후보에도 들지 못할 거다."

"야 걔가 공공연하게 자기 꿈이 의사라고 말하고 다니는데 무슨 소
리냐?"

"의사? 의사는 무슨…. 남 생각도 못하고 봉사정신도 전혀 없는 그놈
이 무슨 의사냐? 아마 그 꿈도 자기 아빠가 자기 의사니까 강요해서 자기
꿈이 된 것일 거다."

낯선 목소리는 비웃음을 흘기며 이야기를 계속했다.

"솔직히 이렇게 다른 애 이야기하는 거 맘에 들지는 않지만 니들이 너
무 김지성을 모르고 이야기 하는 게 답답해서 말한다. 결론을 말하자면
김지성은 진짜 지 꿈을 위해서는 공부도 하지 못하고 있고 절대로 전교 1

등을 할 수 없다는 것은 확신한다."

딱! 경쾌하게 마치 목탁이 한 번 울리는 듯한 소리가 울렸다.

"아 왜 때려~!"

"야! 너 또 궤변 퍼트리고 있냐? 야야 이놈 말 믿지 마라. 괜히 유언비어나 퍼트리는 나쁜 놈이야~."

"야! 너 진짜!"

"믿지 말고 그냥 니들 시간 낭비한 거니까 아깝다고나 생각해라. 곧 시험이다."

이제야 현실을 지각한 듯 아이들이 우르르 빠져나갔다. 모두 빠져나갔다는 확신이 들 때쯤 지성은 화장실 문을 열 수 있었다.

'니들이 뭘 알아!'

당장 그 낯선 목소리 앞에 가서 힘껏 소리를 지르고 싶었다. 하지만 계속해서 그 낯선 목소리를 생각하면 할수록 가슴속 시큰거림은 불에 데인 듯 이리 찬 겨울에도 지성을 뜨겁게 달구었다.

1교시 국어 시간…. 그는 무슨 수가 있더라도 전교 1등을 하겠노라 다짐을 하며 시작했다. 하지만 무슨 일인지 시험지의 글씨가 그의 눈에 들어오지 않았다. 분명 눈은 읽고 있지만 머리는 딴 생각만 가득 차 있었다.

'아까 그 아이가 한 말이 날 진짜 바라본 모습이 아닐까.'

자꾸 그 낯선 목소리가 그의 귓가에 맴돌았고 결국 지성은 많은 시간이 지난 후에서야 부랴부랴 답안지를 마킹하고 제출할 수 있었다. 고등학교 문제라서 그런지 헷갈리는 문제가 많았지만 답이 맞았을 거라는 확신을 하고 있는 지성은 여의치 않고 수학 시험을 보았다. 거기서 그는 절망을 맛보았다. 지금껏 선행 학습을 통해 수학 실력을 가지고 있었던 지성은 중학교에서도 굉장한 심화 내용이 시험에 출제되자 등에 식은땀이 나기 시작했다.

그러면서도

'이렇게 공부해서 나중에 뭘 할 수 있을까?'

'나는 나를 위해 공부를 하는 걸까, 아버지를 위해 공부하는 걸까?'

하는 질문들이 그에게 쏟아지기 시작했다.

고등학교에서 처음으로 보는 중요한 시험임에도 불구하고, 지성은 어떻게 해서도 집중을 유지시킬 수 없었다.

지옥 같은 시간이 지나고 결국 어찌됐든지 시험 시간이 끝났고 그는 터덜터덜 절인 배추처럼 집으로 돌아갔다. 밖에는 비가 엄청나게 내리고 있었다. 다른 아이들은 엄마나 아빠가 차로 데리고 가는 모양이었다. 지성이는 하는 수 없이 가방을 머리 위로 올렸다.

'큰길로 가서 택시만 잡으면 되니까…'

웬일인지 그날따라 택시는 한참을 애써도 잡히질 않았고 지성은 쫄딱 젖은 채 집으로 돌아왔다. 싸늘한 한기 그리고 어둠. 이 어둠을 물리치려 애써 지성은 불을 밝히고 신나는 노래를 틀었다. 하지만 지성을 짓누르는 공허함은 그의 곁을 떠나질 않았다.

그날 이후 지성은 의욕도 잃고 고민만 하느라 공부에 집중을 하지 못하였다. 반배치 고사 성적은 기대와는 맞지 않게 형편없이 나왔고 그의 고민은 점점 더해가졌다. 간신히 전교 10등 안에 든 그는 기숙사에 들어오라는 학교의 통보를 아버지에게도 말하지 않은 채 일상생활을 이어갔다.

바쁜 아버지는 자신의 반 배치고사 성적을 직접적으로 묻지는 않았지만 그 안에는 자신에 대한 믿음이 내재되어있다는 것을 아는 지성의 마음은 점점 무거워져갔다. 이런 상황에서 기숙사에 들어간다는 것은 자신에게 너무나도 힘들 것 같아 지성은 기숙사에 들어가는 것을 유보한 채 심화반 수업만을 참석하고 있었다.

공부할 마음이 없는 그였지만 심화반에서의 조별 경쟁 활동은 그에게 활력을 불어넣어 주었다. 심화반에서는 조별로 점수를 매겨 최종 결과를 합산해 가장 많은 점수를 얻은 팀이 야자를 빼거나 선생님께서 맛있는 것을 사 주신다는 조건을 걸고 경쟁을 하였다.

"안녕, 내 이름은 김지성이야."

"안녕 나는 서정혁이라고 한다."

"나는 최인수야."

이런 조 활동은 처음인 지성에겐 뭔가 설렘과 흥분감이 앞서 갔다. 조원들끼리 인사를 나눈 후 선생님께서 퀴즈를 내 주셨다. 꽤나 어려운 영어 문법 문제였다.

하지만 영어에 자신이 있었던 지성에게는 이 정도 문법 문제는 해결가능한 문제였고 바로 손을 들었다. 손을 든 학생은 자신뿐이었고 선생님은 놀란 눈으로 지성을 쳐다보았다.

"이걸 바로 알겠다고? 그럼 지성 학생 정답은 뭐지?"

"정답은 지금 이 구문에서는 동사가 주장, 요구, 명령, 제안의 의미를 담고 있는 동사가 쓰였기 때문에 뒤에 당위성을 나타내는 should가 생략되어서 동사 원형이 쓰여야 합니다."

"오오올~."

"이야~ 네 정답입니다."

첫 득점은 지성에 의해 지성의 조로 돌아갔고 지성은 조원들과 하이파이브를 하며 기쁨을 만끽했다. 좋은 기분으로 지성은 학교에서 하교를 했다.

근 한 달간에 가장 기분이 좋게 집으로 가는 길이었지만 집에 점점 다가갈수록 심장이 쿵쾅거리기 시작했다. 혹시나 하고 그는 주차장을 살펴보았지만 다행히도 아버지의 차는 존재하지 않았다. 그는 안심하며 집에 올라갔지만 그 기쁨도 잠시 지성은 현관에 놓인 아버지의 구두를 보며 얼굴이 굳어졌다.

"다녀왔습니다."

오랜만에 느끼는 불 켜진 집의 모습이었지만 차가운 한기는 여전했다.

아버지는 잠시 할 말이 있다며 지성에게 빨리 씻고 오라고 말했다. 후다닥 씻고 지성은 아버지에게 갔다.

"어, 그래. 여기 앉아 봐라."

"아버지 진지 잡수셨어요?"

"아니 너랑 먹으려고 지금 짜장면과 탕수육을 시켜 놨단다."

아버지는 의학 관련 도서를 읽고 있었던지 옆에는 두꺼운 책들이 널브러져 있었다. 그런 열정적인 아버지의 모습을 보며 지성은 존경심을 느낄 수 있었다. 이렇게 일에 열정적인 아버지가 자신에게 열정을 쏟고 사랑을 주었으면 어땠을까 하고 지성은 평소와 같이 서운한 느낌이 들었다. 아버지는 평소와 같이 눈길은 책을 향한 채 지성을 향해 입을 열었다.

"공부 잘하고 있지? 지금 이 시기가 너에게는 가장 중요한 시기인 건 말 안 해도 알고 있을 거다."

라고 툭툭 던지는 아버지의 말씀은 평소의 지성의 고민을 더욱 가중시켰다. 이번 경우와 같이 지성의 아버지는 시간이 날 때마다 집에 와서 지성에게 딱딱한 이야기를 계속 내밀었다. 아버지의 자신의 성적에 대한 관심은 이 뿐만이 아니었다.

신문을 보시다가도 여러 가지 사회 토픽이나 공부에 관한 기사들이 나오면 스크랩을 해서 지성의 책상 위에 올려놓고 출근을 하시기도 한다.

다른 아이들에게는 아버지가 신경을 써 주셔서 배부른 소리 한다고 할 수도 있지만 지성에게는 숨 막히는 부담이었다.

이러한 부담에 부응하기 위해서 지성은 매일 책을 펼쳤다. 분명 의지는 있었지만 이 엄청난 부담감 때문에 그는 점점 공부에 흥미를 잃고 있었다. 이럴 때 엄마가 있었다면 어떻게 대해 주실지 또 어떤 조언을 주실지 궁금했고, 무엇보다 엄마라는 존재가 그리웠다.

그래서 이러한 고민이 들 때면 지성은 엄마한테 가서 많은 이야기를 하고 오기도 했다.

그리고는 지성은 엄마 앞에서 이런 말을 한다.

"엄마···. 거짓말처럼 들릴지도 모르겠지만 이렇게 엄마에게 속사정을 털어놓으면 조금은 마음이 가벼워지기도 머릿속이 정리되기도 하는 것 같아. 왜 이렇게 내 곁을 떠나 버렸어."
라는 어리광 섞인 한탄을 한다.

실은 엄마가 어떻게 돌아가셨는지는 아버지께서 자세히 말해 주시지 않았다.

"나중에 네가 이해 할 수 있는 나이가 되면 그때 말해 주마."
라는 말만 남기실 뿐이었다.

그런 아버지에게 그는 차마 자신의 반 배치고사 성적을 입으로 낼 수 없었다. 아버지가 워낙 바빠서 말할 기회도 많이 있지는 않았지만 그 기회가 있을 때마다 그는 결국 말하는 것을 주저하게 되었다.

심란한 성적을 받은 지성은 그 날 이후로 자신의 진로와 공부를 하는 이유, 그리고 지금까지 살아온 인생을 성찰하기 시작했다. 공부를 하려고 하면 자꾸 공부를 하는 척을 한다는 그 말이 계속해서 귓가에 맴돌았고 자신이 꼭두각시인 것처럼 조종당하고 있다는 생각이 점점 커져갔다.

평소와 같이 아버지는 바쁜 와중에도 지성에게 기숙사에 대해서 물어보았지만 지성은 집에서 공부하는 게 더 집중이 잘 된다며 아버지의 질문을 회피했다. 그는 그런 질문을 하는 아버지가 자신을 통제하는 주인이 되려 한다는 느낌이 들어 점점 아버지에 대한 반감이 높아져갔다.

그러면서도 정작 그는 집에서는 책상에 앉아 잡생각을 하며 허송세월을 보내고 있을 뿐이었다.

이러한 잡다한 고민들을 하다 보니 그는 학교에서도 집에서도 공부를 할 수가 없었다.

이미 학교에서 하던 조별 활동에도 흥미가 떨어진 그는 점점 더 소극적으로 활동에 참가했다. 처음의 모습은 온데간데없이 축 늘어져 멍 때리고만 있는 지성을 보며 정혁과 인수는 한숨을 쉬었다.

"야, 도대체 쟤 왜 저러는 거냐? 첨에 진짜 에이스 아니었냐?"

"그러게… 소문으로 듣자면 쟤 진짜 괴물같이 공부하던 놈이었던 것 같은데 내가 봤을 땐 진짜 공부 하나도 안 하거든? 아마 고등학교 와서 뭔가 변한 것 같은데…."

같은 조의 정혁과 인수는 지성의 그런 모습이 점점 걱정스러웠다. 지성의 첫 발표 때의 모습이 눈앞에 스쳐 지나간 인수는 지성의 모습이 계속 눈에 밟혔다.

"야, 우리 지성이랑 같이 축구나 하러 갈까? 쟤 중학교 때 축구로도 좀 날렸다고 들었거든?"

"쟤가? 그렇게 안 생겼는데 의외네…. 그래! 같이 놀면 기운도 차릴 수 있을 거니까."

정혁은 엎드려 자고 있는 지성에게 다가갔다. 그가 아무리 봐도 지성은 자고 있는 것 같지는 않았다.

"야 지성! 너 이름값 한다는 소문을 들었다. 우리랑 축구 하러 갈래?"

"그래, 나가자."

"그… 그래!"

사실 지성이가 거절을 할 수도 있다는 생각에 약간 걱정을 하고 있었던 정혁은 그의 쿨한 결정에 약간 놀란 반응을 보였다.

3명 모두 출중한 실력을 가지고 있었기 때문에 운동장은 점점 달아올랐고 그들을 구경하는 아이들도 생겨났다. 이런 막상막하의 축구 실력을 가진 3명은 빠르게 친구가 될 수 있었고 점점 같이 다니는 시간이 늘게 되었다.

지성은 무기력했던 삶에서 한 가지 신나는 일이 생겨 기분이 좋았다. 자신의 진로를 축구 선수로 해야 할까 고민을 하기도 했다. 하지만 아무리 생각해도 그건 답이 아닌 것 같아 더욱 심한 고민을 하게 되었다.

평소 계속해서 우거지상을 하고 있는 지성에게 어느 날, 정혁이와 인수는 지성에게 왜 그런 얼굴을 하고 있느냐고 물었다. 지성은 심적 고민이 깊어서라고 얼버무렸지만 이미 중학교 때 지성의 모습을 알게 된 그 둘에겐 지성이 이렇게까지 학업에서 손을 놓게 된 이유에 대해서 물었다.

지성은 그저 흥미가 없어서이고 아직 제대로 된 꿈을 찾질 못해 공부할 의욕이 떨어져 그렇다고 말했다.

더 이상 캐물으면 안 될 거라 여긴 정혁과 인수는 고민 있으면 언제든지 자신들에게 털어 놓으라고 이야기했다.

지성은 고맙다며 웃음을 지었지만 그 웃음에서는 깊은 쓴맛이 느껴졌다.

친구들의 관심에 힘입어 지성은 공부를 해 볼까 시도해 보았지만 이미 의욕이 떨어진 그에게 책이 눈에 잡힐 리는 없었다.

그렇게 허송세월이 지나갔고 벌써 중간고사 시험당일이 되었다. 전까지의 시험 같으면 정말 모르는 문제없이 바로바로 풀었을 문제들이었다. 하지만 역시 요행을 바라서는 안 되는 거였다. 모르는 문제를 보는 지성의 등에서는 폭포수 같은 땀이 흘러 내렸다.

'이번 시험을 못 보면 아버지께서 크게 뭐라고 하실 텐데 어떡하지?'

지옥과도 같았던 사투를 치르고 시험이 끝났다.

시험이 끝난 기분을 만끽하기 위해 지성은 평소와 같이 친구들과 함께 노래방도 가고 영화도 보았다.

하지만 지성은 걱정이 눈앞을 가려 영화를 보는지 노래를 부르는지 기분을 만끽하지 못했다. 영화가 끝나고 친구들은 모두 엄마, 아빠의 전화를 받고 저녁을 먹으러 떠났다.

하지만 지성은 오늘도 하루 종일 수술이 잡힌 아버지와 저녁은커녕 전화도 하지 못하였다.

축 처진 어깨와 비슷하게 생긴 언덕을 넘어 집에 도착한 지성은 불조차 켜지 않고 잠에 빠져 들었다.

잠에서는 오랜만에 엄마가 꿈에 나왔다. 항상 그랬듯 직감적으로 엄마라는 것을 알 수 있었다.

"엄마, 나 어떡해요….

나 왜 이렇게 공부를 해야 하는지 이유를 모르겠어요…. 이번 시험공부를 안 해서 정말 못 본 것 같아요. 저 왜 이러죠? 점점 아빠가 원망스러워지고 그런 제가 너무 미워요…."

엄마는 손을 뻗어 울고 있는 지성을 아무런 말없이 안아 주었다.

그 다음 날이 밝고 지성에게는 두려운 시간이 찾아왔다.

성적표를 받는 순간 지성의 얼굴은 단단한 암석처럼 딱딱하게 굳었다. 예상대로 시험공부를 안 한 만큼 성적도 잘 나오지 않았다.

반배치 고사 때보다도 더 많이 떨어진 성적에 선생님은 곧바로 지성을 교무실로 호출하였다.

"너 무슨 일 있었니?"

"……."

지성은 아무 말도 하지 않았다.

"알았다. 그럼 올라가 봐."

선생님은 한숨을 쉬며 말했다.

교무실을 나서는 길에 선생님께서는 흘리는 말로

"저녁에 아버지한테 선생님이 전화 드린다고 해."

라고 말씀하셨다.

선생님의 통보대로 선생님은 아버지께 전화를 하셨다.

"지성이 성적이 입학할 때보다 많이 떨어졌네요. 혹시 집에 무슨 안 좋은 일이라도 있으시나요?"

"얼마나 성적이 떨어졌나요?"

"성적표 지성이 편으로 보냈으니 확인해 주세요."

"감사합니다."

이 몇 마디의 통화 후에 아버지는 저녁에 있던 서울 지역의사들의 중요한 저녁약속을 미루시고 곧바로 집으로 달려 오셨다.

그리고는 문에서부터 버럭 화를 냈다.

"김지성, 거실로 나와 봐. 내가 고등학교 첫 시험이 3년 성적이라고 얼마나 강조를 했니? 아버지 말이 말 같지가 않아? 내가 너 때문에 이 고생을 하는데 너는 그것도 모르고 기대만큼 하지 못하니? 오늘도 원래 서울 지역 최고의 명문병원 의사들끼리 저녁 식사가 예약되어 있었다. 그런데 너 때문에 내가 이런 약속을 취소해야 하겠어? 네가 잘했으면 이런 일 없었잖아. 의대에 진학하려면 네 성적 가지고는 어림도 없어. 물론 네가 하고 싶은 일도 있고 학창시절도 친구들과 재미있게 놀고 싶겠지. 하지만 다 이게 너를 위해서 하는 말이야……."

계속해서 긴 설교가 이어졌다.

지성은 점점 집중력이 떨어져 아버지 말씀을 한 귀로 듣고 한 귀로 흘렸다. 그러던 중 한마디가 그의 귀에 콕 박혔다.

"너희 엄마가 알면 얼마나 실망할까."

이 한마디가 지성의 이성의 줄을 끊어 버렸다.

"아빠는 얼마나 잘 났다고 나한테 뭐라고 그래? 나도 다른 아이들처럼 평범한 가정생활, 평범한 학교생활 하고 싶다고! 그런데 아빠는 수술 있다고 항상 늦게 들어오고, 주말에도 없잖아! …지난주에도 내 생일이었는데 나 혼자 생일 케이크에 불 붙여서 불었어."

지성은 지금까지 묵혀 두었던 감정을 모두 폭발시키며 크게 소리쳤다.

"물론 아빠도 정상적인 가정, 바람직한 가장이 되지 못한 것에 대해서는 미안하게 생각해. 하지만 나는 누구보다도 너를 열심히 키우고 있어. 네가 그건 알아 줬으면 좋겠다. 이 자료도 봐봐, 우리 대학병원 다니는 의대 면접 예상 질문도 정리해서 가져왔고, 평균등급, 학생생활기록부 여러 가지를 네가 의대에 진학할 수 있도록 아빠가 제공해주잖아. 너는 그냥 내가 하라는 대로만 하면 의대에 진학해서 편안한 삶을 살 수 있어."

아버지는 손에 들고 있는 자료 하나하나를 지성의 눈에 확인을 시켜주고 흥분한 말투로 지성에게 말했다.

지성은 이에 대해 반항심이 치솟았다.

"나는 하고 싶은 일이 있어요. 아빠가 저를 의대에 보내고 싶은 만큼 저도 제가 하고 싶은 일을 하고 싶어요."

"네가 하고 싶은 일이 뭔데?"

아버지는 한심한 듯이 쳐다보시며 말했다.

"그건…. 아직 정하지 못했지만 곧 정할 거예요."

"후…. 그러면서 너의 꿈을 믿어달라는 거냐? 나는 더 이상 네가 다른 진로 고민에 쓸데없이 허비하는 것보다 수학 문제 몇 문제 더 푸는 게 낫다고 생각한다. 그리고 이것도 성적이라고 받아오는 거냐? 수학 점수가 이게 뭐니? 명문 인터넷 강사한테 수학과외 예약해놨으니깐 수학 성적 좀 올려라."

아버지는 지성이와 더 이상의 대화는 하려고 하지 않았다.

'쿵~.'

아버지가 놔둔 자료가 놓여 있던 테이블을 지성이 엎어버렸다.

자료들은 하나하나 슬로우 모션으로 아버지의 눈에서 펼쳐졌다.

'짝~.'

"이런 못 배워먹은 놈. 어디서 그런 짓을 해!"

'쾅!'

"어어 저 녀석이…!"

지성은 현관문을 박차고 밖으로 뛰쳐나왔다.

가로등도 켜지지 않은 가로수 길을 쓸쓸히 울면서 걸었다.

'이렇게 답답한 맘을 가족도 이해해주지 못하는데 누가 날 이해해줄까?'

'그리고 정말 내가 원하는 것이 무엇일까?'

지성은 지친 마음을 음악에 달래려고 귀에 이어폰을 끼고 횡단보도 앞에 섰다. 한참을 기다려도 신호등은 빨간 등에서 바뀌지를 않았다.

"에이 뭐야 고장 났네. 이제는 신호등도 날 가만히 내버려 두지 않네."
라고 하며 길을 건너려는 순간,

"빵-빵-빵!"

큰 트럭이 크랙션을 울리면서 빛의 속도로 달려왔다.

하지만 지성은 이어폰을 끼고 있어서 크랙션 소리를 미처 듣지 못하고 지성은 그대로 차에 치였다.

그 순간 지성은 하늘에 붕 뜬 후 정신을 잃었다.

무지개

父子有親(부자유친) : 아버지와 아들 사
이의 도는 친애(親愛)에 있다.

— 공자

"삐…삐…삐…"

"BP[1]가 떨어졌어. 빨리 피가 필요해! 지금 당장 수혈해야 해. 빨리!"

119구급대가 출동 후 앰뷸런스 안은 아수라장이었다.

"저기요, 저기요! 정신 차려요!"

앰뷸런스는 일단 가장 가까이 있는 병원에 도착했다. 하지만 그 병원에 있는 모든 의사들은 퇴근을 하거나 수술 중이었다. 수술할 의사가 없어서 지성은 위급한 상황에 계속 놓여 있었다.

한 의사 선생이 우연히 지나가다가 지성의 얼굴을 보고 바로 지성의 아버지에게 전화를 했다.

"선배님. 선배 아들이 지금 위급해 보여요. 빨리 와보세요. X대학병원 응급실 3층이요."

지성의 아버지에게 전화한 최 교수는 지성의 아버지와 아주 친한 대학 선후배 사이였다. 그래서 지성의 집에도 많이 놀러오고, 취미가 지성과

---

1 BP : Blood Pressure, 혈압

같아 어렸을 때부터 최 교수가 쉬는 날이거나 지성의 아버지가 병원에서 늦게까지 야근을 할 때 항상 지성의 곁에 있었었다.

그런 최 교수이기에 지성을 한눈에 알아보고 선배에게 전화를 한 것이었다. 최 교수는 옆에 있던 간호사에게 자초지종을 물었다.

"트럭에 치여서 우리 병원으로 실려 왔는데 우리 병원에서는 그 수술을 할 수 있는 장소도 장비도 없습니다. 어떻게 해야 하죠? 선생님?"

그때 지성의 아버지가 병원에 도착했다. 지성의 아버지는 몹시 상기된 상태였다.

"우리 아들 어딨어, 어디 있냐고!"

"선배, 진정하고 내 말 들어 봐요. 지금 지성이가 트럭에 치여서 우리 병원에 실려 왔는데 우리 병원에서는 이 분야 전문 의사도 없고 장비도 없어서 우리 병원에서 수술을 할 수가 없어요. 선배 병원에서 수술을 하는 게 좋을 것 같은데 선배 병원까지는 15~20분 정도 걸린다고 하네요…. 그 정도 시간이면 앰뷸런스 안에서 사망할 수가 있어서…. 어떻게 하죠?"

"그건 내가 알아서 할게. 일단은 BP 안 떨어지게 유지하고 나한테 이상 있으면 바로바로 말해줘."

대화가 끝난 후 지성의 아버지는 대학병원장에게 곧바로 연락했다.

"네. 접니다. 늦은 시간에 죄송합니다. 그런데 지금 저희 아들이 교통사고가 크게 나서 매우 위독한 상황입니다. 사고지역과 가장 가까운 병원을 찾다 보니 X대학병원에 오게 되었습니다. 그런데 이 병원에는 수술도구도 의사도 수술할 환경이 되지 못합니다. 그렇다고 저희 병원으로 옮기기에는 차에서 사망할 가능성이 있기 때문에 섣불리 이동시키진 못하겠습니다.

　그래서 말인데 혹시 이 병원으로 수술도구를 보내주시고 제가 여기서 수술해도 괜찮겠습니까? 원래 원칙에는 안 된다는 것을 알지만, 정말 저에게는 제 목숨보다도 소중한 외동아들이여서 꼭 살려야만 합니다. 부탁드립니다.”

　“걱정 말게. 최대한 빨리 수술도구 보내겠네. 하지만 수술사고가 나면 그 뒤는 병원에서는 어쩔 수 없을 것이네.”

　통화가 끝난 후 곧바로 최 교수가 지성의 아버지에게 달려와서 말했다.

　“선배, 지금 큰일났어요. 피가 부족해서 그런지 혈압도 계속 떨어지고 몸에 체온도 떨어지고 있어요.”

　“그러면 내 피를 일단 수혈해. 그리고 한번 지켜보자.”

　그는 아픔을 감수하고 바로 헌혈한 후 아들에게 피를 주입했다. 그래도 지성의 혈압은 돌아오지 않았다. 오히려 지성의 심장 박동 파형이 점점 약해지더니 결국 정지 상태에 놓이게 되었다. 응급실에서는 삐 하는 소리가 싸늘하게 났고 최 교수는 곧바로 CPR을 하였다.

　“하나 둘 셋 넷 … 서른, 하나 둘 셋 넷 … 서른.”

　계속 반복해도 나아질 기미를 보이지 않았다.

　전기 충격기로 지성의 가슴에 압박을 주었다.

　“100줄 150줄 더 올려 더!”

　상기된 지성의 아버지는 이성을 잃고 화를 분출하였다.

　“선배, 더 이상은 안 돼요.”

　지성의 아버지는 아들의 가슴을 치면서 말했다.

　“내가 얼마나 너에게 희생하고 내 삶의 전부는 너인데 너는 왜 몰라주고 아버지를 떠나려고 하니."

마지막으로 충격을 가한 그 순간 화면의 파형은 기적적으로 정상으로 돌아왔고 지성의 아버지는 눈물을 닦고 일어나서 다시 병원에 전화를 걸었다.

"수술도구는 왜 안 오는 거야?"

"수술도구의 부피가 너무 커서 이송할 수가 없을 것 같습니다."

병원의 의사가 말했다.

전화를 끊은 후 지성의 아버지는 좌절을 하면서 최 의사에게 말했다.

"도박을 해야 될 것 같다. 의료 도구가 부피가 너무 커서 이동이 힘들 대. 그러면 우리 아이가 이동하는 수밖에 없다는 거지. 빨리 앰블런스 좀 대기 시켜줘.

그리고 너도 같이 가주라. 네가 안 가면 내가 너무 힘들 것 같다."

"알겠어요. 선배. 간호사, 빨리 앰뷸런스 좀 대기 시켜줘요."

"드르르르르르륵."

환자베드를 3층 복도에서부터 입구까지 최 교수와 간호사, 그리고 지성의 아버지는 정말 미친 듯이 빨리 끌었다.

앰뷸런스에 도착한 후 지성의 아버지는

"H대학 병원으로 가주세요."

"H대학이요?"

기사는 놀란 듯이 말했다.

"네 H병원이요. 왜 무슨 문제라도 있나요?"

"네. 지금 그쪽 길목에 사고가 나서 정체가 심해서 30분 정도 소요됩니다."

"30분이요?"

"네. 그런데 도로상황에 따라 더 걸릴 수도 있습니다."

"선택의 여지가 없습니다. 그냥 최대한 빨리 부탁드립니다."

모든 것을 포기한 듯 지성의 아버지는 체념했다.

그리고 지성의 손을 잡으면서 기도하면서 잘 흘리지 않던 눈물을 아들의 손에 한 방울 두 방울 떨어뜨렸다.

그런 아버지의 마음을 아는지 모르는지 지성의 상태는 아버지를 계속 긴장하게 좋아졌다 나빠졌다를 반복하였다.

그러는 지성의 아버지를 위로하기 위해서 최 교수는 지성의 아버지에게 이런 말을 건넸다.

"선배는 참 지성이 같은 아들을 둬서 좋겠어요. 나도 다음에 아들 낳으면 이런 기특한 아들 낳아야 되는데."

의문이 드는 말을 최 교수가 하였다.

"무슨 말이야?"

지성의 아버지가 물었다.

"저번에 선배가 무슨 파일을 가져다주라고 저에게 부탁하신 적 있죠?"

"응. 아마 원장님께 보내는 병원 운영 계획표였지 아마. 근데 그건 왜?"

"그때 제가 선배 전화를 받고 선배 집에 도착한 게 새벽 2시 30분 정도였을 거예요. 문을 열고 들어서자 지성이가 방문을 열고 나오더군요.

저는 그 늦은 시간까지 잠을 자고 있지 않는 지성이한테 왜 아직도 자고 있지 않느냐고 훈계를 하려고 했죠. 근데 지성이가 그러더군요.

'아빠 기다리고 있었어요. 히히 저는 아빠가 없으면 잠이 안 와서 말이에요. 그래서 아빠 오실 때까지 잠 안 자고 공부하면서 기다리고 있어요.'

그 말을 듣고 가슴이 울컥하더군요. 지성이의 선배에 대한 사랑이 어느 정도인지 그 한 번의 경험으로도 충분히 느낄 수 있었어요. 그랬던 지성이가 지금 이렇게 누워 있으니까 가슴이 아프네요."

"괜찮아. 지금 우리 지성이 아픔을 이겨내고 깨어날 거니깐."

긴 대화 후에도 지성은 상태가 좋아졌다 나빠졌다를 반복했다.

지성의 심박동은 점점 그 파형을 약하게 그리고 있었다. 축구를 할 때의 그 힘찬 심박동은 온데간데없이 지금의 지성의 심장은 한겨울 동사자의 마지막 헐떡임과 같이 그 신호가 점점 약해져만 갔다. 그때마다 지성의 아버지의 마음 또한 시퍼렇게 멍이 들었다.

그러던 중

"어… 정체가 다 풀렸네 사고현장이 다 정리되고 길이 다 뚫렸어요. 더 빨리 갈 수 있겠네요."

"최대한 빨리 가주세요."

의식을 잃은 환자들에게는 1분 1초가 중요하기 때문에 기사는 좀 더 서둘렀고 지성의 아버지는 조금 더 희망을 가질 수 있었다. 길이 가까워짐에 따라 수술을 집도해야 하는 지성의 아버지의 마음은 애가 타들어갔다.

사실 원래는 규정상 가족끼리는 수술을 못하게 되어 있다. 왜냐하면 대부분 가족의 수술을 담당하게 된다면 지금 지성의 아버지처럼 많이 상기된 상태로 들어서게 되고, 신중해야 할 수술 상황에서 이성보다는 가족이라는 감성이 먼저 작용할 수 있기 때문이다. 그래서 보통은 친인척끼리의 수술은 피하는 편이다.

하지만 지성의 아버지는 이 분야에서 최고의 권위 있는 교수이기 때문에 자신의 아들의 수술을 집도할 수 있었다. 그래서 지성의 아버지는 지금까지의 어떤 수술보다도 긴장을 하며 머릿속으로도 어떻게 수술을 풀어나갈지 생각하며 손으로도 미리 예행연습도 해보면서 만반의 준비를 했다.

병원에 도착한 후 재빨리 환자를 앰뷸런스에서 내리자 그곳 의사들과 간호사들이 기다리고 있었다. 간호사들은 서둘러 지성을 수술실로 옮겼고 지성의 아버지는 최 교수와 마지막 인사를 하고 헤어졌다.

"선배, 수술 성공해서 제 야구 배터리[2]를 꼭 지켜주세요."

최 교수는 그에게 신신당부를 하며 떠났다.

그와 나머지 의사들은 간단한 수술케이스 분류와 브리핑에 들어갔다. 브리핑 후 손을 소독하고 나머지 의사들과 떨리는 마음을 붙잡고 수술실에 들어갔다.

수술실에 들어서 지성의 이마에 뽀뽀를 한 후 그는 수술 장갑을 끼고 수술대 앞에 섰다.

그리고 수술 방에 있는 모든 인원들에게

"나의 아들이지만 그전에 환자입니다. 이 환자는 트럭에 치여 장기가 크게 훼손되었기 때문에 일단 모든 곳을 지혈한 후 수술에 들어가야 합니다. 이점에 특히 유의해서 수술에 들어가야 합니다. 또 제가 지금 몹시 상기된 상태라 혹시라도 잘못된 판단을 내린다면 바로 지적해 주시기 바랍니다. 자 수술 시작합시다."

수술 방 인원들에게 당부의 말을 한 후 그는 자신에게도 또 하느님에게도 간절히 기도를 하며 수술을 시작했다.

---

2 배터리 : 투수와 포수를 지칭하는 야구 용어

"메스."

그는 떨리는 목소리로 간호사에게 메스를 요청했다.

"선생님 너무 손이 떨리시는 거 같은데 조금만 침착하세요."

간호사가 말했다.

"감사합니다."

그는 멋쩍은 듯 미소를 띠며 말했다.

그는 아버지라는 힘으로 떨리는 손을 진정시켰고, 아들의 배를 메스로 절개했다. 예상했던 대로 피가 그의 안경으로 솟구쳤다.

"빨리 피가 나는 부분을 파악하고 지혈을 시작하자."

그는 조금은 침착한 모습을 보이면서 수술 방 인원들에게 말을 했다. 수술 방 인원들 모두는 지혈부위 찾기에 급급했다.

"일단은 출혈이 너무 많이 나면 혈압도 떨어지고 환자의 생명이 위험할 수 있습니다. 따라서 젤로 응급처치를 한 후 파손부위를 먼저 찾고 꿰맨 후 다시 시작하는 편이 나을 것 같습니다."

옆에 있던 조수가 말했다.

"그래, 그럼 그렇게 하자."

그는 건네받은 젤을 통해 아들의 장기출혈을 막았다.

"자, 이 환자는 일단 교통사고가 크게 난 후 폐에 손상이 있어서 폐 수술을 하고 심장 또한 손상부위를 수술해야 할 것 같아."

그가 CT영상을 세심히 관찰한 후 말했다.

"일단 폐는 내 전문 분야가 아니니깐 옆에 계시는 선생님께 맡기고 나는 일단 심장을 수술하고 넘길게."

그는 말을 끝냄과 동시에 심장의 몇 부분을 관찰하더니 손상 부위를 찾았고, 곧바로 꿰매는 작업에 들어갔다.

그는 역시 대학병원 최고의 교수답게 실수 없이 수술을 마무리 지었다. 그리고 옆에 있던 선생에게 자리를 넘기며 ,

"선생님, 꼭 좀 잘 부탁드립니다."

라는 당부에 말을 건넸다.

그는 수술이 끝난 후에도 아들의 곁을 지키면서 수술을 지켜보았다.

수술은 도합 13시간에 걸친 대 수술이었다. 지혈부위를 찾고 폐와 심장을 꿰맨 후 손상된 갈비뼈 또한 수술했기 때문에 모든 인원들은 기진맥진한 상태로 수술 방을 빠져나왔다.

수술실에서 나온 후 그는 지성이를 중환자실로 옮긴 후 아들의 옆에서 그대로 잠들었다. 그의 꿈에서는 아들이 나와서 홀로 어두운 길을 걸어가고 있었다. 꿈에서는 아들이 교통사고를 당하기 전에 있었던 일들이 하나하나 파노라마처럼 펼쳐졌다.

시험을 잘 보지 못해 걱정해하는 아들의 모습, 그런 아들에게 계속해서 공부를 강요하기만 하는 나, 소리치고 난 후 터덜터덜 밤거리를 걸어가는 아직 가슴이 여린 자신의 분신과도 같은 아들. 아들에게 미안했던 일들이 모두 꿈에 주마등처럼 스쳤다.

아들이 차에 치이는 순간이 지나갈 때,

"교수님, 교수님….”

하는 소리에 잠을 깼다.

그는 흘린 눈물을 대충 닦고 일어섰다.

"벌써 시간이 이렇게 됐나?"

"네, 회진하실 시간입니다."

그는 옷매무새를 단정히 하고 의사들 무리의 맨 앞에 서서 회진을 진두지휘했다. 하지만 그는 환자를 진찰할 때도 아들이 머릿속에서 떠나지 않았다. 회진을 돈 후 아들의 수술경과에 대해 회의하는 시간이었다.

"이 환자는 어제 저녁 9시경에 대형트럭에 교통사고가 나서 인근 병원으로 옮겨졌으나 인근 병원의 수술 장비 미흡으로 인해 우리 병원으로 다시 온 케이스입니다. 그래서 수술까지의 시간도 길고 출혈이 많았기 때문에 회복도 느릴 뿐더러 손상부위인 심장과 폐 수술이 성공적으로 마무리는 되었으나 경과를 지켜봐야 하므로 중환자실에 오랫동안 머물 것으로 예상이 됩니다."

후배 의사가 PPT를 켜면서 의사들에게 말을 했다.

"일단 수술하기까지 시간이 많이 걸렸는데 혹시 뇌사 상태에 빠지지는 않았나요? 원래 뇌사는 산소공급중단으로부터 15~20분이면 뇌사상태로 간주하는데 그 정도 시간이면 뇌사에 빠지고도 충분히 시간이 남았을 텐데요?"

다른 의사가 질문했다.

"그전 병원에서 심정지가 일어났지만 그 후 바로 CPR을 실시해 심정지상태의 지속 시간은 그리 오래 걸리지는 않은 것으로 보입니다. 인공호흡기도 계속 부착된 상태로 우리 병원에 왔기 때문에 뇌사상태는 아닌 현재는 코마상태인 것으로 판단이 됩니다."

"그러면 언제쯤 깨어날 것으로 예상이 되나요?"

"정확히는 잘 모르겠지만 코마상태의 특성상 3일 안에 의식을 찾지 못한다면 길어질 것으로 예상이 됩니다."

"자 이제 회의를 마칩시다."

그는 착잡한 심정으로 말했다.

그는 모두가 나간 회의실에 혼자 아들의 수술사진을 띄어놓고 자괴감에 빠져 들었다.

'내가 그 말만 안 했어도, 내가 그 날 저녁에 아들의 심정을 조금만 이해했더라면 이런 일이 없었을 텐데.'

그에게 후배 최 교수에게 부재중 전화가 와 있었다.

그는 핸드폰을 확인 후 최 교수에게 다시 전화를 걸었다.

"선배, 어떻게 지성이 수술은 잘 마쳤어요? 힘든 수술이었을 텐데."

"어~ 그래. 고맙다. 너 덕분에 수술 잘 마쳤어."

"아. 그럼 지금 일어났어요?"

"아니. 코마상태에 빠졌어."

"코마상태요?"

"응."

"코마상태라니…. 지금 당장이라도 운동장에서 뛰어다녀야 할 놈이 침대에서 일어나지도 못하다니 어색하네요…."

"그러게나 말이다. 갑자기 애가 조용하게 가만히만 있으니까 너무 어색하다."

"이제 보니 김지성 진짜 나쁜 놈이네요. 이렇게까지 아버지 걱정시키는 아들이라니 천하의 불효자식이네…. 에휴… 빨리 일어나서 건강한 모습 보고 싶네요."

"그러게나 말이다. 에휴… 이렇게까지 아들을 다치게 한 이 아버지가 잘못이지 뭘…."

"무슨 소릴…. 괜히 많은 걱정 하지 마시고 이번 기회에 아들하고 많이

붙어 있으세요. 지성이가 정말 좋아 하겠네요. 하여튼 저도 꼭 빨리 일어
나도록 기도할게요."

"알았어. 고맙다."

그는 최 교수의 전화를 끊고 미소를 지었다. 최 교수의 말을 들으니 어서
일어나 운동장에서 축구를 하는 아들 지성의 모습을 떠올리니 가슴에서 뜨
거움이 올라왔다. 아들에게로 향하던 중 그는 병원장의 호출을 받았다.

"부르셨습니까."

"그래 수술을 잘 됐고?"

"수술은 잘 마쳤는데 코마상태에 빠졌습니다."

"마음이 많이 아프겠군. 사실 나도 작년에 아들을 그런 일이 있은 후
수술하다가 보냈네. 저녁에 나랑 말다툼 후 집에 나서다가 그만… 오토바
이에 치여 수술을 했지만 출혈이 잡히지 않아서 말이야….

근데 김 교수의 아들은 참 다행이야. 이렇게 수술이 성공적으로 끝난
게 난 너무 기뻐.

내가 정말 우리 김 교수 좋아하는 거 잘 알지? 그래서 내가 VIP룸 비워
놨으니깐 지금은 아들 치료에 신경 쓰고… 우리 병원 최고 교수들에게도
연락해 놨으니깐 부담가지지 말고… 무슨 일 있으면 전화해서 도움도 받
고 또 당분간은 병원일 신경 쓰지 말고 아들 치료에 전념하도록 해."

"아니 이렇게 신경 쓰지 않으셔도 됩니다. 이렇게 하면 너무 부담스럽
습니다."

"아니야. 너 지금 최선을 다하지도 않고 너희 아들 보내버리면 너 진짜
자괴감에 삶을 계속하지 못할 수도 있어. 나도 그 일을 겪어봐서 너 얼마
나 힘들지 아니까 이러는 거야."

"감사합니다."

울면서 그는 대답했다.

병원장은 그를 안아주면서 말했다.

"네가 단순히 우리 병원 의사가 아니잖니. 너는 내 첫 번째 제자인데 내가 어떻게 너의 어려움을 모른 척 할 수 있겠니? 부담 갖지 말고 너희 아들에 신경 써."

사실 그와 병원장은 단순히 사장과 사원의 관계가 아니라 대학 때부터 사제관계였다. 항상 현철이 어려울 때 벤치에 앉아 한숨을 푹푹 쉴 때면 교수가 와서 그의 어깨를 치며 말했다.

"젊은 사람이 왜 이러나. 어려운 일 있으면 나한테 찾아와서 말해. 하늘이 너와 나를 사제지간으로 맺어준 데는 다 이유가 있는 거야. 어려우면 혼자 썩히지 말고, 나랑 같이 풀어갈 생각으로 연락하면 좋겠어."

그는 그때를 머릿속에 회상하면서 원장실 문을 나섰다.

그는 자신의 자리로 가서 가족 앨범을 꺼내었다. 아들이 볼까 집에도 두지 못한, 자신의 아내 미연의 사진이 있는 이 앨범. 그는 오늘 자신의 아들에게 지금까지 못했던 그 아이의 엄마와 아빠의 이야기를 들려주기로 결심했다. 마지막으로 책상을 정리한 후 아들이 있는 중환자실로 갔다.

그리고 간호사들에게

"이 환자 VIP실로 옮겨주세요. 원장님께서 허락하셨어요."

라고 부탁하였다.

간호사들을 VIP실로 보낸 후 그는 동료 의사들에게 간단한 커피를 사 들고 가서

"미안. 부족한 나 때문에 내가 아들 병간호 하러 가야 되서 휴가를 내

야 될 것 같네. 정말 미안해. 내 임무도 좀 간곡히 부탁할게. 어려운 일 있으면 나한테 전화하고, 그리고 커피 맛있게 마셔. 금방 돌아올게."

"교수님! 진심을 다해 응원하겠습니다."

병원의 의사들이 마음을 모아 그에게 위로의 말을 건넸다.

15년간 단 한 번도 병원에서 벗어보지 못한 의사가운을 벗고 그는 생활복으로 환복을 한 후 아들을 돌보러 복도를 나섰다. 그는 익숙지 않은지 사람들의 시선을 두려워했다. 엘리베이터에서 만난 의사들과 간호사들의 눈조차 마주치지 못했다.

아들의 병실에 들어선 그는 가져온 앨범들을 펴놓고 아들의 눈앞에서 이야기를 하기 시작했다.

"원래는 아버지가 그랬잖아. 네가 이 이야기를 이해할 수 있을 정도로 크면 그때 이야기 해주기로. 그런데 이렇게 빨리 이야기 하게 될 줄은 아빠도 몰랐다.

하… 우리 아들… 아마 지금 가장 가슴 아파하고 있을 건 네 엄마일 거야. 하늘에서 너를 죽기 살기로 보살피면서 너를 걱정하고 있겠지.

우선 네가 가장 궁금해했던 엄마 이야기부터 해줄게. 내가 항상 너희 어머니의 유품을 다 숨기고 사진도 못 보게 했지? 그건 다 네가 계속 죽은 사람을 붙들고 너의 삶을 살지 못할 것 같아서 그랬어….

여기 이게 너의 엄마랑 내가 찍은 사진이야.

첫 만남 때 찍은 사진이지.

이거는 두 번째 만남, 그리고 이 사진은 처음으로 엄마 아버지 즉, 장인어른을 뵈었을 때 집 앞에서 찍은 사진이야. 장인어른께서는 잘생긴 의사가 집안에 사위로 들어와서 좋아하셨지.

그리고 이 사진은 내가 너희 엄마와 결혼한 날 찍은 거야. 얼마나 행복했으면 둘 다 좋아 죽겠다는 표정이네…. 너희 엄마 참 예쁘지? 나도 오랜만에 사진집을 통해서 추억을 회상하니깐 너희 엄마가 보고 싶다. 너희 엄마는 너를 가졌을 때 참 지극정성으로 너를 돌봤어.

그렇게 좋아하던 커피도 한 모금도 안 마시고 태교한다고 클래식도 많이 듣고 그랬는데…. 문제는 너희 엄마가 임신중독증에 걸린 거야….

처음에는 너희 엄마가 갑자기 혈압이 올라서 어지럽다는 거야. 크게 걱정했어야 했던 건데….

우린 장인어른께서 고혈압이 있으시는 가족력이 있어서 대수롭지 않게 여겼지. 그런데 실은 그게 임신중독증 초기증상이었어. 너희 엄마는 얼마 후 쓰러져서 병원에 와서 수술을 받았어.

다행히 태아인 너는 구출할 수 있었지만 너희 엄마는 결국 세상을 떠나고 말았단다. 그때 얼마나 많은 눈물을 많이 흘렸는지 아니?

그래서인가 옆에 엄마가 없으니까 점점 단호하고 엄격한 냉정한 사람으로 변하더라고.

네가 친구랑 싸웠던 그 일 이후 특히나 이 아빠는 너에게 냉혹한 아빠가 된 것 같다. 이 때문에 그 날도 너한테 그렇게 화를 낼 상황이 아닌데 너에게 화를 내서 아직도 후회하고 있단다. 두 번의 잘못된 판단으로 가족 모두를 잃을까봐. 그때를 다시 돌이켜보면 네가 하는 말이 맞았을 수도 있겠다는 생각도 든단다. 더 이상 너에게 나의 욕심을 강요하지 않으려고 생각한다.

네가 다시 돌아오면 이 아빠도 그때는 너의 이야기도 많이 들어주고, 너의 입장에서 생각하려고 노력 많이 할 거란다. 네가 빨리 돌아왔으면 좋겠다. 우리 아들… 아빠가 우리 아들이 이렇게 힘없이 누워 있으니까 너무 가슴이 아프다. 사랑하는 우리 아들… 시간이 너무 늦었다. 이제 자자."

그는 아들의 옆에서 침대를 펴고 불편한 마음으로 잠을 청했다.

그 다음 날 아침이 밝았다. 웬지 오늘 따라 햇살이 더 밝게 병실을 내리쬐었다.

그 순간 희미하게

"아빠, 감사합니다."

라는 소리가 들렸다. 그는 고개를 들어 아들을 쳐다보았다. 아들은 얼굴에 혈색이 도는 얼굴로 그를 바라보았다. 지성은 이어

"걱정하게 해서 그리고 아버지의 깊은 뜻을 몰라서 죄송해요. 어제 아빠 말씀 듣고 안으로 정말 많이 울었어요. 아빠 엄마의 진심을 이젠 정말 알 수 있을 것 같아요. 꼭 제가 하고 싶은 일을 찾아서 아빠 엄마께 보답할게요."

길 줄 알았던 코마상태에서 아들은 다행히 금방 깨어났다. 그 또한 그런 아들을 쳐다보면서

"그래. 이 아빠도 꼭 아빠의 뜻만을 강요하지 않고 너를 믿고 지원해주마."

라고 인자한 미소를 지으며 말했다.

아침에 본 햇살이 이러한 뜻을 암시했는지 아들과 그는 서로의 오해를 풀 수 있었고, 새로운 출발을 약속하면서 병실을 나섰다.

성장통

사고에 이은 아버지와의 대화 이후로 그동안 그를 짓눌렀던 마음속의
돌덩이를 내려놓은 지성은 하루가 다르게 몸이 좋아졌고, 얼마 지나지 않
아 완전히 몸을 회복하였다.

"지성아, 이제 퇴원할 때가 거의 다 된 것 같은데? 뼈도 거의 다 붙은
것 같고, 이 정도면 얼마 동안만 목발 짚고 생활하면 완전히 낫겠다."

"와. 드디어 탈출할 수 있는 건가요? 답답해서 죽는 줄 알았어요. 차라
리 학교가 좀 더 나은 것 같기도 한데…."

"도대체 얼마나 병원 생활이 지루했으면… 근데 그것도 아닌 것 같았
는데? 항상 보면 간호사 누나들이랑 수다 떨고 있던데 뭘."

"아, 안 돼! 퇴원하면 이제 누나들 볼일도 별로 없겠네요…. 그건 싫은
데…."

"에라이, 녀석, 빨리 퇴원이나 해라."

그리고 얼마 지나지 않아 지성이 퇴원하던 날, 지성은 그동안 함께 지
냈던 병실 내 환자들, 의사, 그리고 떨어지고 싶지 않던 간호사 누나들과
인사를 하고 병원을 나섰다. 병원 문을 나서자, 병원 건물의 그늘 밖은 따

뜻한 햇볕이 내리쬐고 있었다. 지성의 퇴원을 축하라도 해주듯, 태양은 눈이 부실정도로 강한 햇빛을 비추고 있었다. 괜히 지성은 기분이 들뜨기 시작했다. 그리고는 병원 안에서 아빠와 했던 대화들이 어렴풋이 떠올랐다. 옅은 미소를 짓지만, 동시에 살짝 부끄러운 감정이 든 지성은 이내 주머니에서 울린 핸드폰 벨소리에 깜짝 놀란다.

"뭐야, 누구지?"

정혁의 전화였다.

"여보세요?"

"퇴원 축하한다, 짜샤."

"어, 너 어떻게 알았어? 분명 아무한테도 말 안 했는데?"

"너네 아빠한테 여쭤봤지. 내가 그런 것도 모르겠냐."

"흠. 그건 생각 못했네."

"지금 어디야?"

"병원에서 이제 나왔다. 병원 안에 있다 밖에 나와서 그런지 날씨가 아주 죽여주네."

"오늘 엄청 덥잖아. 벌써 여름 날씨라니까."

병원 안에서 느끼지 못한 초여름의 더위는 생각보다 힘이 세서, 밖의 날씨를 모르고 긴팔 티셔츠를 입었던 지성은 병원 문을 나서고 난 이후로 어느새 땀을 흘리고 있었다.

"그러네. 나 지금 긴팔인데… 진짜 더워…. 밖이 이렇게 더운 줄 몰랐지."

전화기 너머로 정혁의 웃음소리가 크게 들린다.

"긴팔? 야, 너 지금 땀으로 샤워하겠다. 더우니까 빙수라도 먹으러 갈래? 나랑 인수도 지금 밖인데."

"음… 그럴까? 대신 네가 쏴."

"흠… 오케이, 콜! 너 퇴원 기념으로 내가 낼 테니까 학교 앞에 사거리 알지? 그쪽으로 와."

"나이스! 알았어, 지금 갈게. 끊는다."

카페에 도착한 지성은 오랜만에 친구들과 함께 모여서 이야기를 나누었다.

"근데 쉬다 와서 그런가, 왜 이렇게 기분이 업 돼 있어?"

"누구, 나?"

"그러면, 너 말고 누구겠냐? 병원 안에서 무슨 일 있었냐? 간호사 누나들이 예쁘던?"

"누가 예쁘다고?"

계속해서 빙수만 먹고 있던 인수는 갑자기 눈을 크게 뜨고 지성을 바라본다.

"말 듣지도 않다가 여자 이야기 하니까 갑자기 눈 돌리냐? 병원 안에서 간호사 누나들이랑 같이 있었던 게 유일한 낙이었는데, 그것 때문에 퇴원하는 게 싫기는 했지. 근데 그것 때문에 그런 건 아닌 거 같아."

"그러면?"

"아빠랑 화해했어."

"화해했다고? 다행이네! 너희 아빠가 뭐라고 하셨어?"

"그냥… 이런저런 얘기? 이제 더 이상 부담만 주지는 않겠다고 하셨어."

"하긴, 지금까지 너는 네 의지대로 공부하는 게 아닌 거 같았으니까. 너 지금은 하고 싶은 거 있냐?"

"음… 아직은."

"없어? 신기하네. 너 공부가 취미냐?"

"뭔 소리야. 얼른 먹기나 해."

몸을 완전히 회복한 지성은 다시 학교에 나가기 시작했다. 그를 반겨 주는 친구들도 몇몇 있었지만, 그가 학교에 와서 맞닥뜨린 것은 그의 엉망이었던 중간고사 성적이었다. 시험을 보고 난 직후에는 시험결과에 신경을 쓰고 싶지도 않았고, 오히려 될 대로 되라는 생각이었다. 하지만, 지성은 마음을 다잡고 정혁과 인수와 함께 열심히 공부를 하였다. 지성은 스터디 그룹을 친구들과 함께 구성하여, 수업시간 내용을 개인적으로 정리한 후 모여 서로에게 모르는 내용을 가르쳐 주고, 좋은 문제를 공유하며 함께 실력을 키워나갔다.

점점 시험에 가까워질수록 지성은 긴장이 되었다. 하지만, 이것은 그가 반 배치고사를 볼 때의 그 느낌과는 달랐다. 이 새로운 떨림 속에 마침내 첫 시험을 마친 지성은 홀가분하면서도 시원섭섭한 느낌이 들었다.

시험이 끝나고 나서, 지성은 친구들과 함께 실컷 스트레스를 풀었다. 친구들과 함께 화끈한 액션 영화를 보고, 노래방에서 목이 쉴 때까지 소리 지르기도 하며, 시험결과가 나오기 전까지 잠깐 동안 주어지는 불완전한, 그렇지만 아주 달콤한 자유를 마음껏 즐겼다.

"야, 오늘 잘 놀았다."

"그러게. 나 노래방에서 소리 너무 질러서 지금 목소리가 안 나와. 이거 내일 어떡하지?"

"무슨 걱정이야. 시험 끝났는데 즐기고 봐야지."

"뭐, 너 말이 맞네. 암튼, 들어가라."

"그래, 내일 보자."

"오케이. 잘 가라."

친구들을 각자 집으로 보내고, 지성 역시 집으로 들어왔다. 피곤한 몸을 이끌고 집 현관문을 열고 들어와서, 가방만 던져놓고 바로 침대로 직행하는 지성.

"으아~ 피곤해! 바로 쓰러지겠다."

지성이 침대에 눕자마자, 다시 현관의 도어락 누르는 소리가 들린다.

—삑—삑—삑—삑

'어? 오늘은 빨리 들어오시네. 무슨 일 있으신가?'

"지성아, 집에 왔니?"

"아… 네. 다녀오셨어요?"

"그래."

다시 방 안에 들어가려던 지성에게 현철은 한 마디를 덧붙인다.

"오늘 시험 끝났니?"

그 순간, 지성은 잠시 동안 멈춰 섰다. 시험이 끝나면, 항상 현철은 지성에게 이 묵직한 한마디를 던졌었다. 지성에게 아버지가 하는 이 말은 단순한 질문이 아니었다. 이전까지 항상 이 말 이후에는 아버지의 말들이 지성의 마음을 무겁게 했고, 이 때문에 지성은 아버지가 하는 말에 귀를 닫을 수밖에 없었다. 지성은 반사적으로 아버지의 이 말을 듣자마자 대답을 회피하고 싶어졌다.

'잘 봤냐고 물어보시려나? 저번 시험보다 오르긴 했는데…. 아니야. 1등은 힘들 텐데… 실망하시려나?'

"아… 네."

지성은 우물쭈물 대다 겨우 한마디를 내뱉었다.

"……."

잠깐 동안 말이 없는 현철. 긴장한 듯한 지성을 보고 현철은 이윽고 한마디를 꺼낸다.

"수고했다."

현철의 한마디에 지성은 긴장되었던 표정이 천천히 풀어졌다. 지성이 예상했던 것과는 완전히 다른 답변이었다.

"지성아."

"…네?"

"이젠 안 그러기로 아빠가 약속했잖니. 부담주지 않기로. 얼마나 지금까지 시험 이야기하는 게 싫었으면…."

지성에게 따뜻한 미소를 보내는 현철. 그제서야 지성은 안심한다.

"네. 죄송해요. 아빠도 바뀌겠다고 하셨는데, 참."

"하하. 녀석. 시험도 끝났는데 저녁이라도 먹으러 갈까?"

"네! 좋아요. 저기 앞에 새로 생긴 레스토랑이 있는데, 거기 가요."

지성은 현철과 함께 레스토랑에서 저녁식사를 하였다. 비록 다른 가족들과는 달리 아버지와 아들 단 둘이서 함께하는 식사였지만, 그날 저녁 아버지와 아들이 나눈 대화는 아직은 조금 어색하지만, 부자간 사이가 좀 더 가까워질 수 있었던 여느 다른 가족들 간의 대화와 다름없었다.

시험이 끝나고 며칠 후, 드디어 시험성적이 나왔다. 선생님께서 한 명한 명 이름을 부르며 성적표를 건네줄 때, 교실 안은 희비가 교차하였다.

누군가는 머리를 쥐어뜯으며 절규하고, 또 다른 누군가는 성적표를 들고 뛸 듯이 기뻐하며 약속한 새 스마트폰을 받기 위해 부모님께 당장이라도 전화를 하려고 하였다. 그리고, 드디어 지성의 이름이 불렸다.

"11번 김지성."

다소 긴장된 듯이 성적표를 받아든 지성.

"오, 지성이 성적 많이 올랐네? 잘했다."

성적표를 받아든 지성은 미소를 지었다. 만족할 수 있었다. 저번 중간고사에 비해서 성적은 많이 향상되었다. 사실 첫 시험도 심각할 정도의 성적은 아니었지만, 예전에 현철이 지성에 대해 기대했던 것보다, 그리고 지성의 중학교 때 성적에 비하면 눈에 띄게 하락했던 것은 사실이었다. 분명 과거의 지성이었다면 이번에도 성적표를 보고 약간 눈살을 찌푸렸을 것이었고, 여전히 만족하지 못했을 것이었다. 더 좋은 결과를 내지 못한 자신에 대한 분노가 앞섰을 것이었다. 그러나 지금 더 이상 그는 매우 높은 탑 꼭대기 위에 홀로 서서 까마득한 아래를 바라보며 떨어질 것을 두려워하지 않았다. 그는 이제 조금 더 내려와서, 넓게 펼쳐진 주위 풍경을 둘러볼 수 있었다. 까마득한 아래가 아닌, 높고 맑은 하늘을 바라볼 수 있었다.

지성은 다시 한 번 의지를 다졌다. 최고의 성적을 받아야지. 하지만 이것은 현재의 성적에 대한 불만 때문에 든 생각이 아니었다. 그는 변화를 맞이한 자신에게 목표에 대한 열정을 증명해 보이고 싶었던 것이었다.

그렇게 다사다난했던 1학년 1학기가 끝나고 2학기가 접어들며 지성은 열심히 학교 생활을 계속했다, 지성은 자신이 좋아하는 축구를 반 친구들과 함께 하기도 하고, 여전히 스터디 그룹 내에서 공부도 열심히 하였다.

밝아진 성격 탓이었는지 주위엔 친구들이 지성을 잘 따랐고, 지성의 대인 관계도 더 좋아지게 되었다. 또한 열심히 한 덕분인지, 지성의 성적은 조금 더 올라, 어느새 학년 안에서 1등을 다투는 정도가 되었다. 지성은 스스로를 자랑스럽게 생각했다. 점점 더 자신의 꿈에 한걸음 다가갈 수 있을 것 같은 기분이었다.

어느덧 겨울방학이 끝나고 2학년이 되었다. 매년 그랬듯이 학기 초에 새로운 친구들을 만나게 되면 반 전체에 일시적인 어색한 분위기가 흐르지만, 며칠 가지 않아 언제 그랬냐는 듯이 사라지게 된다. 봄에 있는 체육대회도 그 이유 중 하나이다. 어느덧 체육대회 준비기간이 되었고, 학교의 분위기가 들썩들썩했다. 대부분의 남고 학생들이 운동에 있어서는 목숨 걸고 치열하게 경기하는데, 체육대회 때 특히 그랬다. 지성이도 역시 축구를 좋아했기 때문에 더욱 기대가 되었고, 틈틈이 준비하기도 하였다. 특히 지성은 작년에 병원에 입원하는 바람에 체육대회에 참가하지 못했기 때문에 올해 체육대회에 대한 열정이 불타오르고 있었다.

그러던 중, 체육대회를 앞둔 어느 날, 정혁이 지성의 반으로 찾아왔다.

"야 지성아, 우리 체육대회 연습도 할 겸 점심시간에 너희 반이랑 우리 반 축구 한 게임 할까? 간단하게 음료수 내기로 하자. 어때?"

지성이 잠깐 망설이는 동안, 정혁이 말을 이어갔다.

"에이 설마 질까 봐 겁나냐?"

지성은 정혁의 말을 듣자마자 바로 응수했다.

"뭐라는 거야. 내가 너한테 질 리가 없잖아? 음료수에다가 아이스크림까지 얹어서 한판 하자."

"우리가 당연히 이기지."

"기대해라."

지성 옆에 있던 아이들이 지성을 도와서 말했고, 정혁은 씩 웃으며 자기 반으로 갔다.

순식간에 반의 분위기가 달아올랐다. 학교에서 축구를 잘 하기로 소문난 반이 정혁이네 반이었기 때문이다.

"야, 정혁이네 반 축구 진짜 잘하는데, 이길 수 있겠냐?"

"야, 우리 반도 만만치 않아."

"심지어 정혁이 쟤는 공부도 잘하면서 축구도 수준급이야. 저런 범생이까지 축구를 잘하는데 우리가 무슨 수로 이기냐?"

"그렇게 말한다면 우리는 지성이가 있지. 지성이는 중학교 때 교육감 배 축구대회를 우승으로 견인해버린 놈이야. 해볼 만하다니까?"

실컷 떠드는 사이 4교시 종이 울렸고, 수업이 시작되었다. 그러나 대부분의 아이들은 축구를 할, 또는 볼 생각에 들떠 수업에 집중하지 못했다.

점심 시간이 되었고, 운동장으로 나온 정혁이네 반과 지성이네 반 축구 선수들은 긴장이 흐르는 킥오프를 했다. 막상막하의 기대되는 경기이니만큼 소문이 빠르게 퍼졌고 많은 학생들이 경기를 지켜보고 있었다. 지성은 오른쪽 공격형 미드필더였고, 정혁은 왼쪽 윙어였다. 그래서인지 유독 겹치는 상황이 많았고, 몸싸움이 거칠게 진행되었다. 경기는 막상막하였고, 양 팀의 공격과 수비가 모두 탄탄해서인지 골이 좀처럼 나오지 않았다. 그런데 전반전이 끝나갈 무렵이었다. 지성이 방심한 틈을 타 정혁은 지성을 제치고 그 기세를 몰아 골을 넣었다. 첫 골이었다. 정말 멋있는 중거리 슛이었다.

전반전이 끝나고 쉬는 시간 5분이 주어지자 지성은 정혁에게 다가갔다.

"야, 서정혁 너 실력 안 죽었네?"

"방심하면 안 되지. 오늘은 우리 반이 이긴다."

정혁과 말을 주고받은 지성은 다시 자신의 위치로 향했다. 그런데 관중들이 말하는 소리가 지성의 귀에 꽂혔다.

"와, 방금 서정혁 봤냐? 몇 명을 제친 거야? 쟤 축구 잘한다더니 소문이 진짜였나 보네. 그런데 김지성 쟤도 잘한다고 하지 않았냐?"

"그러게. 오늘은 별로네."

머쓱한 듯 씩 웃으며 지성은 후반전 시작을 기다렸다. 그때 지성의 귀에는 어느새 지성의 근처에 온 인수가 소리치는 소리도 들렸다.

"와, 정혁이 진짜 잘한다. 근데 지성이는 어떻게 된 거냐? 공부도 정혁이가 더 잘하는데 축구도 잘하네."

인수는 일부러 지성의 자존심을 건들기 위해 막말을 던졌고, 지성은 인수에게 소리쳤다.

"두고 봐라. 내가 골 넣고 만다!"

어느덧 후반전이 시작되었고, 지성은 좀 더 거칠게 플레이를 했다. 그에 맞춰 정혁 역시 거칠어지게 되었다. 보는 사람들은 흥미진진하기만 했다.

때마침 공은 코너라인 쪽으로 나갔고, 지성이네 반의 코너킥 찬스였다. 모두가 긴장하며 페널티 박스 안으로 모였고, 공은 오른쪽에서 알맞게 감겨 지성의 머리로 정확히 향했다. 그런데 지성이 헤딩하려는 그 순간, 옆에서 정혁이 공을 차지하려고 점프하려는 것이 아닌가!

'이 기회를 놓치면 이번 경기는 진다!'

지성은 헤딩을 시도하며 몸으로 정혁이를 약간 밀었다. 그런데 정혁의 머리가 골대 쪽으로 향하더니, 쾅 하는 소리와 함께 바닥으로 쓰러지고 말았다. 골대에 부딪히는 소리가 반대편에 있던 수비수에게까지 들릴 정도였으니, 심각한 상황인 것 같았다. 심지어 숨 돌릴 새도 없이, 넘어진 정혁의 위로 수비들이 엉켜 넘어지면서 그의 다리가 그들에 의해 깔려 버렸다.

황급히 상대편 골키퍼가 정혁의 의식을 확인했지만 그는 의식이 없었다. 모두들 어쩔 줄 몰라 우왕좌왕했다.

"야 저거 어떻게 된 거냐? 정혁이 왜 그래?"

"왜 안 일어나지?"

"어…? 야 정혁이 잘못됐나 봐."

그 순간 운동장은 아수라장이 되었고, 밖에서 지성이를 약 올리던 인수는 곧바로 체육선생님께 달려갔다. 체육선생님은 곧바로 달려오셔서 119를 부른 후 정혁이의 상태를 확인하셨다. 정혁의 상태가 심각하다고 판단한 체육선생님은 그에게 CPR을 시행했다.

"…쿨럭, 쿨럭."

다행히 정혁의 의식은 금방 회복되었지만, 그는 다리에 고통을 호소하였고, 곧바로 도착한 앰뷸런스를 타고 대학병원으로 향했다.

경기는 중단되었고, 그와 동시에 점심시간 또한 종료되었다. 경기가 끝나고 같이 경기하던 친구들은 자책하는 지성을 보며 위로했다.

"지성아, 축구하다보면 있을 수 있는 일이니깐 너무 신경 쓰지 말고 이따가 같이 병문안 가자."

그러나 친구들의 말은 지성의 귀에 들어오지 않았다. 수업종이 치고 나서도, 수업이 시작하고 나서도 지성은 계속 정혁이에 대한 걱정을 하였다.

'내가 손으로 밀치지만 않았어도… 욕심 부리지 않았으면… '

여러 가지 후회들이 지성이의 머릿속을 스쳐 지나갔다. 지성은 수업이 끝난 후 바로 교무실로 내려가서 선생님께 자초지종을 설명하고 병문안을 가고 싶다고 말했다.

선생님께서는 서랍을 열고 조퇴증을 찾으셨다.

"정혁이 위로 잘 해주고 와라. 그리고 너도 성적 떨어지지 않게 열심히 해라. 더 올라가야지."

조퇴증을 받고 교무실을 나선 지성은 저녁도 먹지 않은 채 가방을 들고 바로 정혁이 있는 병원으로 뛰어갔다. 병원에 도착해서 카운터에 정혁이가 있는 방을 알아본 후 해당 병실을 찾아갔다. 그러나 그는 차마 들어가지 못하고 병실 문 앞에 서서 한참을 고민했다.

'정혁이 어머니께서 혼내시면 어떡하지? 정혁이가 앞으로 나를 안 본다고 하면 어떡하지? 그냥 집에 갈까?'

지성이 고민하던 중, 병실 문이 열렸고 정혁이의 어머니께서 나오셨다.

"지성이 오랜만이네? 어서 들어와. 저녁은 먹었어?"

지성은 순간 눈물이 맺혔지만, 간신히 삼키고 대답했다.

"아직 안 먹었어요. 그런데 정혁이는 괜찮나요? 괜히 저 때문에…."

"무슨 소리야. 정혁이가 온갖 멋있는 척은 다 하다가 다친 거지. 남자들이 놀다 보면 그럴 수도 있지 않겠니? 자책하지 말고 정혁이랑 같이 있어. 아줌마가 치킨 사올게."

병실에 들어간 지성은 한쪽 다리에 깁스를 차고 있는 정혁이를 발견하였다.

"정혁아, 미안하다. 괜히 나 때문에 이렇게 고생하고."

"괜찮아 어릴 때는 발 두 개다 부러져서 입원한 적도 있어. 걱정하지 마라. 형님 금방 퇴원한다. 근데 맛있는 건 안 사왔냐?"

"아, 급하게 오느라 깜빡했다."

"아 너 진짜 매너 없네. 놀러오면서 맛있는 거는 사와야지."

"그럼 아래 매점에 가서 뭐라도 사 올게. 아니면 같이 갈래?"

"너 나 놀리냐? 이 다리로 어떻게 가? 내 동생 정효나 데리고 가라. 계속 심심하다고 보채는데."

"알겠어."

지성은 처음 보는 정효를 데리고 밖으로 나섰다. 엘리베이터 안에서 지성은 어색함을 풀기 위해 계속 질문을 던졌다.

"정효 너는 몇 살이야?"

"왜요?"

지성은 정효의 반응에 당황했지만 계속 말을 이었다.

"음… 궁금해서?"

"오빠랑 2살 차이에요."

"중학교 3학년이네."

"…."

왠지 차가운 분위기가 흐르는 엘리베이터 안. 정효는 계속해서 지성의 물음에 냉랭하게 대답했다.

"나 너희 오빠랑 친한데. 우리 친하게 지내자."

지성은 정혁에게 미안한 마음이 들어 정효에게 잘 대해주기 위해 노력했지만 정효는 좀처럼 마음을 열지 않았다.

매점에 도착한 지성은 정혁이를 위해 간단한 간식거리를 골랐다. 가만히 있는 정효를 보며 지성은 정효에게 다시 말을 꺼냈다.

"정효야, 매점 다 왔으니깐 너도 먹고 싶은 거 골라."

"저는 별로 먹고 싶은 거 없는데…."

"그래? 그러면 빨리 가서 치킨 먹자."

지성은 정효의 일관된 태도에 점점 주눅이 들었다.

'나한테 왜 그러지?'

매점을 나서 엘리베이터를 지나 병실 앞으로 오기까지, 침묵과 어색함이 계속 맴돌았다.

병실로 올라온 지성은 정혁이가 걱정되는 듯 치킨을 먹으면서도 그를 계속 바라보았다. 그는 그런 지성이의 시선이 부담스러운지 자꾸만 장난을 쳤다.

"야, 꾸물대지 말고 빨리 치킨이나 먹어."

"그만 쳐다 봐 얼굴 뚫어지겠다."

"미안해서 그러지."

"야 인마, 이제 내 앞에서 미안하다고 하면 이제 너 안 본다? 미안하기는 뭐가 미안해? 운동하다가 다친 건데."

그래도 지성은 죄책감을 씻을 수 없었다.

병문안을 다녀온 지성은 집에 와서도 고민에 빠졌다.

'뭘 해줘야 정혁이가 좋아할까?'

지성은 고민 끝에 자신의 집에 있던 축구선수 브로마이드와 여러 가지 축구잡지를 그의 병실에 가져다주려고 가방에 챙겼다. 그리고 당분간 학교에 나오지 못하는 정혁이를 위해서 정혁이 것까지 동시에 필기하여 그가 학교 진도에 맞춰 공부할 수 있도록 배려했다. 야자가 끝난 늦은 시간에도 지성은 매일 그의 병실에 방문하여 잠깐이라도 같이 있어 주었다.

어느덧 시간이 흘러서 정혁이 퇴원했고, 학교에서 그의 모습을 볼 수 있었다. 하지만, 아직 그는 다리의 뼈가 완전히 다 붙지 않아서 목발을 짚어야 했고, 이 때문에 누군가의 도움이 필요한 상황이었다. 당연히 지성이 그 역할을 자처했다.

내심 지성에게 고마움을 느끼던 정혁은 어느 날 지성에게 말했다.

"지성아, 우리 엄마가 너가 나 챙겨줘서 고맙다고 이번 주말에 우리 집에서 저녁 같이 먹자는데 올 거지?"

"그래도 돼? 나야 감사하지."

"그럼 이번 주 토요일 6시까지 와."

주말이 되었다. 시간이 되자 지성은 정혁이의 집으로 찾아갔다.

"띵동."

"누구세요?"

"저 지성이인데요."

"어 지성아, 들어와. 문 열려있어."

아직은 아픈 다리를 하고 소파에 누워 있는 정혁이 말했다.

"야, 서정효. 오빠 친구 왔는데 인사도 안 하고 뭐냐."

"안녕하세요."

정효는 지성의 얼굴도 보지 않고 차갑게 인사한다.

"야, 인사하는 것도 귀찮냐? 말투가 왜 그래?"

보다 못한 지성이 가운데에서 중재했다.

"괜찮아. 그만 해."

"빨리 와서 밥 먹어라."

때마침 전쟁의 휴전을 알리는 정혁이 어머니의 선언이 있었다.

모두들 자리에 앉아서 언제 싸웠냐는 듯이 밥을 먹었다. 지성은 오랜만에 여러 명의 사람들과 밥을 먹어서인지 내심 기분이 훈훈했다.

"야 지성아, 근데 너 시험공부 많이 했냐? 벌써 일주일 남았는데."

달력을 보면서 정혁은 고개를 좌우로 흔들었다.

"벌써… 일단 밥이나 먹자. 숨 막힌다."

지성은 웃으며 말했다.

식사를 마치고, 지성은 자리에서 일어나 집에 갈 채비를 하였다.

"좀 더 있다가 가지 그러니?"

"아, 오늘 아버지께서 집에 일찍 들어오셔서요. 집 지키고 있어야죠. 오늘 저녁 맛있게 먹었습니다. 다음에 올 수 있으면 또 올게요."

"그래. 우리 정혁이 학교에서 도와주느라 수고한다. 앞으로도 잘 부탁한다."

"네. 걱정 마세요. 정혁아, 나 간다. 내일 보자."

"그래. 내일 봐."

"정효도 안녕."

여전히 지성을 무뚝뚝하게 바라보기만 하는 정효. 부모님과 정혁이 옆에 있는 상황에서 마지못해 어색하게 인사를 받는다. 완전히 냉랭한 표정이다.

"네."

지성은 정혁의 집에서 나와 자신의 집으로 향했다. 한걸음을 떼어 놓을 때마다 머릿속에 드는 생각은 유난히 차가웠던 정효의 모습이었다.

　'내가 실수한 게 있었나? 정효가 왜 그러지?'

　하지만 지성이 느끼기에 정효의 모습은 '미워함' 보다는 단순한 '거리 감' 에서 기인한 것이었다. 이유는 모르겠지만 정효는 지성과 거리를 두고 있는 것처럼 보였다.

　'모르겠다. 여자 마음은 정말 알 수가 없어서 말이지.'

　한편, 식사가 끝나고 정혁은 정효와 못다 한 이야기를 마저 하였다.

　"야, 서정효. 거실로 잠깐만 나와 봐. 오빠랑 이야기 좀 하자."

　"아, 왜 또."

　방에 있던 정효는 짜증을 내며 거실로 나왔다.

　"너, 왜 자꾸 지성이한테 차갑게 대해? 너 원래 안 그렇잖아. 지성이가 얼마나 무안했겠어? 걔 안 그래도 나한테 미안해서 잘하려고 애쓰고 있는데."

　"아니 나는 저 오빠 별로야. 미안하면 애초에 다치게 하질 말았어야지."

　"정효야, 너가 계속 그러면 지성이가 계속 미안해하게 되잖아. 너 말이 무슨 말인지는 알겠는데 그래도 앞으로는 그러지마. 알았지?"

　"하는 거 봐서. 아직은 잘 모르겠어. 좀 불편하기도 하고."

　"알았어. 그래도 지성이 괜찮은 녀석이야. 너무 차갑게 대하지는 마."

　정효는 정혁과 실랑이를 한 후에 방으로 들어가 방문을 닫고 기대어 섰다. 그리고는 다시 정혁이 했던 말을 곱씹어 보았다. 자신에게 친절하게 대하고, 또 정혁을 도와주는 지성의 모습은 분명 다른 뜻이 있어 보이지는 않았다. 하지만, 그녀는 무의식적으로 지성에 대한 거리감이 있었던 것이었다.

'아… 몰라…. 생각하지 말자. 괜히 나만 더 피곤해지는 것 같아.'

정효는 침대 위에 누워 베개에 얼굴을 묻고, 한숨을 크게 쉬었다.

흔들리며 피는 꽃

> 최상품의 포도는 사토(沙土)에서 자라는 것이다. 사토에서 자라는 포도나무들은 자신들에게 필요한 자양분을 섭취하기 위하여 더욱더 깊이 모래 속을 파고들어 가야만 하는 시련을 겪는다. 때문에 와인은 더욱더 영양과 맛이 깊어진다.
>
> – 로리 베스 존스

♪~♪♩♫~♪♩♪~♪♩♫~♪♩

"으으~음…."

휴대폰 벨소리에 잠이 깬 지성은 눈은 찌푸린 채로 손만 더듬더듬 거리며 휴대폰을 찾는다. 몇 번이나 헛손질은 한 후에야 지성은 전화를 받는다.

"여보…세요오…."

"야, 김지성! 너 어디냐?"

약간 화난 듯한 정혁의 목소리가 전화기 너머로 들린다.

"…? 뭐라고?"

아직 잠이 덜 깬 지성은 여전히 지금이 무슨 상황인지 알지 못했다.

"왜 안 나와? 지금 계속 기다리고 있는데. 설마 방금 일어났냐?"

그제서야 정신을 차린 지성은 시간을 보고나서 화들짝 놀라며 침대에서 뛰쳐나온다.

"헉! 8시?"

정혁의 웃음소리가 당황한 지성의 귀에 전화기 너머로 들린다.

"에휴, 너가 무슨 일이냐? 먼저 간다. 지각 안하려면 뛰어야 될 걸?"

—뚝—

"으아아! 왜 알람이 안 울린 거지?

지성은 핸드폰을 침대에 던져 놓고 헐레벌떡 화장실로 향한다.

"오늘 1교시 뭐야?"

"수학."

"아, 맞다. 오늘 시간표가 최악이지."

정혁의 반은 일주일의 시간표 중 금요일의 시간표가 가장 좋지 않았다. 하지만 나름대로 반 아이들은 만족하는 편이었다. 금요일의 학교에서의 수업이 모두 끝나면 불금이 기다리고 있으니까 말이다. 주말이 끝나고 돌아오는 월요일에 만약 이 시간표대로 수업이 있었다면 월요일부터 공부할 의지가 한풀에 꺾였을 것이었다.

정혁은 수학책과 연습장 그리고 필통을 챙겨 수학실로 이동했다. 지성이 학교에 제 시간에 왔으면 필통과 책을 들어주어 수학실로 가는 게 별로 힘이 들지 않았을 테지만, 오늘은 지성이 없어서 정혁은 몸통과 팔 사이에 각각 책을 끼고, 목발을 짚으며 수학실로 향했다. 수준별 이동 수업이 진행되는 1교시 수학수업은 3개의 반을 묶어서 A, B, C 반으로 편성을 하여 수업을 구성하였고, 그때문에 정혁과 지성은 다른 반이지만 수학수업은 같은 교실에서 들을 수 있었다. 정혁이 수학 실에 들어가 자리를 잡고 앉자, 어느새 지성이 와서 정혁의 옆자리에 앉았다.

"어? 너 지각 안 했어?"

"헥… 헥…. 진짜 죽는 줄 알았다. 30분 딱 맞춰서 들어왔는데 담임 쌤

이 조금 늦게 들어와서 살았지."

헐떡이면서도 능청스럽게 웃는 지성.

"잘했다 아주. 근데 무슨 일 있었냐? 원래 너 지각 안 하잖아."

"모르겠어. 오늘 왜 알람이 안 울렸는지 모르겠다니까. 핸드폰이 고장 난건가?"

"네가 못 들은 거겠지. 어디서 핸드폰 타령이야?"

"아, 진짜 아니라니까. 알람 듣고 못 깬 적이 이번 말고 한 번도 없었는데 무슨."

"뭐가 이렇게 시끄러워. 너희들은 아침부터 떠드냐?"

"안녕하세요~."

티격태격하던 정혁과 지성은 때마침 들어오는 선생님 때문에 잠시 의미 없는 논쟁을 멈추고, 수업이 시작하면서 수업에 집중해야 했다.

아침에 하도 정신이 없어서 그런지 오전 수업이 순식간에 지나간 것처럼 느껴졌다. 지각하지 않기 위해서 집에서 뛰어나오느라 아침으로 아무것도 먹지 못한 지성은 오전 내내 꼬르륵 소리만 들리는 배를 잡고 점심시간만 계속 기다리고 있었다.

'5… 4… 3… 2… 1….'

-띵-동-댕-동-

손목시계를 보며 초 단위까지 정확히 종이 치는 시간을 맞춘 지성은 드디어, 4교시 종이 치는 순간, 쏜살같이 급식실로 달려 나갔다. 급식실까지는 높이가 꽤 되는 계단이 길게 있었지만, 오늘 만큼은 지성은 한번에 2칸씩 뛰어내리며 순식간에 급식실로 향했다.

급식실로 들어가자 아직 사람이 많이 없었던 것을 본 지성은 쾌재를 부르며 이제 됐다는 마음으로 천천히 걸어서 급식을 받으러 갔다. 급식판을 집고 숟가락을 챙기는 순간, 그제서야 지성은 정혁이 생각났다.

'아, 맞다.'

지성은 한심하다는 듯 머리를 한 대 치고 다시 교실로 발걸음을 돌린다.

"오늘 왜 이러냐? 김지성. 뭐 잘못 먹었냐?"

지성이 혼잣말을 하며 급식실 문을 나서자 학생들이 우르르 몰려들어 급식을 받으러 향했다.

"서정혁, 밥 먹으러 가자."

"오늘은 왜 좀 늦게 왔어? 자다 일어났냐?"

"아니, 그냥? 지금 줄이 많아서 일부러 조금 있다 갈까 해서."

지성은 정혁을 생각하지 못하고 수업종이 치자마자 급식실로 달려갔다는 사실은 말할 수 없었다.

"그래, 조금 있다가 가자."

잠시 후, 급식 줄이 조금 줄고 나서야 정혁이와 지성은 급식실로 향했다.

정혁이 먼저 자리를 잡았고, 지성은 식판 2개를 양손에 들고 정혁이 잡아놓은 자리로 가서 앉았다.

"매번 고맙다. 좀만 더 고생해줘."

"뭘 새삼스럽게. 밥이나 먹자."

오늘 점심메뉴는 일주일 중 가장 구성이 좋았다. 카레라이스에 돈가스 그리고 스프까지. 더 빨리 먹을 수도 있었지만 기다림 후에 먹는 점심이어서 그런지 훨씬 더 맛있게 느껴졌다.

"이야, 오늘 점심 대박이다."

"난 이 세트가 제일 좋더라."

순식간에 밥을 헤치우고 난 지성은 정혁이 밥을 다 먹자 식판과 젓가락, 숟가락을 잔반 처리대에 가져다 놓고 그와 함께 교실로 향했다.

지성은 교실로 향하던 중 잠깐 동안 핸드폰을 만지던 중, 흥미 있다는 듯 핸드폰을 더 가까이 들여다본다.

"뭐하냐? 나도 보여줘."

"아, 이거? 내가 개봉할 때까지 계속 기다리고 있던 영환데, 내일 개봉한다더라?"

"무슨 영화? 별점은 높아?"

지성은 정혁에게 핸드폰을 건네주며 말했다.

"그냥 좀 화끈한 액션 영화. 별점은 그렇게는 높진 않은데, 난 이런 게 좋더라. 아, 너 내일 약속 있냐? 아니면 영화 보러 갈래?"

"내일? 그럴까? 아, 잠깐만… 맞다. 나 내일은 힘들 듯."

"내일 뭐하는데?"

"병원 가야 돼서."

"병원? 아, 다리 때문에? 드디어 깁스 푸는 거야?"

"아니, 아직 좀 더 걸려. 그리고 나 때문에 가는 게 아니라, 봉사활동 가는 거야."

"봉사활동?"

"그래. 격주마다 토요일에 가거든. 영화는 다음에 보자."

"봉사활동?"

지성은 궁금해하며 정혁에게 다시 물었다.

"가서 무슨 일을 하는데?"

"음… 뭐 여러 가지? 청소 보조나 어르신들 대상으로 진행하는 여러 프로그램에 같이 참여해서 도와드리기도 하고… 그리고 말벗도 해드리는 정도?"

"어르신들 말벗을 해드리는 게 좀 어렵겠다."

"물론 나도 처음엔 그랬지. 근데 오랫동안 한 어르신하고 계속 이야기하다 보면 친해져서 더 편해지기도 해."

하긴 지성은 자신보다 나이가 많은 사람들과 이야기를 할 기회가 별로 없어서 좀 어색해 할만도 했다. 심지어는 아빠와도 최근에서야 이야기를 하게 되었으니 말이다.

"왜, 너도 같이 가 볼래?"

"어? 음…."

지성은 잠깐 동안 고민했다. 이번 주말에 영화를 꼭 봐야겠다고 개봉하기 2주 전부터 꼭 마음먹고 있었지만, 정혁과 같이 갈 수도 없으니 혼자서 보긴 싫었다.

"그래. 영화는 다음에 보고, 이번 주는 봉사활동이나 한번 가봐야지."

"좋아. 혼자 가려니 심심했는데. 잘 됐네. 그러면 이번 주 주말에 연락할게. 그때 ○○병원으로 와."

"알았어."

그리고 토요일이 되어, 지성은 이번에는 확실히 맞춰 놓은 알람시계의 소리를 듣고 일어났다.

'흠… 어제는 내가 알람소리를 못 들었던 걸까?'

일찍 일어난 덕분에 지성은 늦지 않게 ○○병원에 도착할 수 있었다. 지성이 도착했을 때 정혁은 아직 오지 않았다. 지성은 병원의 외관을 둘러보았다. 그리 크지는 않은 병원이었다. 하지만 다소 조용한 곳에 위치해 있고, 주변에 나무들이 많이 있어서 요양병원으로는 좋은 곳인 것처럼 보였다.

"어, 오늘은 안 늦었네?"

등 뒤에서 들리는 정혁의 목소리. 뒤를 돌아보니 그가 뛰어오는 모습이 보인다.

"당연하지. 어제는 그냥 알람이 안 울렸던 거라니까."

"그 이야기는 됐고, 아무튼 들어가자."

지성과 정혁은 병원 1층의 사회복지과로 향했다. 그곳에는 예쁜 사회복지사 선생님께서 둘을 기다리고 계셨다.

"선생님, 안녕하세요."

"어, 정혁이 왔니? 그런데, 옆에 친구는 누구?"

"지성이라고, 제 친구에요. 오늘 봉사활동 하러 같이 왔어요."

'우와, 진짜 예쁘시다!'

기껏해야 20대 후반으로 보이는 사회복지사 선생님은 처음 보는 지성에게 아름다운 미소를 보였고, 지성은 사회복지사라는 직업 때문이었는지 그녀의 미소가 마치 천사의 것과 같다고 생각했다.

"그렇구나. 그런데 전에 이런 봉사활동은 해본 적 있어?"

"아니요. 이번이 처음인데…."

"흠… 그래? 그러면 좀 힘들 텐데. 노인 분들이 까다롭기도 하고 기분을 잘 맞춰드려야 되거든. 같이 말동무도 해 드려야 되고."

당황한 지성이 옆에서 정혁은 사회복지사님에게

"선생님 괜찮아요. 옆에서 제가 잘 데리고 다닐게요. 걱정하지 마세요."
라고 하였다.

평상시 정혁이 병원에서 워낙 봉사활동을 잘 해서인지 사회복지사 선
생님께서는 그를 믿고 지성이에게 봉사활동신청서를 내밀면서 말했다.

"그러면 정혁이 옆에서 하는 거 잘보고 열심히 해 봐."

"네. 감사합니다."

신청서를 작성한 후 지성이는 정혁과 함께 병동으로 향하려던 찰나에,

"아, 오빠! 같이 가! 화장실 갔다 온다니깐 좀 기다리지. 진짜 매너 없다."
옆에서 익숙한 목소리가 들려왔다. 정효였다.

"어… 정효야 오랜만이야."

"어, 안녕."

역시나 차가운 대답이 돌아왔다. 정효는 쑥스러운지 아니면 불편한지
계속 정혁의 등 뒤로 지성이를 피했다. 지성이도 역시 정효가 불편한지
핸드폰만 만지작만지작 거렸다. 둘 사이에는 이상한 기류가 흐르고 있었
고, 정혁은 그런 어색한 분위기를 깨기 위해 노력했다.

"자자 이제 봉사활동 같이 하게 될 텐데 우리 이제는 좀 친하게 지내
자. 지성아, 정효야?"

둘은 평상시 자신이 원하는 답이 나오지 않으면 끊임없이 자신이 원하
는 답이 나올 때까지 물어보는 정혁의 성격을 알기에 지성이와 정효는 마
지못해 대답을 했다.

"응."

지성, 정혁, 정효가 병원에 갔던 시간은 12시가 살짝 넘긴 시간이어서, 병원직원들은 점심식사를 하러 잠깐 자리를 비웠고 몇몇 병원직원들만이 자리를 지키고 있었다.

점심시간 사이 지성은 어르신들과 친해지기 위해서 정혁과 함께 병실을 돌며 말동무도 되어드리고 잔심부름꾼이 되기로 했다.

평소에 정혁은 요양병동에서는 귀염둥이 손자로 통했다.

오랫동안 봉사활동을 다닌 터에 정혁은 어르신들과 여러 이야기를 나누며 여러 어르신들의 속사정을 알 수 있었고, 좋은 말동무가 되어 드릴 수 있었다. 요양병원에 계시는 노인 분들은 손자 손녀들을 본지도 오래되었고, 가족의 손길이 오랫동안 닿지 못해서인지 정혁이 오면 유독 친손자처럼 잘해주신다고 했다.

그런 정혁은 친할머니를 뵙는 것처럼 어르신들을 살갑게 대했다.

"할머니, 할머니 손주 정혁이 또 왔어요."

"밖에 춥지? 일루 와서 손 좀 녹이구 그려… 이거 따뜻한 코코아 얼른 마시구…."

"네! 감사합니다. 헤헤."

"근데 옆에 두 명은 누구여? 친구여?"

"네. 한명은 제 친구고 한명은 제 동생이에요."

"느그들도 언능 코코아도 묵고 과일도 묵고 그려."

"감사합니다."

"할머니, 그런데 이번 설에는 가족 분들 뵐 수 있어요?"

"에휴… 전화가 어제 왔었는디… 너무 바쁘다고 못 온단다. 가족들 얼굴 본지 참 오래됐지…. 여그 있는 사람들이 거의 다 그럴 거여…."

"할머니 그 대신 이 서정혁이 와서 말동무도 해드리고 안 심심하게 해드릴게요. 너무 서운해 하지 마세요."

정혁은 병동의자에 앉아서 할머니와 열심히 수다를 떨었다. 지성이는 그런 그를 멀리서 바라보면서 뭘 할지 몰라 안절부절했다.

"뭐해? 오빠 봉사활동하러 온 거 맞아?"

지성이 뒤를 돌아보자 정효가 그를 묵묵히 쳐다보았다.

"어… 그게… 처음이라 뭘 해야할 지 잘 모르겠어."

그러던 찰나에 지성이의 등을 두들기며 어떤 할아버지 한 분이 지성이에게

"아빠 왜 이제 왔어. 나 배고파 밥 줘."

"ㅈ… 저 아빠 아닌데…."

지성이는 무척 당황했는지 말까지 더듬거렸다.

"아빠 맞잖아! 빨리 밥 주라고! 밥! 밥!"

할아버지는 지성이를 주먹으로 때리면서 지성이게 계속해서 밥을 달라고 하였다.

"할아버지, 방금 식사하셨잖아요! 많이 안 드셨어요?"

정효가 지성에게 붙어있는 할아버지의 시선을 돌렸다.

"배고파…."

"일단 병실 안으로 들어가요. 제가 먹을 거 드릴게요."

정효는 할아버지를 데리고 병실 안으로 들어갔고, 지성은 얼떨떨하며

정효와 할아버지를 바라보았다.

병실에 들어서자, 침대 위에 앉아 계시던 할머니 한 분이 정효와 할아버지를 보고 말씀하셨다.

"으휴… 저 양반 또 저러네. 애야 당황하지 말고 이리 와서 이 떡 저 양반이나 줘라."

"네. 그런데 저 할아버지 혹시 치매세요?"

"치매가 아주 심하게 왔지. 근데 저 양반도 참 불쌍해. 원래는 대기업에서 이사도 하고 그랬는데 치매에 걸려서 요양병원에 우리랑 같이 살잖아. 가족들은 어떻게 한 번을 안 찾아오는지 몰라."

정효는 할머니에게서 떡을 받아 할아버지께 드렸다.

"할아버지 천천히 드세요."

"네. 엄마."

정효는 떡을 허겁지겁 드시는 할아버지를 보면서 할아버지께 여쭤보았다.

"할아버지, 맛있으세요?"

"크…컥 커억…."

"할아버지? … 왜 그러세요?"

할아버지는 목이 메인 듯 가슴을 치려고 하셨다.

"할아버지, 잠시만요. 물 가져다 드릴게요."

정효는 물을 떠오기 위해 정수기로 걸음을 옮겼다. 그 순간 정효는 요양병원에는 떡처럼 목에 걸릴 수 있는 음식은 반입이 안 된다는 사실이 떠올랐다.

"할머니, 그 떡 어디서 나셨…."

-쿵-

그 순간, 쿵 하는 소리에 정효는 말을 멈췄다. 할아버지는 어느새 병원의 차가운 대리석 바닥에 쓰러져 계셨다. 할아버지는 양손으로 목을 부여잡고 괴로워하고 계셨고, 기침을 하려 해도 목소리만 살짝 새어 나오고 있었다. 게다가, 어느새 할아버지의 얼굴은 혈기가 사라지며 조금씩 파래지고 있었고, 특히 입술의 색은 점점 핏기가 없어져 갔다. 정효는 놀라서 할아버지를 부축했지만, 할아버지는 계속해서 숨을 쉬지 못하셨다.

근처의 사람들은 모두 놀랐고 어떻게 대처해야할지 잘 몰랐다.

"할아버지! 괜찮으세요? 할아버지!"

정효는 당황한 표정으로 할아버지를 일으켜 세우려고 했다.

"무슨 일이야?"

복도에 있던 지성은 정효가 외치는 소리에 병실 안으로 달려 들어왔다.

"오빠… 어떻게 해… 할아버지가…."

지성이 언뜻 보기에도 상황은 심각해 보였다.

"정효야, 넌 빨리 밖에 나가서 간호사나 의사 선생님 불러와."

정효는 빨리 병실 밖으로 나가 소리쳤다.

"도와주세요! 사람이 쓰러졌어요!"

지성은 할아버지의 얼굴빛이 점점 파래지는 것을 보았다. 어느새 할아버지의 눈은 흰자위밖에 보이지 않았다. 상황이 더 심각해진 것 같았다.

'기도가 막힌 건가?… 더 지체하면 위험할 텐데….'

지성은 얼른 할아버지의 등 뒤로 가서 양 손으로 할아버지의 가슴에 깍지를 끼었고. 힘껏 잡아당겼다.

'하나! 둘! 셋!'

하지만 할아버지는 여전히 숨을 쉬지 못한 채 얼굴이 창백했고, 지성은 당황했다.

'왜 안 되지? 이… 이러면 안 되는데…?'

그는 순간 체육대회의 상황이 떠올랐다. 정혁이가 다쳤을 때 그는 아무것도 못한 채 그 상황을 멍하니 지켜보기만 했었다.

'이번에는 안 돼. 생각을… 생각을 해야 해.'

그는 최대한 머리를 굴렸고, 그 시간에도 점점 할아버지는 더 위험한 상황이 되어가고 있었다.

'하임리히법은 환자가 기도가 막혔을 때의 응급처치법입니다. 하임리히법을 시행할 때는 환자의 등 뒤에서 깍지를 끼어 배꼽과 명치의 중간부분을 압박해야 합니다.'

지성은 깨달은 듯 질끈 감았던 눈을 번쩍 뜨고 깍지 낀 손을 더 내려서 명치와 배꼽의 사이에 위치시켰다.

'이번엔… 제발!!'

그는 다시 한 번 힘껏 당겼다.

'하나, 둘, 셋!'

"커억- 쿨럭, 쿨럭….'

할아버지의 입에서 3, 4개가 뭉쳐 있던 떡이 튀어나왔고, 할아버지는 기침을 하며 거칠게 숨을 내쉬었고, 이내 다시 정상적으로 숨을 쉬기 시작했다. 다행히도 호흡이 정상적으로 되돌아온 것 같았다. 지성은 한 시름 놓은 듯 안도의 한숨을 쉬고 할아버지를 침대에 눕혀 드렸다.

"할아버지! 괜찮으세요?"

다행히도 상황이 종료된 순간에 정효와 함께 간호사가 병실에 도착했고, 간호사는 혈압 체크를 포함한 여러 가지 검사를 하며 할아버지의 건강을 체크했다. 다행히도 크게 다치시진 않으신 것 같았다. 하지만, 문제는 여기서 끝난 게 아니었다.

"이 떡, 어디서 난 거에요?"

간호사가 병실에 계시던 노인 분들께 물었다. 정효에게 떡을 주었던 할머니가 간호사를 쳐다보며 말했다.

"내가 줬어. 거 떡 좀 먹을 수도 있지 뭐."

간호사는 한숨을 쉬더니 정효와 지성을 불렀다.

"너희 둘, 잠깐 복도로 나와 보렴."

갑자기 차가워진 간호사의 말투에 놀란 지성과 정효는 간호사를 따라 복도로 나섰다.

"누가 할아버지께 떡을 드렸니?"

간호사가 할아버지의 안정을 확인하자, 이 사건에 대해 책임을 묻기 시작했다. 비록 환자가 심각한 손상을 입은 것은 아니었지만, 상황이 상황이었던 만큼 사건의 정황은 파악되어야 했다. 안심하던 정효와 지성은 간호사의 차갑게 쏘아붙이는 듯한 말투에 살짝 움찔했다.

"누가 떡을 드렸냐니까? 떡이나 방울토마토같이 목에 걸리기 쉬운 음식은 드시게 하지 말았어야지. 비록 이번에는 대처가 잘 되어서 그렇다 치지만, 만약 상황이 더 안 좋아졌으면 어떻게 됐겠니?"

묵묵히 간호사의 말을 듣고 고개를 숙이던 정효가 입을 뗀다.

"저… 제가….."

"제가 그랬습니다. 죄송합니다."

정효가 울먹거리는 목소리로 말을 하려던 순간, 지성이 정효의 말을 가로 챘다. 정효는 놀란 듯 살짝 고개를 돌려 지성을 바라보았고, 간호사는 예상했다는 듯 한숨을 쉬고 계속 쏘아 붙였다.

"후… 못 봤던 얼굴인 것 같긴 했는데. 오늘 처음 왔어요?"

"네. 처음이어서 기본적인 안전에 대해서 많이 생각하지 못했던 거 같습니다. 앞으로 조심하겠습니다."

"봉사하러 와서 도움을 주려고 노력하는 모습 자체는 물론 보기 좋아요. 하지만, 그런 의도를 가지고 있다고 해도 이런 일이 발생하면 결국은 이게 도와주는 게 아닌 게 돼요. 아무리 대처를 잘 한들, 결국 처음부터 상황을 만들 빌미를 제공하지 않는 게 최선이니까요. 물론 떡을 가져온 할머니의 책임이 크긴 하지만, 조금만 학생이 주의를 기울였다면 일어나지 않았을 사건이었어요. 앞으로 주의해주세요."

"네. 죄송합니다."

간호사와의 대화를 마친 지성과 정효는 병원 1층으로 내려가 정혁을 기다리고 있었다. 지성과 정효는 나란히 벽에 기대어 정면을 바라보고 있었다. 정효는 아까 이후 계속 무표정인 지성을 흘끗흘끗 바라보며 눈치를 살피다 이내 한마디를 하였다.

"왜 그랬어?"

지성은 정효에게 시선을 두지 않고 정면을 향해 보고 말을 이었다.

"…너, 많이 놀랐었잖아. 거기서 한소리 더 들으면 울 것 같더라고. 그건 내가 별로 기분이 안 좋을 것 같아서."

이 말을 듣자 정효는 조금 당황한 기색을 보였다.

"걱… 걱정해 달라고 한 적 없는데. 그리고 할아버지한테 떡을 드린 건 나야. 잘못은 내가 했다고."

"센 척은. 내 잘못도 있잖아. 옆에 같이 있었어야 했는데, 복도에 멀뚱 멀뚱 서 있다가 어떤 일이 벌어지는지도 몰랐던 게 문제지."

"오빠만 혼났잖아. 혼자서만 그럴 필요는 없었어."

"잘못한지 알았으면 됐어. 다음엔 정말 주의해."

"그래도…."

지성은 한숨을 작게 쉬며 말을 이었다.

"정혁이가 다쳤을 때 난 아무것도 못하고 보기만 했어. 바보 같이. 그 것 때문에 한동안 생각도 많이 했었어. 왜 가만히 있었을까. 난 왜 아무것 도 하지 못했나. 오늘 그 일이 있던 때도 잠깐 그 생각을 했어. 실패하면 어떡하나, 잘못하면 이번엔 진짜로 위험할 수 있겠다. 그래도 이런 생각 때문에 대처를 좋게 마무리 할 수 있었던 것 같고."

"….."

"신경 쓰지 마. 그냥 나 스스로 줘야할 충고를 남이 좀 더 따끔하게 대신 해주는 거라고 생각해."

"…오빠."

"응? 왜?"

"…미안해."

"괜찮대도. 이제 그만 말해도 돼."

"아니, 그거 말고. 다른 거."

"다른 거?"

"내가 지금까지 오빠한테 차갑게 대했던 거."

지성은 이 말을 듣자 고개를 돌려 정효를 바라보았다. 정효는 하려던 말을 계속했다.

"어렸을 때, 정혁이 오빠랑 친했던 친구가 한 명 있었어. 그 오빠 이름이 뭔지는 기억이 안나. 그래도 나랑도 같이 자주 놀고 그래서 친한 사이였는데, 어느 날 셋이서 같이 미끄럼틀을 타면서 놀다가 그 오빠가 정혁이 오빠를 밀어버려서 크게 다쳐버렸어. 나는 거기서 울고 있기만 했고. 그런데 그 오빠는 머뭇거리다 그냥 집으로 달려가 버렸어. 다행히도 엄마가 빨리 오셔서 병원에는 제 시간에 도착했지."

'정혁이가 크게 다쳤다던 일이 바로 이거였구나.'

정효는 말을 이었다.

"정혁이 오빠가 병원에 입원해 있을 때도, 한동안 그 오빠는 얼굴 한 번 비춘 적이 없었어. 그러다 그 오빠 엄마가 한번 와서 우리 엄마랑 이야기한 적은 있었는데, 뒤에 서서 얼굴만 삐죽 내밀고 정혁이 오빠를 멀리서 보고만 있더라고. 그러다가 내가 사과하라고 소리지르니까 우물쭈물 하면서 그제서야 한마디 하더라. '미안해.' 미안하다고? 그게 무슨 미안한 태도야? 딱 한마디 하고는 다시 자기 엄마 뒤에 쏙 숨어버리기나 하고."

이야기를 하는 정효의 목소리는 점점 커졌다,

"……"

지성은 묵묵히 정효의 말을 듣고 있었다.

'그런 일이 있었구나….'

"그 일 이후로 제대로 된 화해는 못 한 거야?"

"아빠 때문에 우리 집이 얼마 안 있어서 이사를 갔어. 그때 이후로 얼굴은 한 번도 못 봤지."

"음… 그래. 근데 나는 그 애가 왜 그랬는지 알 것도 같아."

"뭐?"

"에이, 당연히 사과는 제대로 했어야지. 그런데 그 애는 자기가 잘못한 게 없다고 생각해서 그런 건 아니었을 거야."

"그럼 뭐 때문에 그랬는데?"

"무서워서."

"무서워서?"

"응. 무서워서. 나도 정혁이가 쓰러졌을 때, 가장 먼저 들었던 생각은 '정혁이를 구해야겠다' 보다 '무섭다' 였어. 결국은 응급처치가 끝나고 나서야 정혁이를 다치게 했다는 죄책감이 들더라고. 왜 그때 아무것도 하지 못했을까 하고 후회하기도 했고."

지성의 말을 듣는 정효는 화가 난 듯 보였던 아까보다는 조금 더 차분해진 것 같았다.

"그 아이는 나보다 어렸잖아. 훨씬 무서워했겠지. 그 아이도 분명 제대로 사과하고 싶었을 거야. 너와 정혁이가 이사를 가지 않았다면, 그 아이가 제대로 사과를 하고 나서 셋이서 다시 사이좋게 지낼 수도 있었을 거야. 어쩌면 그러지 못 한 거에 대해서 아직도 미련으로 남아있을 지도 모르지. 정효 너가 그 일을 아직 잊어버리지 않은 것처럼."

"……."

정효는 아까와는 달리 화를 많이 누그러뜨린 것 같았다.

"잘 모르겠어."

"그래. 그러니까 이제는 그만 생각해. 그리고 나는 절대로 정혁이랑 멀어지지는 않을 거니까. 뭐, 나 때문에 한 번 죽을 뻔했으니까 내가 열 번은 살려야 빚을 갚는 거지, 뭐."

"…치. 안 어울리게 멋있는 척하기는…."

"뭐, 멋있는 척? 척이 아니라 원래 멋있는 거거든?"

"뭐래."

지성의 반대쪽으로 고개를 돌린 정효는 토라진 표정을 하고 있었지만, 이내 보일 듯 말 듯 입 꼬리가 살짝 올라간 것만 같았다. 지성을 오해했었다는 것을 깨닫고 점점 그에게 마음을 열고 있는 그녀였다.

"지성아!"

엘리베이터 쪽에서 들린 소리의 정체는 바로 사회복지사 선생님과 정혁이였다. 선생님은 달려와서 지성이를 안아 주었다.

"고맙다. 지성아 너 아니었으면… 정말 큰일 날 뻔했어."

"아… ㄴ…네"

지성은 당황한 듯하면서도 다른 어떤 이유 때문인지 지성이의 얼굴은 빨갛게 상기되었다.

봉사활동이 모두 끝난 후 집에 가면서도 복지사 선생님의 배웅 속에서 무사히 봉사활동을 끝낼 수 있었다.

봉사활동이 끝난 후, 정혁의 어머니가 마침 우리를 데리러 오셔서 차 안에서 편안하게 집에 갈 수 있었다.

"야, 지성아. 너 근데 하임리히 어떻게 알았냐?

"그때 너 다치고 입원했을 때 체육선생님이 너한테 한 거처럼 응급처치가 중요하다고 학교 강당에서 강의했었어."

"요올… 너 좀 멋있는데?"

"아, 지성아. 우리 집에서 밥 먹고 가라."

앞에서 운전하시던 정혁의 어머니께서 말씀하셨다.

"네, 감사합니다."

지성을 집에 초대했다는 것에 별 말이 없는 정효를 보고 정혁이는 무언가 눈치챈 듯 말을 했다.

"오, 정효 이제 지성이 별로 안 싫어하네? 같이 밥은 먹어도 되지?"

"나 원래 지성이 오빠 안 싫어했거든?"

"뻥치시네."

지성, 정혁, 정효는 그 일 이후로도 봉사활동을 다니면서 밥도 같이 먹게 되고, 항상 붙어 다니면서 서로 불편함도 사라져갔다. 세 사람은 함께하는 시간이 늘어나면서 한 가족처럼 함께 지내게 되었다.

그리고, 지성에게는 또 다른 변화가 생겼다. 더 이상 무의미하게 달려가지만은 않겠다는 다짐을 그는 스스로 하였다. 지성은 언젠가 집에 혼자 있었을 때 우연히 TV에서 보았던 다큐멘터리의 내용을 기억했다.

'이 귀엽고도 작은 동물의 이름은 노르웨이 레밍입니다. 레밍쥐 혹은 나그네쥐라고도 부르는 이 조그만 녀석들은 어리석음 때문에 귀여운 모습과는 어울리지 않는 행동을 합니다. 녀석들은 한 줄로 줄지어 먹이를 찾으려 이동하고, 이 과정에서 앞의 레밍에 딱 붙어 따라가죠. 안타까운 사실은 쥐들의 가장 앞에 서 있는 레밍이 절벽 너머의 먹이를 보고 절벽 건너편으로 가려다가 절벽 아래로 뛰어들기라도 하면, 줄지어 모든 레밍들이 그대로 앞 녀석을 따라 절벽으로 뛰어들어 죽게 된다는 겁니다.'

지성은 지금까지의 그의 모습이 마치 한 마리의 레밍과 같았다고 생각했다. 그의 앞에서 달려가던 레밍이 어디로 가는지 그는 알지 못했다. 다만 달려가고 있다는 사실에 만족하고 있었을 뿐. 과거에 단순히 그의 성적표에 쓰인 1이라는 숫자에만 집착했던 그는 더 이상 언젠가는 절벽으로 떨어져 버릴 수도 있는 그와 같은 아이들의 긴 행렬에서 벗어나기로 결심했다. 어릴 적부터 아버지의 모습을 동경해 왔지만, 아버지의 압박 때문에 그 모습을 두려워했던 지성은 소통이 있게 된 후로 아버지를 우상으로서 바라보게 되었다. 그리고 아버지로부터 얻은 삶의 기회에 보답하기 위해 다른 사람에게도 베풀어 주고 싶었다. 정혁이 위험해질 뻔했던 상황에서 그는 손을 놓고 바라보고 있었지만, 그 이후로 더 이상 그렇지 않겠다고 다짐하며, 한 사람을 위기에서 구해낼 수 있었다.

'내 손으로 한 사람이라도 더 살려야겠다.'

그는 깨달았다, 이제 막 꿈이 생겼고, 어떻게 준비해야 할지 잘 몰랐지만, 그는 자신의 꿈을 이루기 위한 준비를 해 나갈 것을 다짐했다.

그 일 이후로 지성은 많은 변화가 생겼다. 지성은 목표가 생겼다는 이유만으로 많은 것이 바뀔 수 있다는 것에 스스로 놀라워했다. 앞이 보이지 않는 어둠 속에서 손으로 앞을 확인해 가며 한 걸음 한 걸음을 불안하게 떼어 놓곤 했던 그는 이제 저 멀리 보이는 한 줄기 빛을 따라서, 자신이 가고자 하는 길을 갈 수 있게 된 것이다.

어느새 시간이 흘러 지성은 3학년에 올라가게 되었다. 새로운 반 친구들, 새로운 담임 선생님. 다시 한 번 바뀐 분위기에 지성은 작년과는 달리 이번에는 여러 감정을 느꼈다. 새로움에 대한 설렘도 있었지만, 대학에 대한 입시라는 현실이 눈앞에 다가온 것에 대한 약간의 두려움, 순식간에 지나간 지난 시간에 대한 아쉬움, 그리고 새 학년을 시작을 함께하면서도 12년간의 학교생활의 마지막을 마무리 할, 시작이면서 동시에 끝이라는 시간을 보내고 있다는 생각에서 오는 알 수 없는 기분까지. 지성은 후회하지 않고 최선을 다해서 3학년을 보내야겠다고 생각했다. 3월, 4월, 5월…. 시간이 점점 지나가면서 반 친구들과의 사이는 점점 더 좋아져 갔다. 하지만, 6월을 지나 여름이 오면서 봄에 다짐했던 열정은 무더위에 조금씩 시들시들해졌고, 점점 더 친구들과 지성은 지쳐만 갔다.

"으아아아아! 왜 이렇게 더운 거야!"

"오늘 최고기온 32도라며. 이번 주 토요일까지 계속 이럴 거라는데? 금요일에는 35도까지 올라간대."

"도대체 공부를 하라는 거야 말라는 거야! 에어컨은 왜 고장 나서 이 모양인데!"

"이번 주 안에 고치겠다고 했으니까 좀만 버텨 보자. 아이스크림이나 먹으러 가자. 이렇게라도 머리 식혀야지."

"너가 말 꺼냈으니까 너가 사. 그러면 간다."

"너가 음료수 사면."

"알았다, 알았어. 치사해서 진짜. 일단 가자."

지성과 친구들은 아이스크림과 음료수, 그리고 에어컨으로 겨우겨우 힘들었던 여름을 하루하루 버텼다. 드디어 지성과 친구들을 힘들게 했던 무더위가 한풀 꺾이고 모기 입이 비뚤어지기 시작한 계절이 다가왔다. 이제 남은 시간은 4달 남짓이었다. 하루가 지나갈 때마다 학생들의 부담감은 조금씩 커져갔고, 학생들은 이에 굴하지 않기 위해서 더 노력했다. 그리고, 수시 원서접수 철이 되었다. 지성은 자신이 지원하고자 한 U대학교의 의예과를 목표로 준비를 했다. 그는 지금까지 학교생활을 하며 자신이 노력한 흔적을 교수님들이 알아봐주고 인정해줄 수 있도록 최선을 다해서 자신의 이야기를 자기소개서 속에 녹여내었다.

"음… 좋은데? 정말 김지성이라는 사람이 누구인지 잘 표현한 거 같구나."

지성의 자기소개서를 읽은 담임선생님은 지성에게 좋은 평가를 해주었다. 확신이 든 지성은 이제 됐다고 생각하며, 필요한 자료들과 함께 자기소개서를 첨부하여 원서 접수를 하였다.

'할 수 있어.'

원서 접수 이후의 시간은 더욱 더 빠르게 지나가서, 어느새 지성은 수능을 한 달 앞으로 남겨 두고 있었다. 이쯤 되자 지성은 책상 앞에 앉아 있으면서 조금씩 무기력해지기 시작했다. 수능에 가까워지는 하루하루는 별 느낌이 들지 않았다. 대신 하루에 몇 번씩은 멍을 때리거나 혹은 상상을 하는 등 시간을 멍하게 쓰는 일이 많아지기 시작했다. 오늘도 지성은 책상에 앉아 책을 보다가, 또 한 번 생각에 빠졌다.

'수시 지원에 합격할 수 있을까? 합격할 수 있겠지? 음… 아니야. 기대하지 말자. 이러다가 불합격하면 진짜 실망할거야. 그래도 수능이 있으니까, 수능 잘 보면 되지. 아… 수능 다 맞으면 진짜 좋겠는데…. 그러면 내가 원하는 대로 합격할 수도 있고… 장학금도 받으려나? 아, 인터뷰도 하겠네? TV에 얼굴 한 번 나와 보는 게 진짜 소원인데. 뭐라고 말해야 되지? 교과서 위주로 공부했어요? 아니야…. 이렇게 말하는 건 좀 아닌 것 같아. 흠… 뭐라고 말하지?'

이후로 계속 망상에 빠진 지성은 잠시 후 시계로 눈이 가는 순간 화들짝 놀랐다. 순식간에 시간이 30분이나 지나 있었다.

　'이러면 안 되지. 집중! 집중! 정신 차리자!'

　다시 책을 보고 공부를 하기 시작하는 지성. 공부를 시작하려는 찰나, 지성의 핸드폰 벨 소리가 울린다.

　"아오! 도대체 누구야?"

　정혁의 전화였다.

　"아 무슨 일인데? 딱 다시 공부 좀 하려고 하니까 딱 맥을 끊네. 넌 공부 안 하냐?"

　"지금까지 계속했거든? 머리 좀 식힐까 해서 그런 거다, 왜? 너가 공부 안 한 거겠지."

　뜨끔. 지성은 정곡을 찌르는 한마디에 포기하고 말했다.

　"에휴. 모르겠다. 왜 이렇게 집중이 잘 안 되는지. 1학년 때보다 더 집중이 안 되는 것 같아. 나만 이러냐?"

　"이럴 땐 맛있는 거 먹는 게 최고지. 오늘 저녁에 밥이나 먹으러 가자. 수능 전 마지막 만찬이라고 생각해."

　"저녁? 갑자기? 음… 오늘 공부를 제대로 못했는데….."

　"얌마, 마지막이라니까?"

　전화기 너머로 정효의 목소리가 들린다.

　-오빠, 밥 먹으러 가? 나도 사줘! 치사하게 오빠만 먹냐!-

　"정효도 간다니까 이제 빼도 박도 못 하겠네. 정효가 너 보고 싶대. 얼른 와라."

　-죽을래? 내가 언제 그랬어! 나 아무 말도 안 했다!-

"알았어. 일단 갈게."

그날 저녁, 지성과 정혁, 정효는 함께 모여 저녁식사를 했다. 특히 정효는 오랜만에 지성의 얼굴을 봐서 더욱 반가워했고, 이런저런 이야기들이 오가며 시간이 점점 지나갔다. 어느새, 시간이 다 되어 집에 갈 시간이 되었다.

"다 먹었으면 이제 나가자."

"그래. 내가 계산할게."

"오, 웬일? 너가 먼저 돈을 다 내고."

"지성이 오빠가 너랑 같냐? 오빠, 오늘 잘 먹었어요~!"

"괜찮아. 나중에 정혁이가 살 거야. 그때는 뷔페로 가야지?"

"그럴 줄 알았다. 에휴. 알았어. 수능 끝나고 가자. 난 들어간다. 열심히 해라."

"그래, 들어가라. 정효도 잘 들어가고."

"오빠, 오늘 잘 먹었어~! 잘 가! 아, 그리고 수능 날에 응원하러 갈게!"

"그래, 잘 들어가."

수능 전 마지막 만찬 이후로, 지성은 다시금 정신을 차리고 남은 한 달을 전력을 다했다. 너무 무리하지는 않으면서도, 꾸준하게 페이스를 유지해 갔고, 이제는 불안함보다는 고등학교 생활의 끝을 향해 간다는 기대감이 앞서기 시작했다.

그렇게 어느새 마지막 한 달도 지나, 드디어 수능 날이 되었다. 평소와 다름없이 알람소리에 일어나, 부담 없이 된장국에 아침을 먹은 지성은 아버지의 차를 타고 수능 시험장으로 향했다.

"아들, 드디어 오늘이네. 힘내라. 부담 갖지 말고."

"네. 걱정 마세요. 잘 보고 올게요."

"그래. 평소대로만 하렴."

시험장에 도착했을 때의 시간은 7시 40분이었다. 30분 정도 일찍 도착한 시험장 지정 학교의 교문에는 벌써부터 3학년 선배들을 응원하기 위한 각 학교 후배들이 줄지어 서 있었다. 교문 앞에 선 지성은 눈을 감고 잠깐 동안 고등학교 생활을 회상했다. 많은 일들이 주마등처럼 머릿속을 스쳐 지나갔다. 눈을 뜬 지성이 이제 막 교문 안으로 들어가려던 순간,

"오빠!"

정효의 목소리를 들은 지성은 뒤로 고개를 돌렸고, 그곳에는 정혁과 정효가 함께 있었다.

"야, 김지성! 같이 가야지! 먼저 가면 어떡해?"

"정혁아! 정효야!"

정혁과 정효는 지성에게 달려갔다.

"정효 진짜로 왔네?"

"당연하지. 약속은 꼭 지킨다고. 자, 여기 초콜릿 가져가. 오빠도."

정효에게 초콜릿을 건네받은 정혁와 지성. 아기자기 정성껏 포장지에 여러 종류의 초콜릿을 넣은 것을 본 지성은 흐뭇해했다.

"정효야, 고맙다. 잘 보고 올게."

"응. 오빠도 잘 보고 와."

"당연하지. 꼭 만점 맞고 오마."

"이제 들어가야지."

입구에서 수험표를 확인하고 운동장을 가로질러 가려던 지성은 교문을 돌아보고 손을 흔들어 주는 정효를 향해서 자신도 손을 흔들어 주고

이내 뒤돌아서 시험장으로 향했다.

＊

　"87번 학생?"

　"…?"

　"87번 학생 없나요?"

　"아, 네! 여기 있습니다."

　"87번 김지성 학생; 들어오세요."

　긴장 때문인지 잠시 다른 생각을 하고 있던 지성은 자신의 이름이 불리는 것을 듣고 면접실로 향했다. 면접실을 향하는 지성의 마음은 조금 긴장되면서도 뒤숭숭했다.

　'수능이 끝난 지도 엊그제 같은데… 시간, 참 빠르네.'

　면접실로 한 걸음씩 내달을 때마다 그의 심장소리는 조금씩 커져가는 것 같았고, 이윽고 면접실 문 앞에 다다랐을 때는 가슴이 너무나 쿵쿵대서 심장소리밖에 들리지 않을 정도였다.

　'침착하자.'

　지성은 마음을 가다듬기 위해 눈을 감고 숨을 크게 쉬었다가 내뱉었다.

　눈을 뜬 지성은 무언가 확신에 찬 눈빛으로 면접실 문 손잡이를 잡았고, 잠깐의 뜸을 들인 이후에 이내 면접실 안으로 들어갔다.

　"앉으세요. 87번 김지성 학생?"

　"네."

지성이 대답한 이후 잠시 동안의 정적이 흘렀다. 지성은 정면을 똑바로 바라보며 곧은 자세를 취한 채 가만히 있었다. 이윽고, 첫 질문이 들어왔다.

"의예과에 지원하고자 한 동기가 무엇입니까?"

지성은 지그시 눈을 감았다. 잠시 후, 눈을 천천히 뜨며 그는 자신의 진솔한 이야기를 풀어내기 시작했다.

"저의 부모님 때문입니다."

"조금 더 구체적으로 답변해주세요."

"저와 아버지는 어릴 때 이래로 오랫동안 단절되어왔습니다. 한 지붕 아래에서 얼굴을 보고, 한 테이블에 같이 앉아 식사를 할 때에도 아버지와 저 사이에 있는 빈 공간의 존재를 느꼈습니다. 서로를 이해하지 못하고 항상 오해만 하게 되어 점점 아버지와의 거리는 멀어져 갔습니다. 그러다가 제가 큰 사고를 당하게 되어 위험한 상태가 되었고, 제 수술을 집도하신 아버지는 미안하다고 말씀하시며 저에게 진심을 말해주셨습니다. 저와 아버지 사이에 있던 빈 공간은 사실 어머니의 자리였습니다. 어머니는 저를 낳을 때 임신중독증으로 인해 사망하셨고, 의사이자 남편이었던 아버지는 어머니를 지키지 못했다는 죄책감에 빠졌지만 이내 정신을 차리시고 저를 강하게, 남들보다 뛰어나게 키우려고 하셨습니다. 분명 아버지는 저를 사랑하셨습니다. 하지만, 입속에서 맴돌기만 했던 아버지의 '사랑한다'는 말은 저에게 전해지지 않았습니다. 아버지의 잘못된 사랑표현은 저에게 부담이 되고, 피하고 싶은 것이었습니다. 서로 사랑하지만 소통을 할 수 없게 되자 결국 저와 아버지의 거리는 멀어지게 되었죠. 하지만, 그 일 이후 아버지와 저는 소통하기 시작했고, 그 덕분에 멀었던 마음의 거리는 차츰 가까워지게 되었습니다."

그는 잠시 숨을 고르고 난 후 말을 계속했다.

"의사와 환자의 관계도 마찬가지라고 생각합니다. 저는 환자와 의사가 단절된 관계 속에서 치료가 이루어지는 상황을 자주 보았습니다. 환자에게 무뚝뚝하고 일방적인 치료과정으로 마치 병에 대해 환자에게 통보를 하는 모습은 과거의 아버지와 같아보였고, 의사의 차갑고도 냉정한 태도를 보며 환자가 의사를 잘 신뢰하지 못하고 병에 대해서 걱정하는 모습은 예전의 저와 같아 보였습니다. 소통이 결여된 모습이지요. 이러한 진료는 의사와 환자 모두에게 도움이 되지 못합니다. 저는 아버지와의 일로 소통으로 인해 얻을 수 있는 많은 것들을 알게 되었습니다. 제가 의사가 되고자 하는 이유는 바로 소통의 힘을 보여 주고 싶기 때문입니다. 환자와 공감하며 함께 더 나은 치료를 생각해 볼 수 있는 의사, 인간 대 인간으로서의 신뢰를 느낄 수 있는 그런 의사가 되는 것이 제 꿈이고, 그 꿈을 실현하는 첫걸음을 내딛기 위해서 의예과를 지원하게 되었습니다."

지성은 응답을 마치고 다시 한 번 숨을 크게 들이쉬고 내쉬었다. 그리고, 잠시 동안의 정적이 흘렀다. 면접관들은 모두 지성을 지그시 쳐다보고 있었고, 지성은 질문을 했던 교수님의 눈을 계속 똑바로 응시하고 있었다.

그 순간, 지성과 눈을 마주치던 그 교수님이 미소를 띠며 고개를 끄덕였다.

"김지성 학생?"

"네."

그는 종이를 한 장 넘기며 지성에게 말했다.

"다음 질문으로 넘어가도록 하죠."

*

어느덧 수능이 끝난 지도 한 달이 넘었고, 순식간에 수시 합격 발표일
이 돌아왔다. 이번 수능에서 그렇게 좋은 점수는 받지 못했지만, 기대했
던 정도의 점수는 받을 수 있었다. 결과는 그래도 만족스러운 편이었다.
지원했던 학교의 최저등급은 충분히 맞출 수 있었다. 그리고 드디어, 이
제 대입 합격의 당락이 결정되는 순간이었다.

떨리는 마음으로 저녁을 먹고 8시에 컴퓨터 앞에 앉은 지성은 9시에
있는 합격발표를 기다렸다. 1시간의 시간이 아직 남아있었다. 길다면 긴
시간이고, 짧다면 짧은 시간이었지만, 지금의 지성에게는 1초가 1분처럼
느껴졌다. 어서 빨리 결과를 확인하고 싶었지만, 대학교 홈페이지에 들어
가 봐도 아직 결과는 확인할 수 없었다.

지성은 일단 창을 닫아두고 침대에 누웠다.

'빨리 결과 확인하고 싶은데… 으아. 왜 이렇게 시간이 안 가냐!'

지성은 멍하니 천장을 쳐다보다가 또 상상을 하기 시작했다.

'혹시 떨어지면 어쩌지? 음… 그러면 정시로 붙을 수 있으려나? 흐
아… 재수는 진짜 하기 싫은데…. 아버지도 재수한다고 하면 혼내실 것
같고… 모르겠다….'

지성은 눈을 감고 크게 한숨을 쉬었다.

"지성아, 지성아?"

"으으, 음… 아…빠?"

"좋게 자야지. 베개도 안 베고. 전화해도 계속 안 받아서 무슨 일 있었나 했는데, 자고 있어서 그런 거였어? 결과 나오는 날이라고 했지? 어떻게 됐니? 합격했어?"

지성은 놀라서 시계를 보았다. 9시는 진작에 지나서 시계는 거의 12시를 가리키고 있었다.

"아, 아뇨. 9시에 확인하려고 8시에 자고 있었는데… 지나버렸네요. 이제 확인해야죠."

"아, 그래? 같이 보자꾸나."

지성은 컴퓨터 앞에 앉아서 U대학교 홈페이지에 들어가 '합격자 확인'이라는 버튼을 클릭했다. 이름과 필요한 기타 개인정보를 입력한 후, 지성은 확인 버튼에 마우스를 대고 클릭을 하려고 했지만, 이내 마우스에서 손을 뗀다.

"으아… 못하겠어요…. 아빠가 먼저 확인해 주시면 안돼요?"

"녀석, 알았다. 클릭만 하면 되는 걸 뭐가 그렇게 겁나서."

"아, 아직요! 잠깐만!"

하지만 지성의 말이 현철의 귀에 들린 건 이미 현철이 마우스를 클릭한 이후였다. 결과를 확인한 현철은 잠시 동안 모니터를 바라보았다.

"아…빠? 어떻게 됐어요?"

조금은 어두운 표정으로 뒤를 돌아보는 현철.

"지성아…."

지성의 어깨를 토닥거리며 현철은 차분히 말을 이었다.

"고생했다. 내년에는 열심히 하거라."

"…네?"

"대학에서도 열심히 해야지."

그 말을 듣고 지성은 굳은 얼굴이 풀어지고 화색이 돌았다.

"합격했단다."

이제야 미소를 짓는 현철을 보고 지성은 뛸 듯이 기뻐한다.

"우와아아아아아! 합격이다! 아, 아빠! 놀랐잖아요!"

"그러니까 직접 확인하지 그랬어. 괜히 확인 안 한다면서 무슨."

현철의 뒤에 있는 컴퓨터 모니터에는

'축하합니다, 김지성님. U대학교 의예과에 합격하셨습니다.'

라고 창이 올라와 있었다.

기쁨에 차서 힘껏 소리를 지른 지성은 힘이 빠진 듯 그대로 침대에 다시 누웠다.

'하아. 합격했구나. 이제 의사가 될 수 있는 첫 관문은 넘었구나.'

지성은 빙그레 웃으며 눈을 감았다. 긴장이 풀린 덕분인지 몸이 금방 나른해졌고, 이윽고 눈이 스르르 감기며 기쁨에 취할 새도 없이 피곤한 몸을 가누었다.

Chapter 2

Bittersweet

출항

서쪽 하늘

Bittersweet(쓸쓸한, 그리고 달콤한)

가시에 찔리지 않고서는
장미꽃을 모을 수 없다.
— 필페이

자신의 꿈이 이루어졌다는 성취감을 느낀 동시에, 지성은 앞으로 의대에 진학하고서도 지금과 같이 열심히 공부하여 아버지처럼 환자를 생각하는 의사가 되리라고 결심했다. 친한 친구였던 정혁과 인수 또한 비록 지성과 같은 대학은 아니지만 의대에 합격했다는 소식이 들려왔다. 그렇게 수험생의 생활이 끝난 지성과 친구들은 몇 개월 간 마음껏 자유를 만끽하였다.

그렇게 시간이 흘러, 2월 중순이 되었다. 지성이 합격한 대학교에서 신입생 오리엔테이션, 즉 OT가 열려, 지성은 기쁘고 설레는 마음으로 대학으로 향했다. OT는 예상했던 바와 같이 서로에 대한 소개와 선배들의 대학교 설명 순으로 진행되었다. 그런데 서로에 대한 소개 중, 지성은 한 여학생을 발견하였다.

"안녕하세요, 저는 광주에서 올라온 주희라고 합니다. 잘 부탁드릴게요~."

장내가 술렁거렸다.

"야, 쟤 좀 괜찮지 않냐?"

"그런가? 난 잘 모르겠는데."

"아니야, 저 정도면 이쁜 편이지, 안 그러냐?"

"그러냐? 그런 것 같기도 하고…."

주희에 대한 선배들의 대화가 계속해서 이어졌다. 그 정도로 주희에게서는 미묘한 매력이 넘쳐흘렀고, 지성 또한 주희에게 완전히 빠지고 말았다.

"다음, 다음! 소개 안 하냐?

"아…네, 저는 김지성이라고 합니다. 잘 부탁드립니다."

다음 OT 일정이 진행되었지만, 지성은 주희를 신경쓰느라 전혀 집중하지 못했다.

OT 후, 지성은 의대에서 들을 수업을 결정한 후, 대학에 수강신청을 하러 갔다. 대학의 원무과에서 마침 수강신청을 하고 있던 주희를 만났고, OT때의 기억과 더불어 자신이 첫눈에 반한 그녀였기에, 지성은 이 상황이 매우 어색하기만 하였다.

"지성이 맞니? 안녕. 난 주희라고 해. OT 때 봤었지?"

"어… 응."

"너 수강신청하려고 왔지? 무슨 과목 들을 거야?"

"의학의 역사, 진단학, 생화학, 의학 유전학, 해부학 … 너는?"

"의학의 역사, 병리학, 생화학, 의학 유전학, 해부학 … 어! 한 과목 빼곤 모두 같네? 우리 열심히 해보자!"

"그래. 잘 가."

주희가 떠난 후 지성은 그녀와 달랐던 병리학 대신에 진단학을 대신 들을까 고민을 하다, 결국 그녀와 완벽히 똑같은 과목들을 수강하기로 하였다.

첫 대학교 수업 전날에, 지성은 교수님께서 해주실 의사가 되기 위한 수업에 설레는 한편, 그녀가 똑같은 수업 일정을 가지고 다니는 자신을 보고 무슨 생각을 할지 걱정되기도 했다.

드디어 첫 수업날이 되어, 지성은 대학에 수업을 받으러 갔고, 당연히 주희와 같이 수업을 듣게 되었다.

"지성아, 안녕. 너 저번 주에 이 수업 안 듣는다고 하지 않았어?"

"어… 그게. 네가 간 이후에 바꿔서 신청했어. 이게 좀 더 도움이 될 것 같아서."

"다른 과목들은 그대로 신청했지?"

"어."

"그럼 같이 수업 다니면 되겠다. 혼자 다니려니 좀 불안해서 말이야."

그리고선 주희는 지성 옆의 빈자리에 앉아 수업을 듣고, 지성은 좋아하는 그녀가 옆에 앉아 있다는 생각에 수업에 집중하지 못하다가 … 결국 교수님의 눈에 띄고 말았다.

"거기, 학생. 첫날부터 수업에 집중 못 합니까?"

"아 네. 교수님, 죄송합니다."

얼굴이 붉어지며 대답하는 지성.

지성은 자신이 수업 도중에 집중하지 않았다는 사실에 자책을 하며 다시 수업에 집중하려 하지만, 역시 옆자리의 주희가 신경 쓰여 제대로 집중하지 못한다. 결국, 수업이 끝나고 점심시간이 되기까지 한 것이라곤 약간의 필기와, 교수님의 말씀 흘려듣기, 그리고 곁눈질로 몰래 몰래 주희의 모습을 바라보는 것이었다.

점심시간에도 물론 주희는 지성과 자신의 동기들과 함께 학생식당으로 향했고, 식사 후 캠퍼스 및 의대 건물 구경을 나선다. 캠퍼스는 유명한 대학교라 그런지 명성대로 잘 꾸며져 있었고, 역시 이 대학의 상징적 구조물이라 할 수 있는 대학 중앙의 분수대는 아직 물이 뿜어지지 않음에도 불구하고, 그 아름다움을 내뿜었다. 그리고 의대 건물 안에는 역시 다양한 과가 있는 만큼 강의실도 많았지만, 그에 더불어 실험실, 연구실 그리고 인체 장기들을 모아놓은 해부학실 등이 있었다.

이제 다시 생화학 수업을 들을 시간이 되었고, 지성은 아침과 변함없이 주희와 같이 수업을 들었다. 생화학이란 간단히 생체 내에 존재하는 생체분자물질에 대해 연구하는 학문으로 정의된다. 좁은 범위에서는 주로 효소가 매개하는 반응과 그 산물에 대한 화학적 연구를 의미하며, 넓은 범위에서는 생명현상을 매개하는 분자들에 대한 모든 화학적 연구를 지칭한다. 또한 각종 질병의 원인에 대하여 분자 수준에서 설명하는 논리로 공부하며, 분자 생물학의 기본 개념도 같이 배운다.

지성은 생화학이란 과목이 생물+화학이라 인식하여 배우는 내용이 많고, 어려울 줄 알았으나, 맨 처음 배우는 것이 생체분자, 즉, 세포, 단백질, 지질, 세포막 등 고등학생 시절 이미 배웠던 것이라 쉽게 받아들이며 생화학 첫 수업을 마쳤다.

수업 첫날이다 보니 수업은 빨리 끝났고 과 선배들이 후배들을 불러 모았다. 동아리를 정하기 위해서였다.

"대학을 다니면서 동아리 활동을 해야 되는데, 혹시 생각해 놓은 것 있는 사람?"

"……"

"없다면 여기 명단을 보고 선택하거나, 아니면 서로 뜻이 맞는 사람들끼리 동아리 창설을 신청하여 새로운 동아리를 만들어도 상관없어.”

이 말을 들은 지성은 무슨 동아리에 들어갈까 하는 생각을 하였다. 목록을 살펴보던 그는 무심코 의료봉사 동아리를 보게 되고, 고등학생 시절 친구들과 하였던 봉사가 홀연듯 떠올랐다.

“선배님, 의료봉사동아리에서는 무슨 활동을 하나요?”

“의료봉사동아리란 말 그대로 학교에서 배운 의료 지식, 기술 등을 가지고 주말에 사회적 약자들을 방문하여 간단한 치료 및 검사 등을 해드리는 활동을 하고 있어. 만약 기회가 된다면 방학을 이용해 다른 지역으로 봉사활동을 가기도 해. 왜 관심 있니?”

“예, 고등학교 때 봉사를 다니던 적이 있어서요. 좀 더 고민해볼게요.”

“지성아, 너도 봉사동아리에 관심 있니?”

갑자기 옆에서 주희가 물어왔다.

“어, 우리가 배운 지식들을 가지고 사회적 약자들을 돕는 것이 어떻게 보자면 진정한 의사의 본분이 아닐까? 진료비나 수술비를 낼 수 있는 만큼 부유한 계층 말고도, 아파도 병원비 걱정 때문에 치료를 받을 수 없는 경제적 하층민을 돕는 의사 말이야.”

“그것도 그러네. 사실 내 꿈이 그런 활동을 하는 것이었거든. 우리 같이 봉사 동아리에 가입할래?”

“음… 그래. 다른 동아리보다도 봉사 동아리가 가장 마음에 드니까.”

“그럼 우리 앞으로 잘해보자. 지성아!”

주희가 미소를 지으며 말했다.

그날 밤, 집으로 돌아간 지성은 앞으로 배워갈 과목들에 대해 예습을 했다. 그런데 어느새 지성의 머릿속에는 주희에 관한 생각으로 가득 차 있었다. 이 때문에 남들이 다 자고 있는 늦은 시각이 되어서야 지난 수업 복습과 다음시간 예습을 마칠 수 있었다.

다음 날 아침 10시, 잠에서 깬 지성은 오늘 수강하는 과목을 알기 위해 시간표를 보다 자신이 늦게 일어난 것을 깨닫고, 10시 30분에 시작하는 유전학 수업을 듣기 위해 부리나케 대학으로 향했다. 다행히도 수업에는 늦지 않았고, 지성이 강의실에 들어오자마자 수업이 시작되었다.

"여러분, 반갑습니다. 저는 여러분에게 의학유전학에 대해 가르칠 박준홍 교수입니다. 자, 첫 시간이니 아주 상투적이면서 중요한 질문 하나 하면서 강의를 시작하겠습니다. 의학유전학은 무엇에 대해 배우는 학문일까요?"

재빠르게 손을 드는 지성.

"오, 방금 손을 든 학생, 한번 말해 보세요."

"옙. 의학유전학은 이름 그대로 생물체의 유전에 대해 배우는 학문으로, 고등학교 시절 배운 생명과학 I 과 II 의 내용의 심화 과정이라고 알고 있습니다."

"맞습니다. 의학유전학은 기초유전학을 토대로 유전병의 원인을 밝히고, 유전적 질환의 가능성에 대한 상담을 할 수 있을 정도의 이해를 갖게 해주는 학문입니다. 그럼 수업을 시작하도록 하죠. 먼저 의대에 온 학생이라면 누구나 알고 있는 세포 분열에 앞서서 염색체에 대해 알아봅시다. 염색체는 DNA와 히스톤 단백질이 서로 감아 형성된 뉴클레오솜이 모여 이루어진 염색사가 꼬여 만들어집니다. DNA가 들어있기에 유전형질을 담고 있지요. 그럼 사람에게 있는 염색체의 종류는 무엇일까요?"

"성염색체와 상염색체요."

"성, 상이요."

모든 학생의 대답이 이어졌다.

이렇게 유전학 첫 시간은 고등학교 때 생명과학Ⅰ, Ⅱ에서 배운 유전의 기초적인 내용에 대해 다시 복습해보는 시간으로 흘러갔다. 지성 또한 교수님의 수업을 들으며 과거의 기억을 떠올렸다.

수업이 끝나고 함께 있던 주희와 점심을 먹은 후, 그 다음 수업까지 시간이 비어 있자 여느 의대생처럼, 주희와 함께 도서관으로 향했다. 그들은 아침에 배운 유전학 내용을 복습하며 과제로 내 준 '정자와 난자의 형성과정'을 정리했다.

'…… 난원세포가 … 제 1난모세포가 되고, 다시 제 1난모세포가 제 2난모세포와 제 1극체로 … 제 2난모세포가 난세포와 제 2극체로 … 오케이~~~ 다했다.'

"난 다했는데 주희야 너는 어때?"

"나 여기가 헷갈리는데 좀 알려주면 안 돼?"

"알았어, 밖에서 얘기하자."

"이 부분, 왜 난모세포가 분리될 때, 정모세포와는 달리 한쪽은 난모세포로, 다른 한쪽은 극체가 되는 거야?"

"아, 거기는 난모세포가 불균등한 분열을 하기 때문에 한쪽이 세포질이 적은 작은 세포가 돼. 그것이 극체가 되는 것이지."

"난모세포의 불균등한 분열 때문이라 이거지. 나도 숙제 끝났다. 어디 보자 그 다음 수업까지 시간이 얼마나 남았지?"

"한 30~40분?"

"아직 시간 있네. 지성아, 내가 음료수 살게. 가자."

편의점 앞 자판기에서 강의실로 향하며

"지성아, 너 이번 주 주말에 동아리에서 하는 봉사활동 가?"

"그럼. 동아리 첫 시간인데 빠지면 안 되겠지. 아직 배운 의료지식은 없지만 청소나 빨래 같은 허드렛일이라도 할 수 있지 않을까?"

"그렇겠지. 혹시 어디로 가는지 알고 있어? 혹시 된다면 같이 가자. 타지에서 서울에 올라오니 초행인 곳이 너무 많아서."

"알았어. 난 이 근처 지리는 다 아니까. 이번에 우리가 가게 될 곳도 어릴 적 가본 곳이야."

그날 오후, 병리학 수업시간이 되었고, 지성은 밤을 새워가며 한 과제를 제출하였다. 그의 과제 주제는 최근에 발병했던 메르스의 원인, 발생, 경과 등을 조사해 오는 것이어서 시간이 많이 걸릴 수밖에 없었다.

"음, 김지성 학생. 어제 집중하지 못했는데, 과제는 잘 해 왔네요. 혹시 발표할 수 있겠어요?"

"예, 교수님. 음… 메르스는 중동 지역에서 집중적으로 발생한 바이러스로 신종 코로나 바이러스인 MERS-Corona 바이러스가 원인으로 2012년 사우디아라비아에서 처음 발견된 뒤, 중동 지역에서 집중적으로 발생했습니다. 발생 원인은 정확한 경로가 추적되지는 않았지만 낙타, 박쥐가 매개동물로 추정되고 있습니다. 이 질환은 치사율이 약 40%로 매우 높으며 고열, 기침, 호흡곤란 등 심한 호흡기 증상을 일으킵니다. … 이상입니다."

"김지성 학생, 잘해줬어요. 다른 학생의 조사 결과도 들어볼까요?"

이렇게 첫 시간에 집중을 못해서 교수님께 지적당했던 병리학 수업은 과제 발표로 인해 무마되었고, 여러 가지 다양한 질병들에 대해 알 수 있었던 시간이었다.

수업이 끝나자 옆에 있던 주희가 웃으며 말을 걸었다.

"지성아, 오늘 병리학 시간에 발표 잘하던데. 준비 많이 했나 봐."

"어제 수업시간에 지적당해서 더 열심히 했어."

"그럼 내일 봉사 가기 위해 어디서 만날까?"

"잠깐만… 지하철로 가는 게 빠르겠지? 지하철 4번 출구에서 만나자."

"알았어. 내일 봐."

다음 날 아침, 지성은 봉사활동을 가기 위해 집을 나섰고, 약속시간에 맞춰 나온 주희와 지하철을 타고 집결지로 향했다. 집결지에는 이미 선배들이 나와 있었고, 동아리 후배들의 인원체크를 하고 봉사 활동을 준비하고 있었다.

"안녕하십니까, 선배님들. 이번에 동아리에 가입한 김지성이라고 합니다. 잘 부탁드립니다."

"안녕하세요, 박주희입니다. 저도 잘 부탁드려요."

"어서 와. 우리 동아리가 무슨 활동을 하는지는 들어서 알고 있지? 오늘은 할머니, 할아버지들에게 간단한 의료 검사와 치료를 해드릴 거야. 신입생이라 아직 배운 게 없을 테니 옆에서 지켜보거나, 검사를 도와줘도 돼. 아니면 그분들의 방을 청소해드려도 되고. 너희 편할 대로 해."

"알겠습니다. 주희야, 너는 뭐 할래?"

"선배들 옆에서 도와드리다 보면 봉사활동을 더 빨리 배울 수 있지 않을까? 너는?"

"네가 옆에서 도와드린다면, 나는 청소나 짐 나르는 일을 해야지. 이래

보여도 힘쓰는 일은 잘 하니까."

"알았어. 그럼 봉사 끝나고 보자."

지성은 먼저 노인분들의 방을 청소해드리기로 해 몇 명의 선배들과 함께 집 또는 노인센터를 돌아다녔다. 대부분이 독거노인들이여서 집 관리가 제대로 되지 못하였고, 먼지가 쌓여 있는 곳들이 많았다. 봉사부원들은 그런 곳들을 중점적으로 청소했고, 더불어 어질어진 방 정리까지 해드려 검사 후 돌아오신 노인 분들께 감사 인사를 받기도 하였다. 지성은 그런 분들을 보며

'이분들은 자녀 분들이 돌봐주지 않는 걸까?'

라는 생각과 함께

'왜 정부에서는 이들을 위해 더 큰 복지 정책을 펼치지 않는 걸까?'

라는 생각이 들었다.

청소가 끝난 후, 지성은 선배들 옆에서 열심히 도와주며, 간단한 건강검진을 해드리고 있는 주희에게 갔고, 힘들어하는 그녀와 함께 일을 해겨우 끝나게 되었다.

"아아… 마이크 테스트 오늘 봉사활동은 이만 마치겠습니다. 신입생 여러분이 들어와서 잘 활동해주어 일찍 끝낼 수 있었어요. 앞으로도 활동 열심히 해주길 바랍니다. 이만 해산!"

회장의 말이 끝나자 삼삼오오 나뉘어 자신의 집으로 향하는 동아리 부원들.

"지성아, 이만 우리도 가자. 아깐 도와줘서 고마웠어. 쉴 새 없이 움직이다보니 힘들어서 말이야. 너는 안 힘들었어?"

"아까 말했잖아. 힘쓰는 일은 잘 한다고. 그런데 힘들면 선배들에게 말

하고 좀 쉬다가 하지 그랬어?"

"선배들도 열심히 치료해드리는데 후배가 조금 힘들다고 쉴 수는 없
잖아."

"그건 그렇긴 한데… 그래도 다음부터는 좀 쉬면서 일해. 그러다가 쓰
러지면 어떡해."

"후홋… 지금 나 걱정해주는 거야?"

괜스레 붉어지는 지성의 얼굴.

"아니, 따…딱히 너가 걱정되는 게 아니라 너가 쓰러지면 선배들에게
폐 끼치니까 그러지."

"하하 알았어. 다음부터는 쉬엄쉬엄 할게. 어, 학교 앞이다. 지성아, 내
리자. 아저씨 여기서 내릴게요~~."

학교 앞에서 내린 지성과 주희는 마침 식사시간이어서 간단히 패스트
푸드를 먹기로 하였다.

집으로 돌아온 지성은 오늘 봉사활동을 하며 자신이 느꼈던 감정들에
대해 다시 생각을 해봤다.

'의료치료의 혜택을 못 받는 사람들이 그렇게 많이 있을 줄은 몰랐다.
그분들은 누가 도와줘야 하는 것일까? 그분들의 친족일까? 아니면 정부
일까? 왜 두 곳 모두 나서지 않는 것일까?'

의문들이 끊임없이 이어졌고 지성은 쉽사리 결론을 내지 못하였다. 그
러다가 문득 든 생각이

'의사의 본분이 아픈 환자들을 치료하는 것이라면, 그들 또한 의사가
신경 써야 되지 않을까? 진정한 의사란 남을 위해 희생, 헌신을 하시는
분들이 아닐까?'

였다. 그렇기에 지성은 앞으로 자신이 그런 의사가 되리라는 생각을 하게 되었고, 미래에 봉사를 다니며 사회적 약자들을 돕기로 결심하였다.

다음 날, 대학 입학 후 처음으로 갖는 진정한 휴식의 날, 일요일이기에 지성은 과거 자신의 고등학교 동창이자, 지금은 의대에 합격하여 의학도의 길을 걷고 있는 친구들을 만나기로 했다.

"여, 정혁아. 인수야. 오랜만이다."

"지성아, 너도 참 오랜만이다. 그동안 잘 지냈냐?"

"잘 지냈지. 얼굴 보면 모르겠냐? 너희들은?"

"우리야 물론. 우리는 같은 대학 다니잖아. 너만 다른 대학에 있으니까 뭔가 아쉽기도 하고… 좀 그렇다."

"그건 좀 아쉽긴 하지. 너희들도 수업 시작했지?"

"당연하지, 첫날부터 빡세게 진도를 나가는 바람에 우리가 얼마나 당황했는데. 의대이다 보니 워낙 잘하는 애들이 많아서, 언제 밀려날지 모르겠더라. 너는 좀 어때?"

"나도 마찬가지지. 그래도 악착같이 버텨야지 어쩌겠냐. 후…."

"야, 암울한 이야기 그만하고, 너 여친은 생겼냐?"

"여친?"

"너 설마… 아직도 솔로냐?"

"설마… 나도 사귀었는데."

"좋아하는 애는 있는데… 잘 모르겠어."

"야, 이 머저리 같은 놈아, 빨리 안 잡으면 다른 남자가 채간다."

"고백할 타이밍이 안 나와. 같이 다니고 있긴 하는데…."

"쯧쯧, 그래서 솔로탈출 하겠냐? 싸나이답게 바로 고백해버려."

"내 말이. 같이 다니는 것 보면 그 애도 너한테 관심 있는 것 같은데?"

"나도 모르겠다. 언제 고백하지…. 뭐, 일단 시험을 잘 보는 게 먼저지. 그럼 나 먼저 간다. 다음에 또 모이자."

"잘 가라. 성적 유지해라. 안 그러면 찾아갈 테다."

집으로 돌아온 지성은 친구들이 자신보다 먼저 여자 친구를 사귀었단 사실에 충격을 받았다. 하지만, 친구가 말했듯이 주희도 자신에게 마음이 있을지도 모른다는 사실에 한편으로는 기쁘기도 하였다. 그러나 일단은 학업에 집중할 때라고 생각한 지성은 아직 시작하지 않은 과목들에 대해 예습을 하기 시작했고, 처음 보는 내용들에 만만치 않음을 느꼈다.

'아 … 성적 잘 나와야 되는데… 잘 할 수 있을까?'
라는 생각과 함께 지성은 잠에 빠져들었고 주희와 같이 다니는 꿈을 꾸며 행복한 표정을 지었다.

대학교 2주차, 지난 주에 더불어 새롭게 수강한 과목들이 생겼는데 먼저 '의학의 역사' 는 의학, 의술 의료의 역사에 대해 배우며, 동양과 서양의 의학 문명을 비교하며 한국 의학의 위상에 대한 이해를 바탕으로 한국 의학의 주체적 발전을 역사적인 관점에서 논의하는 시간이다.

다음으로 '해부학' 을 수강했는데 누구나 알고 있듯이 인체의 구조를 각각의 기능과 관련지어 배우며, 시체 해부실습을 통해 각 구조들 사이의 위치관계를 강조한다. 또한 신체의 신경계에 대한 공부도 하는 과목으로, 1주일 전 건물을 돌아다니며 방문한 해부학실에서 강의가 진행되었다. 해부학실에는 다양한 모형 장기와, 실제 장기가 놓여 있기에 약간의 공포 분위기를 조성하였고, 그로 인해 대부분의 여학생들은 수업을 꺼려했다.

물론 주희도 마찬가지였다. 다시 해부학으로 돌아와서 수업 중에 실제로 해부 실습을 하기도 하며, 일단 인체의 다양한 장기에 대해 외워야 한다고 해 엄청난 과제량이 예상되었다. 지성은 예상을 뛰어넘는 엄청난 양에 탄식하며,

'인체가 이렇게 많은 것들로 구성되어 있구나.'

하는 경탄에 빠져들었다.

누군가가 이르기를,

'대학교에 들어가면 일단 자유시간이 많아.'

라고 하였다. 그러나 이와 달리 평화로울 줄만 알았던 대학 생활이 점차 새벽까지 공부, 과제를 하다 잠들고, 3시간도 채 안되어 일어나 수업을 받으러 가는 고난의 행군이 계속되었다. 지성도 역시 이와 같은 일과에 점점 힘에 부치다는 느낌이 들었고,

'아버지도 이런 길을 걸어왔구나.'

하는 마음에 존경심이 피어나기도 하였다. 그럼에도 지성은 자신이 목표한 의사가 되기 위해 모든 학문을 통달해야겠다는 생각 하나로 버텨나갔고, 배운 내용을 모두 외워버릴 정도로 치열하게 공부했다.

그렇게 대학의 3월, 4월이 지나갔고, 5월의 중간고사가 다가왔다. 지금까지 배운 내용 중 어느 것이 나온다는 안내 하에 모든 학생들이 공부를 시작했고, 도서관은 24시간 개방을 해 어느 한순간도 비어 있는 시간이 없었다. 아무리 출제되는 내용이 제시되어 있다 해도, 교수님께서 추가로 안내 없이 내는 문제가 있을 뿐만 아니라 워낙 배우는 과목이 많았기 때문이었다. 또한 답변도 남들과는 같지 않게, 그러면서도 중요한 내용을 담아야 했기에 불철주야로 노력해야 했다.

지성과 주희도 남들과 같이 수업이 빈 시간과 수업이 끝난 시간에는 도서관으로 향했고, 밤새워 공부하다 새벽 4시에 집에서 잠을 잔 후 다시 아침 일찍 도서관 자리를 잡기 위해 등교하는 생활을 반복하고 있었다. 그러던 중, 어느 날 아침 도서관으로 향하던 지성이 먼저 이와 같은 생활에 싫증을 냈고, 주희도 스트레스 가득한 표정으로 자리에서 일어났다.

　"지성아, 우리 시험 때마다 이래야 되는 거야? 이건 사람이 할 짓이 아니야."

　"나도 그렇게 생각해. 하지만 성적이 높은 순서대로 자신이 하고 싶은 과에 지원이 가능해서 이렇게 노력하는 거 아닐까? 어쨌든 이러다간 시험도 보기 전에 먼저 쓰러질 것 같은데."

　"나도 그래. 힘들어 죽겠는데, 하루쯤은 쉬어도 되지 않을까?"

　그 말에 고민을 하던 지성은 대답했다.

　"그럼 우리 오늘 놀러 갈래?"

　"그래. 하루만 좀 쉬자!"

　그렇게 도서관으로 향하던 지성은 발길을 돌려 주희와 함께 근처의 놀이공원으로 향했다.

　"○○랜드에 오신 것을 환영합니다~~."

　"오랜만의 놀이공원이네. 고등학교 수학여행 이후 처음인데, 오늘 그동안 쌓인 스트레스 다 풀고 가야겠다. 지성아 빨리 가자!"

　"잠깐만 어디 먼저 갈 건데?"

　"역시 청룡열차지. 늦게 가면 줄서야 되니까 어서 가자."

　"근데, 우리 오늘 너무 무리하지는 말자. 시험이 얼마 안 남았잖아?"

"여기서도 시험이 말썽이네. 알겠어, 그럼 오늘은 평범한 것 타자. 그래도 바이킹은 타게 해줘야 된다."

"알겠어. 그 정도까지는 뭐….'

사실 지성은 무서운 놀이기구를 타지 못했기에 변명을 둘러댄 것이었고, 이내 바이킹을 탄다는 생각에 절망에 빠져들었다.

범퍼카, 아마존 익스프레스, 유령의 집, 사파리… 등의 놀이기구를 타고 놀다가 드디어 지성이 그토록 두려워하던 바이킹을 타게 되었고, 바이킹이 움직이기 전부터 지성은 불안해하기 시작했다. 그에 비해 원래 겁이 없던 주희는 이 상황이 재미있다는 듯 환호성을 외쳤고, 그것을 들은 지성은 더욱 더 무서움에 사무쳤다.

"삐익. 그럼 바이킹 운행 시작합니다. 마지막으로 안전 바를 확인해 주세요. 하나, 둘, 셋. Let's go!"

"위이잉. 슈웅. 위이--잉, 슈 - 우웅."

"으아악! ….'

하늘에 울려 퍼지는 지성의 비명소리.

"그럼 여기까지 운행 종료합니다. 손님 여러분은 질서에 맞춰 내려주세요."

바이킹 운행이 끝난 후, 내린 지성은 헛구역질을 하였고, 옆에서 바이킹을 타자고 했던 주희는 걱정, 미안함이 담긴 눈으로 그를 쳐다보고 있었다. 잠시 후, 좀 진정이 된 후에 지성은 별 이상 없이 일어섰고, 주희에게 걱정 끼쳐서 미안하다는 말을 전했다.

"바이킹 못타면 미리 말했어야지. 걱정 많이했잖아. 나 때문에 그런 줄 알고. 이젠 괜찮은 거지."

"어. 원래 무서운 놀이기구 잘 못타는데. 오늘 놀러온 목적이 너 스트레스 풀어주는 것이니까…."

"뭐어…."

괜스레 얼굴이 붉어지는 주희.

"어쨌든 미리 이야기하면 좋잖아. 괜히 사람 걱정하게 만들고."

"알았어. 그래도 스트레스는 다 풀렸지? 그렇다면 밥 먹고 돌아가자. 다시 또 열심히 공부해야지."

"오늘은 고마웠어. 내일부턴 다시 공부라니. 도서관에서 살아야겠네."

다시 일상으로 복귀한 그들은 성적을 올리기 위한 보이지 않는 싸움을 시작하였다. 지성은 모든 강의 내용을 외우고 있었고, 주희는 꼼꼼한 성격답게 정리를 해두어 지성이 빼먹은 내용까지 기록해 두고 있었다. 이런 둘이 만나 서로의 내용을 보충해주었기에 점차 모든 내용이 정리되기 시작했고, 둘은 문제에 대한 각자만의 답을 완성해 낼 수 있었다.

이제 하루 뒤로 다가온 시험에 부담감을 느끼며 지성은 마지막 총정리를 시작했고, 대학 특성상 시험을 며칠에 걸쳐 하루에 두 과목씩 보기에 장기전을 예상하며 시험 전날 숙면을 취했다.

드디어 시험 당일, 지성은 지금까지 해온 것을 믿고 시험에 응했다. 첫날 시험 보는 과목은 병리학과 해부학으로 두 과목 모두 암기량이 많았기에 그 만큼 노력을 한 과목이기도 했다.

병리학 시험은 여러 질병들에 관한 내용을 써야했기에 그동안 해온 조사들을 바탕으로 자세하게 풀어썼다. 또한 그 자료들을 바탕으로 교수님께서 새롭게 제시한 문제에 대해 다행히도 답변할 수 있었다.

해부학 시험은 해부학이라는 명칭에 걸맞게 기본적으로 인체의 구성

요소부터 시작하여 각종 골격 등 수업시간에 배운 것들을 세세하게 답하는 형식이었다. 또한 인체의 근육을 Upper, Neck & Trunk, Lower로 나눠, 그중 한 가지를 선택한 후에 그 부분의 근육에 대한 것을 이야기하는 시험도 있었다. 교수님께서 미리 알려준 문제 외에 다른 문제가 나왔지만, 작년도의 문제들을 선배들에게 얻었기에 그리 어렵지 않게 답할 수 있었다. 이 두 시험을 준비하며 선배들에게 도움을 받아 일명 족보를 만들었기 때문이었다.

이제 시험 첫 날이 끝나고 앞으로도 많은 시험이 남아 있었다. 지성의 예상대로 시험은 그날그날 벼락치기처럼 죽도록 외워서 보는 것이 아니라, 장기전의 성격을 띠고 있었다. 대다수의 의대생들이 시험기간 동안 각종 에너지 드링크를 먹어가며 잠을 자지 않고 하는 이유도 여기에 있다. 모든 시험이 다 끝나고 난 후 쓰러지거나, 하루 동안 푹 자버리는 편이 일단 가장 중요한 성적을 유지하기 위한 수단이었기 때문이다. 하지만 지성은 이런 생각과는 달리, 적당히 자며 평소의 생활을 유지하는 것이 낫다고 판단했기에 남들과는 다르게 시험공부를 한 후 잠에 들었다.

시험 둘째 날의 과목은 생화학, 의학 유전학이었다.

생화학에서는 학문에 이름에서 보이듯이 생명과학과 화학 두 분야를 두루 걸쳐 문제가 출제되었다.

문제 ① 뉴클레오솜의 구조를 서술하시오.

② DNA와 RNA의 구조적 차이를 설명하시오.

③ 화학적 진화란?

④ 물의 물리적 성질과 화학적 성질을 구분하시오.

등의 문제였다.

의학 유전학에서는 유전학의 기초적인 지식이 아니라 그 개념들을 좀 더 고급용어로 바꿔 출제되었다.

> 문제 ① 이질 염색체(성염색체)와 진정염색체(상염색체)에 대해 설
> 명하시오.
> ② A(a)는 유전자의 품질, T(t)는 식물의 키를, D(d)는 화색을
> 지배한다. 각 형질은 단일 유전자에 의해 지배되며 서로 독
> 립적이다. 순계인 고품질 큰 키 자색꽃 AATTDD와 고품질
> 작은 키 백색꽃 AAttdd의 교배 결과인 F2에서 동형접합
> 인 고품질 큰 키 백색꽃 F2인 식물체를 선발하려고 한다.
> 선발 방법을 서술하시오.

등 기초적인 내용의 응용 및 적용을 요하는 문제들이었다.

이렇게 중간고사의 3, 4, 5일이 지나갔고 결국 시험이 끝났다. 드디어 그들에게는 오랜만의 휴식이 찾아왔다. 성적을 위해 장학금을 위해, 미래 의 자신의 직업을 위해 쉬지 않고 노력하고 달려온 것이 결국 결말을 맺 게 된 것이다.

1주일 후, 중간고사 성적이 발표되었다. 이번에 성적이 잘 나와야 앞으 로 자신의 대학 성적이 얼마나 나올지 예상할 수 있고, 장학금 또한 받을 지 여부가 달려 있기에 모든 학생의 시선이 집중되었다. 지성 역시 장학 금은 필요 없을지 몰라도 높은 성적이 나와야 원하는 과에 들어갈 수 있

기에 이번 성적을 중요시했다.

지성은 자신의 성적표에 A나 A⁺밖에 없었기에 기뻐했다. 또한

'내 공부 방법이 틀리지 않았구나.'

하는 생각에 안도감을 느꼈다. 그 옆에서 주희도 자신의 성적표를 보고 있었는데, 곧이어 웃으며 환호성을 질렀다.

"주희야, 너도 성적 잘 나왔어?"

"응. 모두 A아니면 A⁺야. 너는?"

"나도. 다행이다. 성적이 잘 나와서. 중간에 놀아서 걱정했는데."

"오늘 기분 좋은데. 내가 밥 살게. 가자."

"이번에는 내 차례야. 피자 먹으러 가자."

다행히 지성과 주희 모두 좋은 성적을 거두었고, 자신들의 공부 방법이 틀리지 않았음을 깨달으며 서로의 관계는 더욱 가까워졌다. 지성이 고백하려면 아직 멀었지만 말이다.

시간이 흘러 때는 6월, 중간고사와 기말고사 사이에 낀 애매한 시간, 대학생이라며 한 번쯤은 가본다는 MT 시기가 돌아왔다. 의료봉사동아리에서 MT를 가자는 이야기가 나왔고, MT 장소에 대한 의견이 빗발쳤다. 봉사동아리이니 MT를 봉사가 가능한 지역으로 가자는 둥. MT는 놀아야 된다면서 계곡으로 가자는 둥. 심지어는 아직 6월임에도 불구하고 바닷가로 가자는 의견도 나왔다. 동아리회장은 고민 끝에 원래 가던 대로 MT의 메카인 춘천으로 가자는 결정을 내렸고, 약간의 반대를 뒤로하고, 춘천으로 가게 되었다.

MT를 가기 전, 1학년이라 강제적으로 동아리 총무를 맡게 된 지성은

MT에 가서 쓸 물품을 사러 왔다. 물론 옆에는 그를 도와주러 온 주희가 있었다. 둘은 선배들에게서 받은 목록을 바탕으로 물품을 구매했는데, 목록의 대부분을 차지하는 것은 술과 안주, 그리고 고기로, 그것을 보며

　'가서 술 마시다 죽겠구나.'

라는 생각을 하기도 했다. 그래서 둘은 몰래 자신들을 위한 숙취해소 음료를 잔뜩 샀고, 선배들에게는 비밀로 하자고 했다.

　이렇게 비밀스러운 작당모의가 끝나고, MT 당일이 되었다. 이번 MT는 3박 4일이었기에 동아리 회장이 계획한 대로 일정이 이루어졌다. 첫날은 버스를 타고 이동하는 등 편하게 보내는 날이었고, 둘째 날은 간단한 봉사활동이 계획되어 있었고, 저녁에는 앞으로의 동아리 활동 계획에 대해서 이야기하는 시간을 보내기로 되어 있었다. 그리고 셋째 날은 아무런 계획 없이 그냥 하루 종일 밤새우며 술 마시며 놀다가 다음날이 되어 서울로 돌아가는 것이 계획이라면 계획이었다.

　아침에 학교에서 모인 후 다 같이 버스를 타고 춘천으로 이동했고, 도착하자마자 춘천의 명물인 닭갈비와 막국수를 먹은 후 숙소로 향했다. 많은 돈을 들이고 빌린 만큼 숙소는 넓었고, 펜션에 고기를 구워 먹을 수 있는 야외 조리장도 있었다. 오랜 이동 끝에 피곤했던 그들은 별 말 없이 잠이 들었다. 둘째 날 아침이 밝자, 그들은 간단한 봉사활동을 위해 춘천의 한 노인복지시설을 찾았다. 그곳에서 그들은 노인 분들의 말벗이 되어드리고, 청소나 설거지 등의 일들을 도와 드렸다. 저녁 무렵이 되어 그들은 밖에서 식사를 마치고 다시 숙소에 모였다.

　"자. 이제 우리 동아리에서 앞으로 어떤 활동을 할 건지 결정하는 시간이다."

동아리 회장 선배의 말과 함께 회의가 시작되었다.

봉사에 열의가 있는 사람들이 모인 만큼 어떤 활동을 할 것인지에 대한 뜨거운 토론이 이어져갔다.

그때, 어떤 선배가 말을 꺼냈다.

"우리 동아리는, 그래도 의학과 관련된 사람들이 모인 의료 봉사 동아리잖아? 그런데 우리가 지금까지 하는 활동들은 주로 다른 전공을 가진 사람들도 쉽게 할 수 있는 활동이야. 그렇다면 이제는 우리 전공을 살려서 해외로 의료 봉사를 나가보는 건 어때?"

갑자기 장내가 술렁술렁 거렸고, 찬성하는 사람들과 위험할지도 모른다는 사람들 등 여러 반응이 엇갈렸다. 그러나 점점 장내 분위기는 해외 봉사를 가보고 싶다는 쪽으로 기울어 갔다. 그 순간 동아리 회장이 말했다.

"해외 봉사, 나도 사실 꼭 가보고 싶기도 했어. 우리 전공을 살려서 소외된 사람들을 도와드릴 수 있는 기회잖아? 하지만 해외봉사를 가려면 많은 준비를 해야 하고 알아봐야 할 것도 많아. 그러니까 이 안건은 장기 프로젝트로 삼고, 어떤 절차를 밟아야 하는지, 어떤 과정이 필요한지, 알아보고 천천히 계획하도록 하자."

"그 전에 졸업하면?"

곧 졸업을 하는 선배들의 말들이 이어졌다.

"그럼 더 좋지, 졸업하면 대부분 병원에서 일할 텐데, 그런 실전 경험을 가지고 있으면 더 좋잖아?"

다들 수긍하는 분위기였다. 지성은 주희에게 의견을 물었다.

"난 살면서 꼭 국제 봉사를 한번 가볼 생각이었는데, 너는 어때?"

"나도 가 보고 싶었어. 내가 가진 기술로 불우한 지역의 사람들을 돕는 게 내 목표거든."

주희의 대답을 들은 지성은 슬며시 웃음을 지었다.

그렇게 장기 프로젝트로 해외 봉사 안건이 결정되었고, 단기 프로젝트나 건의 사항 등을 결정하기 위한 회의가 계속 진행되었다.

조금 시간이 흐른 뒤, 회의는 마무리되는 듯하였고, 모두들 다음날을 기약하며 잠에 들었다. 지성은 해외 봉사에 대한 부푼 상상을 안으며 잠에 들었다.

이제 셋째 날 아침이 밝아오고, 일찍 일어난 지성은 1학년답게 선배들을 위해 밥을 준비했다. 물론 지성은 요리 실력이 없었기에 즉석 밥을 데우고, 그다지 기술이 필요 없는 햄구이, 소시지구이 등을 준비했다. 모두 일어난 후, 지성이 준비한 것으로 아침을 때우고, 드디어 이튿날의 계획이 실행되었다. 먼저 기본적으로 술과 안주를 꺼내오고, MT 게임들이 시작되었다. 당연히 진 사람에게 간단한 벌칙들이 주어졌고, 대낮부터 술을 취해 인사불성이 된 부원들도 있었다. 다행히 지성과 주희는 게임에 지지 않아 벌칙을 안 당했고, 그 상태가 저녁식사까지 이어졌다.

저녁이 되어 주변도 어두워지자, 누군가가 진실게임을 하자고 제안했고, 모든 이의 동의가 있은 후 게임이 시작되었다. 몇 차례가 지난 후, 맥주병이 돌아가, 서서히 멈추며 지성을 가리켰다. 처음으로 게임에서 걸린 지성이기에, 다른 부원들은 그를 괴롭힐 만한 질문을 찾았다. 결국 지성이 주희와 자주 다닌다는 말에, 먼저 그에게 좋아하는 사람이 여기 있냐고 물어보았다. 지성은 말하기 싫었지만 규칙은 규칙이기에 있다고 사실대로 말했고, 주변의 여학생들은 수군대기 시작했다. 주희는 진실게임에 참여하지 않았고, 다른 곳에 있었다.

다시 몇 차례가 지난 후 병이 다시 지성을 가리켰고, 그것을 본 지성은 질문이 예상됐기에 그 자리를 피하려고 했다. 그러나 옆에서 그를 잡아 도망치게 못하게 막았고, 역시 질문은

　　"좋아하는 애가 혹시 주희야?"

였다. 지성은 얼굴이 빨개져 아무 말도 하지 못했고, 결국 벌주를 마시는 것으로 대답을 회피했다. 그런 행동에 모든 이가 지성의 짝사랑을 눈치채게 되었다. 끝까지 주희를 좋아한다는 사실을 숨기려고 했던 지성은 자포자기하고 과 선배누나들에게 도움을 받기로 했다.

　　"선배. 제가 고백이 진짜 처음이라서 어떻게 해야 될지 잘 모르겠어요. 솔직히 겁도 나고 다른 애들도 주희를 좋아하는 것 같고, 그리고 주희가 저를 확실히 좋아하는지 주희 마음도 잘 모르겠어요. 그래서 너무 겁이 나요. 혹시 잘못되면 이런 친구 사이도 깨져버릴까 봐."

　　멋쩍은 웃음을 띤 채 지성이는 앞에 놓여 있던 술을 마셨다.

　　"지성아, 여자가 너 옆에 계속 붙어 있고, 같이 놀이공원도 가자고 하고 이렇게 적극적으로 표시를 하는데 너는 아직도 모르겠니? 솔직히 여기서 너 빼고 다 알고 있어. 주희가 너 좋아하는 거."

　　과 퀸카 선배가 지성이를 보며 웃으면서 말했다.

　　"네가 처음 여자한테 관심을 보여서 잘 모르나보네. 아유, 이 순둥이."

　　"선배, 그러면 지금 바로 문자로 고백해버릴까요?"

　　지성이는 흥분된 목소리로 핸드폰을 보이며 말했다.

　　그러자 갑자기 같이 옆에 앉아있던 선배, 친구들이 아유를 퍼부으며

　　"하… 야. 무슨 사이버 연애하냐? 그렇게 고백하는 거 진짜 여자들이 극혐해. 차라리 그럴꺼면 그냥 하지 마. 하지 마. 아 진짜 여자마음 모르네."

"지성아. 그냥 솔직하게 너의 마음을 주희한테 표현해. 그것보다 좋은 고백은 없다."

"네 선배 진짜 감사합니다. 잘 되면 진짜 꼭 밥 한 번 살게요."

"성공이나 하고 말해."

선배는 지성이의 순수한 모습이 귀여운지 친동생처럼 지성이를 격려했다.

자리에서 일어난 지성이는 주희에게 메시지를 보냈다.

"지금 방에서 뭐해?"

"음… 지성이 생각?"

이 메시지를 본 지성이는 자신 없던 주희에 대한 마음을 확신할 수 있었다.

"그래? 그럼 지금 밖에서 보자."

"오케이~."

지성은 주희보다 먼저 나와서 주희를 기다렸다. 어떻게 고백해야 할지 몇 번이고 생각해 봤지만, 막상 고백을 한다고 생각하니 조금 막막했다. 조금씩 심장소리가 커지는 게 지성의 귀에 들렸고, 지성은 마음을 진정시키려 심호흡을 했다.

'후-하---. 왜 이렇게 떨리지?'

괜히 시합을 앞둔 운동선수처럼 야단스럽게 몸 풀기를 하는 지성.

"뭐야, 달밤에 체조하자고 부른 거야?"

뒤에서 들려오는 주희의 목소리에 화들짝 놀란 지성은 엉거주춤하며 주희를 바라본다.

"어? 어, 그냥 좀. 술 좀 깨려고."

"너 별로 많이 마시지도 않았잖아. 술 별로 못해?"

"무슨 소리? 날 뭘로 보고? 내가 얼마나 술이 쎈데."

"이그, 허세는. 가자."

"어? 어딜?"

"뭐야, 술 깨야 된다며? 걷기라도 해야지."

"아, 그러지. 걷자."

'어라, 이게 아닌데… 왠지 뭔가 바뀐 거 같다?'

오히려 앞장서는 주희 때문에 살짝 당황한 지성은 주희를 뒤따라간다.

숙소에서 조금 더 걸어가자 메타세콰이어 가로수 길이 쭉 나있었다. 밤이라서 확실히 어둡긴 했지만, 그래도 길가에 나 있는 적당히 밝은 가로등은 음침한 분위기보다는 은은한 분위기를 자아냈다. 길가 옆에 있는 잔디밭에서는 풀벌레 소리도 조용히 들려오고 있었다. 그리고, 이 잔잔한 분위기 속에서 지성과 주희는 나란히 서서 한 걸음 한 걸음씩 발을 맞춰 걷고 있었다.

"이야~ 하늘 좀 봐! 별 진짜 많네? 가로등이 이렇게 많은데 별이 저렇게 밝게 보일 정도면 진짜 공기가 좋은 가봐."

"그래."

"뭐야, 반응이 왜 그래? 술 덜 깬 거야? 아니면 어디 아파?"

까치발을 하며 지성의 이마에 손을 대보려는 주희. 지성은 갑자기 가까워진 주희의 얼굴을 보며 살짝 당황한 듯이 뒤로 몸을 뺀다.

"왜, 왜 그래? 나 안 아파!"

"뭐야, 걱정해줘도 뭐래."

주희는 다시 지성보다 세 발짝 정도 앞서갔다.

"주희야."

지성은 아까와는 조금 다른 목소리로, 주희를 불렀다.

"왜?"

주희는 돌아보지는 않고 대답만 하며 걸음을 옮겼다.

"주희야. 잠깐만."

지성이 두 번째로 지성을 부르자, 주희는 이번에는 말 없이 뒤돌아서서 지성을 바라본다.

몇 걸음을 더 걸어 주희 앞에 선 지성. 주희의 눈을 지그시 바라본다.

"뭐야 갑자기 분위기 잡네. 누나한테 혼나려고."

주희는 당황한 웃음을 보이며 지성의 머리를 쓰다듬었다.

"장난하려고 하는 거 아니야. 할 말 있어."

지성은 한걸음을 더 걸어 주희 바로 앞에 선다. 마주한 두 사람 사이에는 미묘한 기류가 흘렀고, 이윽고 지성은 말을 떼기 시작했다.

"나, 너 좋아해."

천천히 한마디 말을 떼어놓은 지성. 잠깐의 고요함 속에서 주희는 지성이 하는 말을 들으며 자신을 바라보는 지성의 눈을 보았다.

"처음에 MT에서 봤을 때부터, 지금까지 계속 널 좋아했어. 좋아해서 항상 옆에 있고 싶었고, 이야기 하고 싶었고, 너 얼굴 보고 싶었고, 널 웃게 하고 싶었어. 같이 있을 때마다 몇 번이고 좋아한다고 말해주고 싶었어."

지성은 작게 숨을 쉬고 말을 계속 이었다.

"이제는 더 이상 혼자 속으로만 좋아하고 말도 못하는 것 그만하려고.

주희야, 나 너 진짜 좋아해. 아니, 사랑해."

지성이 말을 마치자, 두 사람 사이에는 잠시 시간이 멈춘 듯 정적이 흘렀다. 말하는 내내 지성은 주희의 얼굴을 보았다. 그의 눈에는 미치도록 사랑스럽고 아름다운 주희였다. 하지만 그는 주희의 표정을 읽을 수 없었다. 그의 눈을 향하는 주희의 시선이 무슨 뜻을 의미하는지 지성은 잘 알지 못했다.

"나도 너 좋아해."

알 수 없는 표정으로 말없이 지성을 바라보던 주희는 싱긋 미소를 지으며 말했다.

"나도 너 좋아해서 계속 잘 보이려고 노력했었는데. 고마워. 먼저 말해줘서."

이내 부끄러운 듯이 뒤돌아서서 말을 이었다.

"좋아하는 사람한테 고백 받는 거 진짜 기분 좋다."

"…정말?"

"응… 정말로."

"주희야."

"응? 왜…?"

주희가 돌아선 순간, 지성은 주희에게 입을 맞췄다. 부드럽게 주희의 목을 손으로 감싼 지성은 눈을 감았고, 그의 입술은 살짝 떨리고 있었다.

살짝 놀란 듯 커졌던 주희의 눈은 이내 스르르 감기며 지성의 목에 팔을 두르고 감정에 몸을 맡겼다. 서로의 손을 살포시 잡으며, 두 사람은 가까이에서 지금 이 순간을 함께 공유하고 있다는 사실에 대해 한 기쁨과 함께, 첫 키스의 달콤하면서도 아찔한, 짜릿하면서도 황홀한 기분을 만끽했다.

길게 가로수가 늘어서 있는 메타세콰이어 길. 가로등 빛과 별빛 조명 아래 비추는 지성과 주희의 모습은 아름다웠다. 잔디밭의 풀벌레는 찌르르 소리 내며 두 사람의 사랑을 축하해 주었다.

두 사람과 같이 싱그러우면서도 고즈넉한 분위기의 한여름 밤, 그렇게 주희와 지성은 서로에 대한 마음을 확인했다.

출항

항구에 도착하기 위해
우리는 출항해야 합니다.
때때로 바람과 같이,
때때로 바람을 등지고.
그러나 우리는 표류하지 않거나
닻에 계속 있어야만 합니다.
— 올리버 웬들 홈스

꿈만 같던 MT도 잠시, 다시 일상으로 돌아와 대학생활을 하다 보니 어느새 쏜살같이 시간이 흘러가고, 다시 시험 기간이 돌아왔다. 의대생들은 교양과목으로 국어, 한국사, 철학, 심리학, 영어회화, 일반수학, 통계학, 의학컴퓨터 등을, 기초전공 과목으로서 화학, 생물학, 유기화학, 물리학, 의학물리학, 해부학, 의학 유전학, 분자세포생물학 등을 배우는 등 의사가 되기 위한 기초 지식을 쌓기 위해 힘겨운 나날을 보내고 있었다. 이러한 와중에도 지성과 주희는 열렬한 사랑을 나누며 학교 내에서 닭살 CC라 불릴 만큼 행복한 대학생활을 즐겼다. 물론 그들이 놀기만 한 게 아니고 수업도 열심히 듣고, 서로 도와주며 공부하여 성적도 의대 Top 5에 들 정도였다. 그렇기에 지성과 주희는 주변의 모두에게 부럽다는 소리를 들으며 대학을 다니고 있었다.

그렇게 시간은 흐르고 흘러 본과 2학년 여름 방학이 되었다. 그동안 지성과 주희는 바쁜 와중에도 의료 봉사 동아리 활동에 틈틈이 참여하고 있었는데, MT 때 계획했었던 국제 봉사 계획이 구체화되었다는 동아리 회장 선배의 전화를 받았다.

프로젝트 장소는 소말리아로 세계에서 가장 가난한 나라 중의 하나라고 한다. 농경지가 좁고 개발이 늦기 때문이라고 말하던 선배의 모습이 언뜻 기억에 나는 지성이었다.

문제는 해적이었다. 지금까지 소말리아 해적은 다른 나라에서 오는 배를 수도 없이 납치해 왔다. 대표적인 예로 2007년에 북한 소속의 무역선인 '대홍단호'가 소말리아 해적에 납치된 적이 있었다. 지성은 이러한 일들이 자신들에게도 충분히 일어날 수 있는 일이라고 생각했다.

많은 국가에서 자신들의 선박을 소말리아 해적으로부터 지키려고 노력하고 있으나 소말리아는 사실상 무정부 상태나 다름없기 때문에, 현재에도 소말리아 해적 문제는 통제할 수가 없다.

지금도 소말리아는 여행금지국가이다. 하지만 지성이가 참여하는 봉사동아리가 연합하는 '국제의료봉사단'이 세계 곳곳을 다니며 의료적 봉사를 하는 단체이기 때문에 진입이 특별히 허용되었다고 한다. 물론 국제연합 차원에서도 우리 봉사단과 국제의료봉사단을 보호하기 위해 적극적인 지원을 해준다고 한다.

"지성아, 드디어 우리가 기다리던 여름방학 봉사 프로그램이야!"

동아리에서 나온 안내지를 보며 지성에게 말하는 주희.

지성이 대답한다.

"회장 선배, 고생 많이 했겠네. 거긴 우리나라보다 의료수준이 열악하니까 좋은 경험이 되겠지?"

"그러게. 정말 보람찰 것 같아."

"하지만 역시 장소가 맘에 걸리네. 소말리아라니…."

"그래도 동아리 선배랑 국제의료봉사단 단장님이 설명하실 때에 국제연합에서 치안부대까지 지원해준다고 했으니까 괜찮을 거야."

"그래… 괜찮겠지?"

"당연하지!"

'역시 주희는 사람을 긍정적으로 만드는 무언가가 있어.'

하며 지성은 마음을 놓는다.

"다음 주에 출발하네?"

"응, 당장 오늘부터 짐 싸야겠다."

그렇게 기대하기도 하고 걱정하기도 하며 일주일이 후딱 지나갔다.

드디어 소말리아로 봉사 가는 날.

아침 일찍 대학교에 모인 학생들은 대략 지성과 주희까지 합쳐서 약 30명 정도 되었다. 이 인원을 인천 공항까지 데려가기 위해 국제의료봉사단이 버스까지 대여해 주었다고 한다.

버스를 타고 인천 공항까지 가는 동안 동아리 회장 선배님께서 여러 가지를 설명해 주셨다.

"음… 일단 봉사하기 위해서 그런 위험 지역을 가는 너희들이 정말 대견하고 자랑스럽다. 지금부터 일정을 알려줄게. 일단 인천공항까지 가서 우리와 함께 가는 다른 대학교 동아리와 합류할거야. 그 다음에 소말리아는 비행기로 바로 갈수 없어서 우선 나이로비(케냐의 수도)로 비행기를 타고 갈 거야. 그리고 다시 비행기를 타고 소말리아로 가는 거지. 치안부대가 대기하고 있을 테니 걱정할 필요는 없어. 소말리아로 도착하면 모두가 알다시피 국제 의료 봉사단을 도와 의료봉사를 진행할 거야. 구체적인 활동 기간은 상황에 따라 달라질 수도 있겠지만 일단 계획상으로는 2주

정도 머무를 거야."

주희와 지성은 함께 앉아 이렇게 외국으로 가 봉사를 하는 게 무슨 느낌일지, 그리고 얼마나 보람찰지 기대하며 이야기꽃을 피웠다.

그렇게 웃고 떠드는 사이에 주희와 지성은 인천공항에 도착했다. 다른 학교에서 온 동아리 회원들이 먼저 와서 우리를 기다리고 있었다.

"아니 이게 누구야?"

낯익은 목소리가 들려왔다.

"정혁아! 어쩐 일이야? 혹시 너도?!"

"혹시 너도?"

"나는 당연히 봉사하러 왔지! 옆에는 누구야? 여자 친구야?"

"응. 주희라고 해. 주희야 이쪽은 내 오랜 친구 서정혁이야."

"안녕?"

"안녕!"

"근데 넌 어디로 가냐?"

"나는 소말리아로 봉사가려고 왔지."

"어, 나는 아이티로 가는데, 같이 못 가네."

"뭐, 어쩔 수 없지."

"오빠, 거기서 뭐해?"

정혁의 뒤로 한 여자가 다가왔다.

"아니… 설마… 니 여자친구?"

"뭔 소리야, 정효잖아."

"정효?…… 혹시 네 동생?"

"오빠! 안녕?"

어렴풋하게 기억나지만 틀림없는 정효의 목소리였다. 정효가 벌써 이렇게 컸다니….

"목소리가 평소랑 다른데? 언제부터 그랬다고…."

정혁이 웃으며 정효에게 핀잔을 주었다.

"너랑 같냐?!"

"하하, 그런데 정효야, 너도 봉사하러 온 거니?"

"응. 오빠 혼자 보내면 불안해서 말이지."

"우리 정효 많이 컸네. 하긴, 저놈이 워낙 겁이 많긴 하지…."

정혁은 지성이의 말에 웃으며 말했다.

"그래 인마, 우리 정효 다 컸다. 지금 정효 간호대학에 다니고 있다."

"진짜, 이거 나중에 정효랑 같은 병원에서 일 하는 거 아닌지 모르겠네."

모두들 웃는 와중에, 안내 방송이 울렸다.

"17시 10분 아이티로 출발하시는 승객 분들께서는 3번 게이트로 와주시기 바랍니다.

감사합니다."

"어, 나 먼저 가야 되겠다. 나중에 보자!"

"그래, 몸조심 하고!"

"오빠, 먼저 갈게요! 언니두 잘 갔다 오세요~."

"그래~ 안녕!"

잠시 후, 그들 역시 비행기를 탔고, 비행기는 케냐를 향하여 출발하기 시작했다.

"와, 드디어 가는구나. 설렌다. 너는 안 그래?"

"그러게. 무사히 갔다 왔으면 좋겠다. 근데 아까 그 친구는 누구야?"

"아, 정혁이 말이야. 걔랑은 원래 친하긴 했는데, 예전에 나랑 같이 축구하다가 나 때문에 죽을 뻔한 적이 있었어. 근데 어쩌다 보니 그걸 계기로 더 친해지게 됐지. 겸으로 그때 걔 동생도 알게 됐고."

그렇게 지성이는 주희에게 정혁과 있었던 일에 대해 상세하게 말해 주었다.

"아하… 그런 일이 있었구나. 어쩐지 많이 친해 보이더라."

"응… 내가 의대에 진학해서 해외봉사까지 올 수 있었던 것도 그 녀석들을 만나고 같이 고등학교 생활을 보냈기 때문이라고 생각해서 고맙다고 느끼고 있어."

"하하, 정말로 고마운 친구들이네."

"생각해보니까, 내가 너를 만날 수 있었던 것도 걔들 덕분인 것 같은데. 하하"

그렇게 도란도란 이야기하다가 졸렸던지 주희가 먼저 잠들었고 지성이도 주희의 자는 모습이 귀엽다고 생각하며 눈을 붙였다.

비행기 속에서 걱정과 기대에 가득찬 시간을 보낸 주희와 지성은 드디어 케냐에 도착했다.

"얘들아, 여기로 모이렴. 이제 조금만 있으면 유엔에서 보내준 치안부대가 도착할 거야. 치안부대가 도착하면 바로 비행기로 출발해야 하니까 짐들 잘 챙기고 있어."

동아리 회장이 하는 말에 모두 이구동성 옛! 하고 소리친다.

'소말리아에서의 의료봉사를 기대하고 있는 사람이 나와 주희만 있는 것은 아닌가보네.'

라고 생각하던 지성은 뒤에서 주희가 부르는 말을 듣지 못했다.

"지성아, 뭐 하는 거야? 웃지만 말고 일로 와서 뭐 좀 먹어."

"미안, 바로 갈게."

그렇게 봉사활동 참가자들과 함께 식사하며 대화를 하던 중에 중무장을 한 치안부대가 우리를 찾아왔다.

"혹시 국제의료봉사단 연합이신가요?"

대장처럼 보이는 분이 통역관을 대동하고 회장 선배에게 찾아왔다.

"예, 저희가 이번에 소말리아로 의료봉사를 가게 된 학생들입니다."

"예, 반갑습니다. 저희가 이번 치안을 맡을 부대입니다. 저는 부대장 트랭크스라고 합니다. 이제부터 바로 비행기에 탑승하겠습니다. 소말리아는 모두가 아시다시피 위험한 지역이므로 항상 긴장의 끈을 놓지 마시기 바랍니다. 하하하하."

"무슨 저런 말을 웃으면서 해?"

자신을 부대장이라고 소개한 사내의 웃는 모습을 보며 지성이 주희에게 속닥거린다.

"음…성격이 긍정적인가 보지."

하며 주희도 따라 웃는다.

그렇게 1시간 정도 비행기를 타고 가니 드디어 목적지가 보이기 시작했고, 그렇게 아무 일 없이 소말리아의 모가디슈에 도착하게 되었다.

"얘들아 엄청 피곤하지? 오늘은 짐만 풀어놓고 숙소에 가서 쉴 거야.

그리고 내일 버스 타고 봉사지로 이동할 거니까 오늘 푹 쉬어두도록 해. 오늘이 마지막 문명 생활이 될 거다. 하하하하하.”

그렇게 동아리 회장은 실성한 듯 방으로 사라졌고, 지성과 주희를 포함한 국제봉사단은 하루 종일 이동하느라 녹초가 된 몸을 이끌고 숙소에 갔다.

그날 밤이 되었다.

저녁식사가 끝나고 동아리 학생들 간에 이야기꽃이 피어나고 있었다.

지성과 주희도 역시 대화를 나누고 있다.

“드디어 내일부터 진짜 의료봉사 시작이네.”

“그러게 지금까지도 우리 동아리에서 많은 봉사를 갔지만, 우린 항상 집 청소해주고 밥 해주기 같은 소일거리를 주로 하고 잘 해야 간단한 의료 검사 같은 것만 했잖아? 그런데 여긴 지역이 지역이니만큼 영양실조에 걸린 사람들도 많고 다른 데가 아파도 돈이 없어 치료를 받을 수가 없는 사람들이 많대. 이제 우리도 대학에서 많은 것을 배웠으니까 분명히 할 수 있는 게 있을 거야.”

“응, 벌써 경험 많은 국제의료봉사단 연합은 이곳에 주둔해 있다고 하니까 내일부터 그들을 도와주면서 진짜 열심히 봉사할 거야. 기대된다!”

“기대된다고 잠 못 자거나 그러면 안 된다? 지성이 너는 잠이 많으니까 오늘 진짜 푹 자야 돼. 내일부턴 진짜 힘들 거란 말이야.”

“걱정하지 마. 안 그래도 지금도 피곤하니까 눕기만 하면 바로 잘 수 있을걸? 너야말로 기대된다고 밤을 새거나 그러지 마.”

“헤헤 당연하지. 어, 벌써 잘 시간이 다 됐네? 시간 진짜 빠르다. 지성아. 이제 자야겠다.”

"그래, 잘 자."

"너도."

그렇게 각자의 숙소에서 푹 쉰 대원들에게 드디어 봉사하는 날이 찾아왔다.

아침 일찍 일어난 부원들은 아침밥을 먹고 깨끗이 씻고 나서 모여 버스를 타고 국제의료봉사단 주둔지로 이동했다.

국제의료봉사단의 일원으로 보이는 분이 우리를 반갑게 맞이해 주셨다.

"아, 너희들이 XX대학교 봉사단이구나? 어제 너희 동아리 회장에게 이야기 많이 들었다. 정말로 반갑다. 봉사하러 이런 위험한 데까지 오느라 정말 수고 많았어. 쉽지 않은 선택이었을 텐데. 너희가 있기에 대한민국 의료계의 미래가 밝다고 생각한다."

그는 계속 이야기를 이어나갔다.

"자, 이제 봉사 이야기를 해 보자. 너희가 모두 알다시피 여기 소말리아는 세계에서 가장 가난한 나라 중에 하나인 곳이야. 여러 비정부기구에서 많은 지원을 해 줌에도 불구하고 시민들 대부분이 힘들게 살아가고 있어. 물론 제대로 된 의료시설도 없고. 그렇기 때문에 아픈 사람들이 정말 많지만 치료 받을 수도 없어. 우리가 이곳에 와서 열심히 봉사를 하는 것도 모두 이런 사람들을 위한 거야. 조그마한 타박상 등의 간단한 치료부터 상황에 따라서는 큰 외과 수술까지 해야 할 수도 있어. 너희가 대학생이라고 했지? 아직 많은 경험이 없으니 봉사 중에는 의사 또는 수간호사분들께서 정기적으로 너희를 지원해 주실 거야. 하지만 큰 수술들을 할 때에 너희 의과대학 학생들은 의사나 간호사를 관찰하거나 때로는 보조

정도만 하면서 일상적 운영에 참여하게 될 거야. 그러니 너무 걱정할 건 없어. 지금까지 내용에서 질문 있는 사람?"

그러자 부원들 중 한 명이 손을 들었다.

"제대로 된 의료시설이 부족하다 하셨는데 실제로 의료 수준 차이는 선진국과 비교했을 때 차이가 어느 정도 인가요?"

"너희들은 봉사를 하면서 이곳과 선진국 사이의 커다란 의료 수준 차이를 관찰하게 될 거야. 이곳의 의료인들은 대부분 매우 적은 임금을 받고 일하고 있고, 엄청난 자원 부족을 경험하고 있거든. 치료를 위한 재원이 부족하다보니 많은 환자들이 선진국에서는 가볍게 치료될 수 있는 질병 때문에 심각한 상태를 보이는 경우가 많지."

"이곳에 있는 풍토병의 위험에 노출 될 일은 없는 건가요?"

"오호 좋은 질문이네. 일단 너희들은 이곳에 오기 전에 대부분의 질병에 대한 예방 주사를 맞거나 최소 4주 이상 동안 약물을 복용했을 거야. 그때문에 현지에 있는 풍토병에 걸릴 확률은 높지 않아. 물론 아직까지 병에 걸린 동료들도 없어. 하지만 그런 병들이 언제 발생할지 모르니 항상 주의해야겠지."

"음 그렇군요. 덕분에 궁금증이 해소되었어요. 감사합니다."

"그래, 다행이네. 또 질문 없니?"

그러자 다른 부원이 손을 들며 질문했다.

"현재도 소말리아는 내전상태인데 치안부대가 지원을 해주더라도 위험한 상황 아닌가요?"

"음… 맞네. 그런 걱정을 할 수도 있겠네. 하지만 우리를 지켜주는 분들은 치안부대는 산전수전에 공중전까지 겪은 분들이기 때문에 괜찮을 거야. 아, 그리고 말하는 김에 너희들에게 충고해 줄게 있어. 너희가 전염병이라든지 내전상태라든지 많이 불안해하는 것은 당연한 일이야. 나도 처음에 여기 왔을 때 그랬으니 이해할 수 있어. 하지만 말이지. 이런 봉사를 오래 해보면 알 수 있는 게 있어. 바로 '그런 거 다 따지면 봉사라는 것을 할 수가 없다.' 는 거야. 물론 국내에서 어려운 집 찾아가 간단한 검사하는 것도 봉사지만, 이 봉사도 너희들이 원해서 온 거잖아? 그러면 지금은 불안한 거 싹 다 잊어버리고, 봉사에만 집중하는 게 좋아. 걱정이란 게 눈덩이 같아서 처음에는 아주 사소해 보이다가도 계속 걱정하다보면 어느 순간 엄청난 산사태를 몰고 오거든. 그러니까 일단은 크고 작은 걱정들은 접어두고 '봉사' 를 하는 데 집중해서 우리 같이 한 번 앞으로 잘 해보자."

이런 말을 듣자 우리 동아리 부원들은 저절로 고개가 숙여졌다.

"우리 진짜 열심히 봉사하자. 저분들이 정말 존경스러워. 우리도 잘 해나갈 수 있겠지?"

주희가 걱정스런 목소리로 지성에게 물어본다.

"잘 해 나갈 수 있을 거야. 너와 함께라면 나도 왠지 할 수 있을 거 같아."

"하하, 그런 멘트를 날리다니, 너도 참 하하하하하."

그렇게 어느 정도 긴장을 풀고 난 후에 본격적으로 봉사를 시작하게 되었다.

소말리아에는 마땅한 의료시설이 없기 때문에 의료 봉사단에서 모든 질병을 케어해 줄 수밖에 없었다. 그래서인지 상대해야 할 환자들의 수가 매우 많았고, 다뤄야 할 병의 종류도 매우 많았는데, 심지어 잦은 내전으로 인해 지친 사람들의 정신병 증세까지 다뤄야 했다. 지성은 자신이 지금까지 얼마나 봉사를 만만하게 생각하고 있었는지 뼈저리게 느낄 수 있었다.

갑자기 저쪽에서 어떤 간호사가 소리쳤다.

"여기 환자분 한 명 더 왔습니다! 임신 8개월 산모입니다!"

그러자 산부인과 전공 의사가 바로 달려와 물었다.

레이첼이라는 이름의 그 의사는 봉사단체 내에서 꽤 유명한 산부인과 전문의라고 한다.

"현재 상태가 어떻지?

"파수^{3}가 발생하고 진통이 오고 있습니다."

"파수가 일어나고 얼마나 지났지?"

"처음에 괜찮겠지 생각하다가 나중에 출발해서 지연되었고 그리고 이동 시간이 조금 걸려서 처음 양수가 파수된 지 거의 10시간이 지났다고 합니다."

"음… 그럼 조금이라도 빨리 분만시켜야겠군. 양수는 파수되고 나면 오염될 수 있기 때문에, 되도록 빠른 시간 내에 출산을 해야 하니 진통제와 촉진제를 준비해 두게."

"네, 알겠습니다."

"아아아악!"

그 순간 산모가 비명을 지르기 시작했다.

"벌써 진통이 시작된 건가? 아기 상태는 어떤가?"

"산모분 남편 말로는 진통은 아까부터 시작됐다고 하던데, 아기가 전

---

3 파수 : 태아와 양수를 싸고 있는 막이 파열되는 것

혀 준비가 되지 않은 것 같습니다."

"시간도 지체된 데다 그런 특이한 케이스이군. 그 정도면 밤 새워서 놔 둬도 아기랑 산모만 죽어나가겠군. 어쩔 수 없이 수술을 해야겠으니 당장 준비하게."

"네, 거기 봉사하러 오신 분!"

갑자기 간호사 분이 지성 쪽을 쳐다보며 지성을 불렀다.

"네!"

"지금 산모 제왕절개 수술을 해야 하는데, 남편분께 지금 상황 설명해 주시고 동의서 바로 받으세요. 그리고 저희 수술을 옆에서 보조해 주시겠습니까?"

"예. 당장 동의서 받고 준비하겠습니다."

그 간호사분께서 지성에게 통역사를 붙여 주셨다.

지성은 통역사와 같이 남편에게 갔다.

"저기, 방금 전에 오신 산모분 남편 되신가요?"

지성이 말하자 즉각 통역사가 통역을 해 주었다.

"네, 접니다. 간호사분 말로는 시간이 너무 많이 지나서 산모와 아이가 모두 위험하다고 하던데 괜찮은가요?"

"네. 특이한 케이스이긴 하지만 제왕절개 수술로 분만 시킬 수 있습니다. 그러기 위해서는 보호자분 동의서가 필요합니다. 이 문서 좀 작성해 주시겠습니까?"

그 남자는 바로 작성한 뒤 지성에게 문서를 건네주었다.

"감사합니다. 그럼 바로 수술 들어가겠습니다."

수술준비가 끝나자 바로 Dr. 레이첼과 지성, 마취과 의사 한 분과 간호사 한 분이 모여 바로 수술을 시작했다. 지성은 아직 경험이 없어 보조만 해 주기로 했다.

먼저 Dr. 레이첼은 배꼽 밑 정중선을 수직 절개했다. 복부의 중앙선을 따라 피부의 배꼽 아래부터 치골의 상단까지 수직으로 절개를 하는 형태였다. 사실 배꼽 아래의 치모선 부위에서 피부와 피하조직을 하부횡곡선형으로 절개하는 '복부 반월형 횡절개'의 방법도 있지만 이 절개는 수술 후 상처 벌어짐이 생길 위험보다 다른 절개보다 높기 때문에, 필요할 때 언제든지 신속하게 배꼽 주위나 그 위로 절개를 연장시킬 수 있는 '배꼽 밑 정중선 수직절개'를 선택하게 되었다.

그 후 자궁을 절개했다. 그렇게 태아를 분만시키고 곧바로 태반을 만출시키고 옥시토신을 주사하여 자궁을 수축시켰다.

"응애, 응애!"

수술의 성공을 알리는 소리였다.

"오, 8개월이라기에는 너무나 건강한 남자아이로군."

"그렇군요."

그렇게 수술을 무사히 마치고 지성은 남편 분께 그 소식을 알려드렸다.

"정말 감사합니다. 정말 감사해요."

수술의 성공 소식을 알리자 그제야 안심이 되었는지 그 남편 분은 연거푸 고맙다는 말을 지성에게 했다.

"아니요, 저야말로 감사합니다. 새로운 생명이 태어나는 걸 직접 볼 수 있어 좋았습니다."

이것은 지성의 진심이었다. 처음으로 제왕절개 수술을 가까이서 보조하면서 지켜본 지성은 이번 수술로 정말 많은 것을 배울 수 있었다.

이렇게 의료봉사를 하면서 지성은 의사로서의 자신이 조금씩 성장하고 있다는 것을 느꼈다.

그렇게 3일이 지났다.

지성은 평소와 다르게 시끄러운 바깥의 소리에 잠에서 깨어났다. 왠지 모르겠지만 밖은 시끌시끌한 아수라장이 되어 있었고 미묘한 긴장감도 흐르고 있었다. 이상한 낌새를 느낀 그는 주위를 둘러보았다. 건장한 세 명의 청년들과 아이 둘, 그리고 백발이 성성한 노인 한 명, 그리고 부녀자 네다섯 명을 사람들이 둘러싸고 있었다. 특히 부녀자들의 상태가 좋지 않아 보였다. 그런데 이 사람들을 둘러싼 마을 사람들과 UN군이 실랑이를 벌이고 있었다.

"Sidaas daraaddeed iyagu waa dadkaagii iyo qoyskayagu waa faraska…"

옆에서 통역관이 통역해 주었다. 그의 말에 따르자면 이렇다.

"그러니까 그들은 우리 국민이고 우리 가족들이란 말입니다…."

동네 주민들이 UN군에게 간절히 말을 하고 있었다.

"그래 봤자 해적들 아니오. 지금 이 마을에 온 것도 불순한 생각을 가지고 온 것일 수도 있다 이 말입니다."

Pirates? 해적? 그는 이 상황이 잘 이해가 되지 않았다. 때마침 저쪽에서 알바르만이 이 상황을 지켜보고 있었다. 봉사대원들과 소말리아 현지인들 사이에서 통역관 역할을 하고 있는 알바르만은 이 사태를 굉장히 심각한 눈으로 지켜보고 있었다.

"헤이, 알바르만, 무슨 일이에요?"

마침 알바르만과 마주친 지성이 물었다.

"음… 그러게나 말이야. 생각지도 못한 사건이 벌어졌네."

"무슨 일인지 제대로 설명해 줄 수 있나요?"

"오늘 새벽에 갑자기 밖에서 아이 울음소리와 함께 도와달라는 소리가 들리더군. 갑작스런 소란에 깜짝 놀라 밖으로 뛰쳐나와 보았지. 그런데 저렇게 저자들이 탈진한 상태로 널브러져 있는 게 아닌가. 일단 집으로 돌아가 물과 약간의 음식을 저자들에게 주고 그중에 상태가 제일 괜찮은 남성에게 당신들은 도대체 누구냐고, 어떻게 여길 찾아왔느냐고 물었지. 그러자 저들이 말하길…."

알바르만이 이 대목을 말하면서 어젯밤의 기억을 더듬었다.

"자네들은 대체 누군가? 어떻게 이곳에 오게 된 건가?"

알바르만이 물었다.

"저희들은, SM(소말리아 해병대)소속이었습니다. 어느 날부터인가, 해적단장이 부하들의 아내를 겁탈한다는 소문이 있었습니다."

"!?"

"설마설마 했는데, 그저께였습니다. 제 아내가 갑자기 사라진 겁니다. 순간 그 소문이 떠올라 친한 친구 몇 명을 데리고 곧장 단장실로 향했습니다. 앞에서 두 명의 상관이 문을 지키고 있었습니다. 저는 그들을 곧장 총으로 쏜 후 문을 벌컥 열었습니다. 그런데… 제 아내가 옷이 찢어진 채 울고 있는 겁니다. 화가 나 곧장 단장을 총으로 쏘아 버리고 제 가족들을 데리고 도망쳐 나왔습니다. 제 친구들도 가족들을 데리고 합류하더군요. 나오던 중에 소리를 듣고 몰려 나온 다른 해적들의 공격을 받았습니다. 어떻게 피해서 막상 나오긴 했는데 저희 모두 다치고 지친 상태였습니다. 특히 제 아내는 정신적으로도 상태가 매우 좋지 않았습니다. 그러던 중 이 근방에서 유일한 치료지가 여기라는 소문을 듣고 찾아오게 되었습니다."

남자가 말했다.

"알겠네. 조금만 참게. 곧 의사들을 불러오겠네."

알바르만은 자고 있는 의사들을 깨우러 다니기 시작했다.

"…그렇게 나는 의사들을 불러왔네. 막 치료를 시작하려고 하는데 우리를 발견한 UN군이 저들의 신원을 묻더니 해적이라는 사실을 듣고 우리를 저지하더군."

알바르만은 동정심이 묻어나는 눈빛으로 그들을 바라보고 있었다. 지성은 평소 신문이나 뉴스에서 소말리아 해적에 대한 기사를 본 기억이 떠올랐다. 그에게 해적이라는 존재는 일해서 돈을 버는 게 아니라 남의 것을 빼앗는 그저 악당들이었다.

"그래도 해적이라고 하는데, UN군이 저렇게 경계하는 것이 당연한 것 아닌가요? 그래도 위험한 사람들인데…."

"그렇게 생각할 수도 있겠지. 하지만 무조건 위험한 사람들이라고 치부하는 것은 옳지 않아."

알바르만은 차분히 말을 이어갔다.

"이 해적들이 우리나라에 창궐한다는 것은 우리 역사에서 굉장히 부끄러운 산물일세…. 1969년 즈음 Barre라는 자가 군사 정권을 유지하고 있었네. 그 군사정권을 타도하기 위해 통일소말리아회의(USC)가 1991년 쿠데타를 성공했는데, 곧바로 정권 쟁탈을 위해 3대 무장군벌인 아이디

드, 모하메드, 아토 등이 주축이 되어 내전이 시작되었어. 동시에 가뭄에 의해 국민의 과반수가 넘는 사람들이 기아에 시달리자, 1992년 유엔은 소말리아활동(UNOSMO)을 결의하고 2차에 걸쳐 약 3만여 명을 파견해 대량아사를 막는 인도적인 개입을 시작했네."

"그런 일이 있었군요⋯."

"그런데 군벌 간 무력투쟁이 심해진 데다가 PKO군[4]에 대한 잦은 공격으로 인해 미국을 중심으로 한 다국적군이 군사작전을 시작했고 유엔은 소말리아에서의 활동을 실패라고 규정하고 PKO군을 철수시켰지. 그 이후 군소 군벌 간의 내전이 지속되게 되었다네."

소말리아의 기구한 역사를 처음 듣게 된 지성은 알바르만의 말 한마디 한마디에 가슴이 아파왔다.

"이런 내전이 지속되면서 우리나라에는 꽤나 긴 시간동안 무정부상태가 지속되었어. 이런 상황 속에서 국민들은 점점 내전과 기아에 지쳐갔지. 그러던 중에 다른 나라에서 우리나라의 영해에 멋대로 들어와서 우리 해역의 고기들을 쓸어가 버렸지. 이 때문에 어민들이 생계유지를 위해 무장을 하고 다른 나라의 어선을 응징하기 시작했지."

알바르만은 설명을 하면서도 그들을 바라보며 한숨을 푹푹 내쉬고 있었다.

"그렇군요⋯."

"그런데 어느 순간부터 어민들은 고기를 잡는 것보다 사람을 잡는 것이 더 돈이 된다는 것을 깨닫게 되었지. 고기가 아니라 사람을 낚기 시작

---

4 PKO(Peace Keeping Operation) : UN 평화 활동, 평화 유지군

한 거지. 그렇게 해적단이 만들어지고 점점 세력이 커지자, 가담하지 않았던 어민들도 생계를 위해 어쩔 수 없이 해적단에 가입해야만 하는 상황이 벌어졌네."

"그들이 모두 추악한 의도를 가진 건 아니겠군요. 빨리 치료해줘야 될 텐데요…."

"그런데 그게 그리 쉽지만은 않다는 게 문제당께…."

어디서 나타났는지 같이 봉사하러 온 1년 선배인 정태 형이 말을 툭 던지고 지나갔다.

'쉽지 않아? 우선 눈앞에 있는 아픈 환자를 치료하는 게 당연한 거 아닌가?

지성은 무슨 이상한 소리를 듣겠다라며 환자들 쪽으로 다가갔다.

"저기, 이 사람들과 접촉해서는 안 됩니다."

시골 마을 입구에 있는 당산나무의 커다란 줄기 같은 팔들이 지성의 앞을 가로막았다.

"아니… 이게 뭡니까? 손 치우세요!"

"안 됩니다!"

UN군 중 한 명이 지성을 가로막았다. 지성은 이 상황을 이해할 수 없었다. 의사가 환자를 치료하겠다는데 왜 가로막는단 말인가.

"지금 뭐하시는 겁니까? 지금 이 환자들도 한시가 급한 게 안 보이십니까?"

"이들은 해적입니다. 그저 아파하는 민간인들이 아니란 말입니다. 선량한 민간인들과 외국 선박을 운항하는 선원들에게 피해를 준 사람들입니다. 이런 자들을 어떻게 도와줄 수가 있단 말입니까? 해적에게 도움을 준다는 것은 국제적으로 굉장히 민감한 부분입니다. 여기서는 이에 관해 결정하긴 힘들고 본부에 연락해서 답변을 받아야 합니다."

국제 정세에 민감할 수 있는 이러한 부분에 대해서는 UN의 입장에서는 이 상황을 그저 방관하면 굉장히 난감한 상황에 처할 수도 있었다. 그러한 면에 대해서 지성도 어느 정도 이해할 수 있었다. 지성이 생각해 보기에도 바로 결정을 할 수 없는 부분이라는 점은 인정해야만 하였다. 하지만 그러다 시간이 지연된다면 이자들의 살 희망은 거의 없어지는 것이었다. 계속 시간이 지나지만 아무런 조치를 취하지 않자 환자들이 고통을 호소하기 시작했다. 구토를 하고 심하게는 기침을 하면서 각혈을 하는 상황까지 이르게 된 것이었다. 한시가 급한 상황이었지만 어느 누구도 지금 이 상황에서 나설 수가 없는 상황이었다. 환자 중 한 남성이 이상한 분위기를 느끼고 일어나서 지성에게 다가갔다. 뭐라고 간절히 애원하는 것이 지성을 향해 치료를 해달라는 것임을 알 수 있었다.

"저리 가서 앉아 계세요! 조금만 기다리고 있으시란 말입니다! 무슨 말을 하면 통하지를 않네…."

우락부락한 UN군이 그를 막아섰다. 그 젊은이는 몸부림을 치며 UN군과 의사들을 향해 발악을 했다. 하지만 UN군은 그를 냉정하게 막아섰고 지성은 그런 그를 그저 쳐다보고만 있을 뿐이었다.

"지금 뭐하고 있는 거죠? 환자들이 고통스러워하는 게 안 보여요?"

갑자기 어디선가 앙칼지고도 단호한 목소리가 지성의 뒤통수를 딱 때렸다.

"아니… 주희야! 일어났어?"

지성은 주희를 보자마자 퍼뜩 정신이 들었다.

지성이 정신을 놓고 있는 사이 주희는 그들에게로 다가갔다. 하지만 UN군은 그녀가 그들에게 가까이 가기를 허락하지 않았다.

　"제가 책임지겠습니다. 저를 그들에게로 보내 주세요. 저들은 저희가 꼭 필요합니다. 지금 응급조치를 취하지 않는다면 저들은 죽습니다!"

　UN쪽에서는 안 된다는 입장을 강경하게 내세웠지만 주희는 UN이 의사들이 환자를 치료할 권리를 막을 수 있는 권리는 없다며 강경하게 나섰다. 이미 저쪽에서는 환자들이 피를 뚝뚝 흘리며 빠른 응급 처치가 없다면 이 고비를 넘기지 못하고 모두 사망할 지경이었다. UN쪽에서는 굉장히 조심스러워 했지만 주희를 비롯한 의사들은 그들을 밀쳐내고 치료를 시작했다.

　"빨리 빨리! 한시가 급해요! 어서 이분들 침상으로 옮기고 빨리 호흡기 달고! 빨리 선생님들 불러주세요!"

　'아! 주희는 어떤 상황에서도 굴하지도 않고 의사의 마인드로 살아가는구나…. 이제까지 고민했던 나 자신이 부끄러워진다. 주희에게 굉장한 실망감을 주지 않았을까….'

　"환자들 상황은 어때?"

　큰 수술이 끝나고 막 천막에서 나오는 주희의 눈 아래의 다크서클은 점점 짙어지는 듯 했다.

　"일단 고비는 넘겼어. 선생님들이 수술을 잘 마쳐주셨어. 최대 고비는 오늘 밤이라고 하는데 이번 밤만 넘긴다면 괜찮아 질 것 같아."

　"한시름 놓았구마잉…."

　정태 형이 특유의 사투리를 사용하며 한숨을 푹 쉬었다. 형의 사투리는 신이 날 때는 정말 신나게 하고 슬플 때는 정말 슬프게 하는 이상한 능력을 가지고 있었다.

그날 밤, 그곳의 모든 사람들의 노력과 바람에 힘입어 그 환자들의 1차 고비는 넘기게 되었다. 지성은 몇 시간 만에 찾아온 휴식시간에 주희와 머리도 식힐 겸 마을을 산책하기로 하였다. 그에게 있어서 이 시간은 달콤하지만 아까 한 일이 있어 마음 한구석이 찜찜했던 차라 주희와 대화를 하고 싶어서 일부러 낸 시간이었다.

"아… 날씨가 너무 좋네…."

"그러게…. 저 별 좀 봐! 한국에서 이런 하늘을 볼 수나 있을까?"

"아니! 이런 아름다운 하늘을 한국에서는 절대로 볼 수 없어!"

지성은 주희의 단호한 말에 적잖은 당황을 했다. 우리나라의 환경오염이 심각하다고는 하지만 이렇게까지 단호하게 격렬히 못 본다고 할 수 있는 것인가!

"아니…, 아무리 한국의 공기 오염이 심하다고 하더라도 그렇게 극단적으로 못 보진 않을 거 아냐…."

지성의 당황스런 말투에 주희는 귀엽다는 듯이 그를 쳐다보았다.

"아니, 못 본다는 게 그런 뜻이 아니고 여기가 남반구라 한국에서는 못 보는 별이 있다는 뜻이었어."

주희는 지성의 반응에 대해 굉장히 디테일하게 답변해 주었다.

"우리나라에서는 북극성을 볼 수 있잖아? 북반구에서는 그 별로 바다에서 길을 찾기도 했었고. 이 남반구에서는 남십자성이라는 별을 볼 수 있어. 그래서 이 별을 기준으로 항해도 하고 그랬었지. 물뱀자리, 극락조자리, 테이블산자리 같은 것들이 있어."

"와… 어떻게 그런 것도 다 알아?"

"내가 별에 좀 관심이 많아."

주희가 쑥스럽다는 듯이 말했다.

"저기 저 별 보이지? 정말 예쁘지 않아? 내가 여기 와서 저 별을 보자마자 완전히 반해 버렸어. 그래서 이 별을 내 별로 정하기로 했어. 저 별을 볼 때마다 저 별이 나라고 생각해. 알았지?"

별에 대해 이야기하는 주희, 하지만 지성의 눈에는 주희가 별보다 훨씬 더 빛나 보였다. 그러한 생각도 잠시, 지성은 원래 주희에게 하려고 했던 말을 꺼낸다.

"아… 사실은 너와 산책을 하려 한건 어느 정도 이유가 있어서야."

지성은 드디어 주희에게 만나자고 한 목적을 밝히기 시작했다.

"음… 무슨?"

"다름이 아니고 아까 일 말이지…."

"아까 일? 환자들에게 무슨 일이 생긴 거야?"

지성은 조심스레 이야기를 이어나갔다.

"아니… 그런 게 아니고…. 환자를 바로 치료했어야 했는데 내가 그냥 가만히 있었던 게 조금 마음에 걸려서… 아까 네가 화낼 때 괜히 자책감이 들었어…."

"뭐야…. 난 또 뭐라고. 내가 그랬던 건 거기 있던 의료진과 사람들 모두에게 지금이 위험상황이고 국제관계 뭐 이런 거 따질 상황이 아니라는 걸 각인시켜주려고 강하게 나간 거야. 그렇게 나가야 치료할 수 있을 것 같아서. 너도 어쩔 수 없는 상황이었을 테니 괜히 자책감 가질 필욘 없어."

말을 끝내며 웃는 주희.

그때였다. 강아지 한 마리가 주희와 지성의 사이로 뛰어갔다.

"뭐지? 누가 키우는 강아지인가?"

지성이 의아해하며 물었다.

"아 저 강아지, 레이첼 선생님이 키우는 강아지야. 이름이 '캣' 이랬나?"

주희가 말했다.

"강아지 이름이 캣이라고? 거 참 특이하네."

"강아지가 강아지 같지 않게 도도해서 캣이라고 지었대."

주희의 말을 알아듣기라도 한 것인지 '캣' 은 뛰어가다 갑자기 도도한 척 멈춰서더니 그들을 쳐다보았다. 그러더니 갑자기 반대 방향으로 뛰어가 버렸다.

"귀엽다. 나도 강아지 기르고 싶었는데."

주희가 먼저 말했다.

"난 별로. 네가 더 귀여운데?"

지성이 약간 쑥스러워하며 말을 이었다.

"주희야. 그거 알아? 넌 눈이 정말 예뻐."

갑자기 그런 말에 의아하다는 듯이 주희는 멈춰서 그를 바라보았다.

"갑자기 애가 왜이래? 느끼하게…?"

"난 네 눈을 보고 반했어. 너의 그 특별한 눈."

주희의 볼에는 쑥스러운 듯 발그레 홍조가 띄었다.

"주희야… 너의 눈을 보면…."

주희가 그 깊은 눈으로 그의 눈을 쳐다보았다. 그는 아늑한 요람 속으로 들어가는 듯한 느낌을 받았다.

"네 눈은… 이런 끔찍한 지옥 속에서도 희망을 잃지 않을 것 같이 반짝

거려. 이런 힘든 상황 속에서 내가 버틸 수 있는 건 너 덕분이야."

그 순간에도 그녀의 눈은 그를 삼켜버릴 듯 매혹적인 빛을 쏘고 있었다.

"쉿! 갑자기 무슨 유혹을 하나 했네. 이리 와!"

지성이 다가가자, 주희는 그를 꼭 안았다. 그날 밤의 분위기와 어우러져 주희는 정말로 아름다워 보였다. 그는 주희의 고혹적인 눈을 보며 그녀의 뒷덜미에 입술을 맞췄다. 주희는 간지럽다는 듯 또는 소름이 돋은 듯 부르르 떨었다. 그런 그녀가 귀여운 듯 그는 그녀의 양 볼을 손끝으로 쥐었다. 분위기는 무르익었고 그의 눈엔 그녀의 눈매와 입술이 들어왔다. 풀벌레 소리가 한밤중을 가득 메울 듯 울려 퍼졌고, 부엉이 암수 한 쌍이 정답게 노닐고 있었다.

서쪽 하늘

이 사랑의 꽃봉오리는 여름날 바람에
마냥 부풀었다가,
다음 만날 때엔 예쁘게 꽃필 거예요.
– 윌리엄 셰익스피어

"야 촌놈! 니 뭐하노 임마!"

정신없는 영석 선배의 외침에 지성은 깜짝 놀라 벌떡 일어나다 위 침대 모서리에 머리를 찧었다.

"아 선배! 왜요? 무슨 일 났어요?"

뭐야… 꿈이었나? 그러기엔 너무 생생했는데….

"지금 밖이 무슨 상황인지 좀 봐라 임마! 세상에… 어젯밤 몇 시에 들어왔노?"

그는 부스스한 눈으로 시계를 쳐다보았다.

'5시… 그래. 어젯밤에 분명히 주희랑 산책을 했었지. 꿈이 아니었어.'

이제 그가 들어온 지 이제 4시간이 되어 가던 참이었다. 이제 막 깊게 잠에 들려던 참이었는데….

"또 환자가 들어왔나요? 어서 가서 치료해야죠!"

"아니 아니… 이 촌놈아, 그런 게 아니고 밖에 좀 봐라! 부족원들이 오늘이 와탕카쿠 기념일이라고 춤판이 벌어지고 난리가 났는데 뭐하냐?"

와탕카쿠? 아프리카의 축제는 TV로만 접한 지성이라서 의심 반 설렘

반으로 선배를 따라 나섰다. 나가서 보니 이미 부족원들은 맛있는 음식을 요리하고 있고 춤판을 벌이고 있었다. 지켜보는 의료진들과 UN군들도 부족원들을 지켜보며 함께 춤을 추고 있었다. 그 흥겨움을 지켜보던 지성은 어서 주희를 깨워서 그녀를 데리고 와야겠다고 생각했다. 그는 곧장 주희의 천막으로 발걸음을 옮겼다.

"주희야! 밖에 부족원들이…."

"잠깐! 들어오지 마! 아직 안 씻었어!"

웃으며 들어오는 그를 강경하게 내치는 그녀에 지성은 웃으며 나왔다.

"야~ 지금 나가야 하이라이트를 볼 수 있단 말이야. 빨리 나와!"

지성은 밖에서 소리쳤다.

"야 촌놈! 그만 냅두고 빨리 오래도! 지금 아니면 이 마을에서밖에 못 먹는 특제 요리를 못 먹는다!"

부족원들은 이미 음식을 마련해놓고 축제의 막을 열기 시작했다. 먼저 마을 부녀자들이 나와서 춤을 추기 시작했다. 그들의 특유의 북소리와 마을 사람들의 장단이 더해지자 점점 흥이 오르기 시작했다. 마을의 모든 사람들이 춤을 추고 마을의 청년들이 나와서 춤을 추기 시작했다. 춤의 열기는 점점 고조되어 갔고 그 모습을 구경하던 의료진들과 UN군들도 함께 춤을 추기 시작했다. 지성도 무언지 모를 힘에 이끌려 무아지경으로 춤을 추고 있었다. 그러던 중 마을의 최고 어르신이 등장하였고 모든 사람들은 박수를 치고 환호했다. 어르신은 장단과 하나 된 듯 춤을 추었고 점점 분위기가 고조되어 절정에 이르자 뭔지 모를 언어로 된 말을 쏟아내었다. 그 후 부족원들은 모두 엎드려서 '무바라스 다스토라' 라는 말을 하며 절을 했다. 어떤 사람들은 울면서 기도하고 웃음을 내뱉으며 절을 하며 이 말을 지껄였다. 그리고 행사는 끝이 나고 마을 사람들이 준비해 놓은 음식들을 먹기 시작했다. 지성도 이 특별한 음식을 먹기 위해 줄을 섰다. 도대체 아까 한 행사가 무슨 행사인지 궁금했던 그는 음식을 받은 후 근처에서 음식을 먹고 있던 알바르만에게 가까이 다가갔다.

"알바르만~ 밥 맛있어요?"

"최고야, 최고! 야, 이 국은 언제 먹어도 맛이 정말! 일품이야!"

아까 영석 선배가 하도 특별한 음식이라고 강조를 해도 미심쩍은 부분이 있었던 지성은 그의 반응에 음식에 대한 기대감이 더욱 커져 갔다. 그 음식은 향신료가 들어간 어떤 고기를 우려서 만든 우리나라의 곰탕하고 비교할 만한 음식이었다. 그는 조심스레 한 숟갈을 떠서 입에 가져갔다.

"… 우리나라 설렁탕하고 비슷한데요? 그냥 굉장히 오랫동안 고기를 곤 느낌이네요. 얼마나 오래 고았으면 고기가 있었던 것 같은데 보이지도 않네요."

그는 기대했던 만큼 특별한 맛이 아니라 약간 실망을 했다.

"한국에도 이런 전통을 가진 국이 존재하나 봐? 역시 한국은 대단한 나라구나."

무슨 곰탕이 대단하다고, 이런 나라에서는 고기를 잘 먹지 못해서 이렇게 크게 반응을 하나 지성은 생각했다.

"아니 뭐 이런 국은 동네마다도 식당이 하나씩 있고 집에서도 종종 끓여먹는 국인데 말이죠."

"그래도 이 마을의 국만큼은 아닐걸? 사실 이 국은 이 마을이 세워졌을 때부터 끓여진 국이야. 그러니까 끓이기 시작한 지는 거의 500년은 지났겠네? 당시에 마을을 세우고 수십 마리의 어린 양들을 잡아서 끓인 국인데 그 국을 먹으면 사람들이 조상들의 힘이 자신들에게 들어와 위기를 더 잘 극복한다고 먹는 국이야. 그 이후로 매년 제사를 지낼 때 어린 양을 한 마리씩 바쳤으니 거의 600마리 가까이 이 국에 들어간 셈이지. 이 국은 매년 오늘같이 와탕카쿠 축제를 할 때만 먹을 수 있어. 원래 외부인들에게는 이 국을 먹는 것이 허용되지 않는데 이번에는 특별히 허락된 것 같아."

500년? 그러니까 거의 조선시대 때부터 지금까지 끓여진 국을 먹은 거라고? 지성은 500년의 어마어마한 세월이 담긴 이 국을 보며 자신의 우둔함을 한탄했다.

'왠지 깊은 맛과 풍미가 나더라니….'

지성은 국에서 우러나오는 깊은 풍미를 음미했다.

"아이고, 한국도 고기를 우려서 국을 먹긴 하지만 이런 오랜 세월을 고진 않죠. 500년… 대단하네요…. 이정도 국까지 먹을 정도면 아까 축제도 보통 축제가 아니었나 보죠?"

지성이 질문했다.

"그렇지. 이 와탕카쿠 축제는 이 국이 끓여지기 시작했을 때부터 함께 시작됐어. 500년 전 두 개의 거대한 세력이 우리 마을에서 마주쳐 싸워 우리 마을이 큰 피해를 입은 적이 있었대. 그때 마을 족장님께서 신에게 앞으로 우리 부족원들이 싸움에 휘말리지 않고 안전하게 지켜주라는 것을 빌며 이 축제를 만들었다고 전해져 내려오고 있어. 그때 이후로 이 축제는 마을의 평화와 안녕을 빌기 위해 매년 개최되고 있지."

알바르만이 대답했다.

이 행사가 이렇게 좋은 취지를 가지고 있었다는 걸 이제야 깨달은 지성은 아까 더 즐겨둘 걸 한탄했다. 뭔가 그런 일에서는 더 즐기고 신나야만 자신에게 닥칠 위기를 잘 극복할 수 있을 것이라는 생각이 들었다.

'그런데 주희는 왜 아직까지 안 오지?'

지성은 의아해하며 숙소로 발걸음을 옮겼다. 그런데 숙소로 돌아가는 길에서 그는 주희를 보았다.

"주희야, 여기서 뭐해? 축제 다 끝나버렸는데."

"어… 지성아… 캣이 어디 아픈 거 같아."

"그냥 피곤한 거 아닐까? 원래 좀 도도하기도 하고."

지성은 바닥에 지친 채로 앉아 있는 캣을 보았다.

"어, 진짜로 애가 기운이 없네. 약간 침도 흘리는 거 같은데. 확실히 어디 아픈 거 같다. 레이첼 선생님에게 어서 말씀 드리는 게 좋을 거 같아."

"역시 상태가 안 좋은 거 같지. 그러면 지금 당장 선생님께 가자. 내가 캣을 데리고 갈 테니까 먼저 가서 캣의 상태에 대해서 얘기 드려줘."

"아니야. 내가 들고 갈게. 네가 먼저 가"

"그래? 알았어. 그럼 조심히 와."

주희는 곧장 레이첼 선생님에게 캣의 상태에 대해 알렸고 레이첼은 걱정스러운 얼굴을 하고 캣이 쉴 만한 편안한 곳을 준비했다. 잠시 후 지성이 캣을 껴안은 채로 데리고 왔고, 캣은 그곳에서 끙끙 앓았다.

"어떻게 해요. 많이 아픈가 봐요…."

주희가 걱정스럽게 쳐다 보았다.

"일단 힘 좀 나라고 영양제 좀 놔주자."

레이첼 선생님이 영양제를 놔줬다.

캣은 그제서야 조금 기운이 돌아보였고 얼마 뒤 곤히 잠들었다.

'캣이 건강해지면 좋을 텐데….'

지성과 주희는 캣을 걱정하며 숙소로 향했다.

며칠 후, 점심을 먹고 식당에서 나오는데, 식당 앞에서 치료를 끝낸 해적들이 봉사단 일행을 기다리고 있었다.

"아… 안녕하세요."

알바르만의 통역으로 해적들이 그들에게 인사했다.

"저번에는 도와주셔서 정말 감사했습니다. 여러분이 아니었다면 저와 제 아내는 이미 이 세상 사람이 아니었을 거예요. 정말 감사드립니다. 감사합니다."

그들은 몇 번이나 허리 숙여 인사했다.

"아… 아닙니다. 저희가 해야 할 일을 한 건데요. 신경쓰지 마시고 어서 돌아가셔서 쉬세요. 환자는 몸 관리가 생명이니까요."

"아… 신경써주시다니 감사합니다. 저기 이거… 제가 가진 게 이거밖에 없어서…."

한 청년이 주머니에서 무언가를 주섬주섬 꺼냈다.

"저희 가문에서 대대로 내려오는 진주 목걸이입니다. 정말 살기 힘들 때에도 이것은 팔지 않는데… 선생님이라면 이것을 드려도 될 것 같습니다."

"무슨 말씀이십니까! 안 됩니다. 어차피 저희는 봉사 나온 것이구요. 당연히 해야 할 일을 했을 뿐입니다."

동아리 회장 선배가 말했다.

"그래도, 여러분은 정말 저희의 생명의 은인이십니다. 받아주세요."

"여러분은 이제 갈 곳도 없지 않습니까? 앞으로 어떤 일이 또 벌어질지 모르는데 그냥 가지고 계세요. 어떻게 저희가 그걸 받겠습니까?"

지성의 말에, 다른 대원들도 모두 동조하였다.

"정말… 고맙습니다."

해적들, 이제는 해적이 아닌 그들은 천천히 발걸음을 옮겨 사라졌다.

"내는 이럴 때 의사로서의 보람을 느낀데이."

정태가 말했다.

"형, 그런데 왜 형은 전라도 사투리랑 경상도 사투리를 같이 써요? 저번에는 보니깐 전라도 사투리 쓰던데."

"어머, 생각해 보니까 그러네. 왜 그래요? 선배?"

"마! 알면 다친다 아이가."

정태가 웃으며 말을 이었다.

"그거는 내 아부지가 전라도사람이고 어무니가 경상도사람이라 그런당께. 본디 이거야말로 지역갈등 해소의 대표적인 예시 아이갔나? 심지어 할아버지는 평안도 분이여? 이건 남북갈등의 해소의 예시인감?"

웃고 떠드는 순간도 잠시, 밀려드는 환자들 때문에 주희와 지성, 그리고 다른 선배들은 다시 환자 치료에 매진했다.

그렇게 다시 며칠이 지났다.

그날도 늦게까지 수술을 한 후 잠이 든 거라 지성은 피곤한 몸을 이끌고 진료실로 향했다. 그런데 그날따라 진료실의 분위기가 이상했다.

간호사 분들과 의사 선생님들이 한쪽에 모여 웅성거리고 있었다. 특히 레이첼 선생님은 오열하고 있었다.

"모두 왜 저러고 있어?"

지성은 무언가 불안한 느낌에, 먼저 진료실에 온 주희에게 물었다.

"캣이… 죽었대."

"뭐? 뭔 소리야?"

"아침에 쓰러져 있었는데, 새벽에 죽은 것 같아…."

"그게 무슨….'

"전에 아팠던 이후로 좀 건강해진 것 같길래 다행이다 생각했는데 어제부터 갑자기 열이 올랐대…."

"그럼 정확히 뭐 때문인지는… 정확히 모르는 거야?"

"현재로서는 파악할 수 있는 게 없대…. 좀 이따 캣을 땅에 묻어 준다는데, 그때 같이 가자."

"그래, 그러자."

울적한 마음 가운데 왠지 모를 불안함이 싹터가던 그날, 캣이 죽은 사건은 일단 그렇게 캣을 묻어 주고 일단락되는 분위기였다.

그날 저녁이었다. 거리는 평소와 달리 스산하다 못해 불길할 정도로 음산한 분위기를 풍기고 있었다.

숙소에 도착한 봉사원들은 건물 1층 통로에 서서 각자의 방 열쇠를 찾고 있었다. 그런데 바로 그 순간, 바깥에서 개가 컹컹 짖는 소리가 들렸다. 뭐지? 하는 부원들의 소리에 모두 함께 밖으로 나가 상황을 살피게 되었다.

움직임이 매우 불안정하고 털이 축축이 젖은 큰 개 한 마리가 큰 소리로 짖으면서 뛰어다니고 있었다. 그러다가 갑자기 멈춰 서서 균형을 잡으려고 했다. 부원들을 향해 돌진하다가 갑자기 쓰러진 그 개는 부원들을 향해 작고 짧은 소리를 내다가 갑자기 피를 토하며 죽어 버렸다.

불현듯 이상하다고 생각한 부원들은 다음 날 아침 이 사건을 국제의료 봉사단 식구들에게 말했다. 그들도 부원처럼 이 사건에 대해 이상하게 생각하고 있었다. 전염병의 위험도 배제할 수는 없었기 때문이었다.

마침 왕진 날이 얼마 남지 않았기에 그들은 왕진을 나가면서 이 일에 대해 더 자세히 조사하기로 했다.

그렇게 왕진 날이 되었고 그들은 3개 조로 편성되어 각각 왕진을 떠났다.

지성과 주희는 같은 조에 편성되어 함께 조사하러 떠나게 되었다.

그들이 조사를 하러 가면서 지나던 대부분의 도로에는 음식물 쓰레기 위로 몇 마리의 죽은 개들이 놓여 있었다.

지성과 주희는 그렇게 평소에 왕진을 다녔던 환자의 집에 도착했다. 가장 먼저 만난 환자는 거동이 불편한지 방 안에서 이불 위에 누운 채로 그들을 맞이했다.

"여기까지 오시느라 수고하셨습니다. 오늘도 잘 부탁드립니다."

통역사가 환자의 말을 통역해 주었다.

그들은 먼저 그 환자를 검진하고 치료해 주었다.

"저기… 요즘에 마을에 별일 없나요?"

지성이 말했다.

"아니, 갑자기 왜 그러시나요?"

"사실은 마을 분위기가 이상해서요. 혹시 이 동네에서도 죽은 개들이 나왔습니까?"

"며칠 전부터 거리에 몇 마리씩 죽어 있던데요. 혹시 다른 마을에서도 그런 일이 생겼습니까?"

"네. 무슨 일인지는 잘 모르겠지만 흉흉한 일이네요."

그렇게 몇몇 집을 더 돌고 나서 모두가 모였다. 조원들 말은 모두 똑같았다. 며칠 전부터 이 괴기한 현상이 목격되었다는 것이다.

결국 약간의 논의 후에 죽어 있던 몇 마리 개에서 혈액 샘플을 채취해 외국으로 보내 검사를 하기로 했다.

"혈액 샘플을 모두 검사해보고 그 결과를 우리가 알 수 있을 때까지 약 일주일 정도의 시간이 걸린다나 봐. 그때까지는 어쩔 수 없지만 그냥 지내야지 뭐."

소말리아 국제의료봉사단 대표가 봉사단의 모든 식구들을 모아서 말했다.

"그럼 지금으로서는 전염병인지는 모른다는 건가요?"

"사실, 전염병일 가능성이 있습니다. 하지만 사람에게는 전염이 안 될 거라 믿어야죠. 지금까지 이런 일이 없었는데 정말 유감입니다."

대표는 정말 미안한지 몇 번이나 미안하다는 말을 했다.

그런데 바로 그 다음 날 점심에 지성과 주희는 점심을 먹은 후 진료소로 돌아오던 중 길 끝에서 사지를 늘어뜨린 채 힘겹게 걸어오는 환자를 발견했다.

지성과 주희는 감염의 위험이 있기 때문에 즉시 방역복을 착용하였다. 그리고 그를 진료소 안으로 안내한 뒤 진찰을 했다. 노인은 약 38도의 고열을 가지고 있었고, 호흡기 증상도 가지고 있었다. 특이한 것은 종기였다. 일반 감기라면 종기가 날 리가 없는데 종기가 나 있었다.

증상이 너무 이상해서 지성과 주희는 그 환자를 전문 의사에게 진찰해 달라고 부탁했다.

의사는 잠시 동안 아무 말 하지 않고 있다가 대체 무엇 때문이냐는 환자의 물음에 대답했다.

"원인의 가능성에는 여러 가지가 있습니다. 혹시… 개를 기르시나요?"

"예…. 하지만 며칠 전에 죽었습니다. 그거랑 관련이 있나요?"

"현재로서는 확실한 것이 전혀 없으니 오늘 저녁까지 진료소 침대에 누워서 아무것도 먹지 마시고 속을 비워 보세요. 여기 물 좀 많이 마시게 하세요."

저녁이 되도 나아지는 기미가 보이질 않자 의사는 먼저 종기를 없애기 위해서 배농 치료를 시도했다. 비록 부분 마취를 했을지라도 환자는 고통스럽게 비명을 질러댔다.

다음 날이 되자 종기를 제거한 환자의 체온이 37도 정도로 떨어졌다.

"선생님, 어제보단 한결 편한 것 같네요."

환자가 의사에게 말했다.

"좀 더 지켜보는 게 좋을 것 같습니다."

하지만 체온이 떨어진 것은 잠시 동안 만이었다. 오후가 되자 환자의 체온은 40도로 급격하게 올라가기 시작했고, 환자는 전날보다 더한 고통에 시달리며 헛구역질을 하고 게거품을 물다가 결국 숨이 끊어지고 말았다.

이 환자의 죽음은 불길한 분위기를 끝냄과 동시에 미지의 불안을 눈앞의 현실로 바꾸어 주었다. 아직 주변 의사들이 전염병이라고 확신할 수는 없다고 했지만, 이렇게 몇 명의 환자만 공통된 증상을 보이면 이제 전염병의 존재가 확실시되는 것이었다. 적어도 지성은 그렇게 생각했다.

지성의 슬픈 직감은 틀리지 않았다. 전염병의 존재가 며칠이 지나자 확실하게 되었다. 며칠 간 5명이 같은 증상을 보이며 고통스럽게 죽은 것이다.

지성과 주희 그리고 의료 봉사 동아리 부원들은 처음 봉사 올 때에는 생각하지도 못한 전염병이라는 존재 때문에 엄청난 불안에 휩싸이게 되었다. 국제의료봉사단 대표의 말에 의하면 만약에 현재 상태의 원인이 전염병 때문이라면 이미 전염병 환자가 나왔기 때문에, 전염병이 완전히 치료될 때까지는 봉사원들도 소말리아에 격리되어야 했다. 지성과 주희, 그리고 부원들은 깊은 절망의 구렁텅이에 빠졌다. 그러나 주희의 걱정거리는 그것뿐만이 아니었다. 주희는 며칠 전부터 기침을 하기 시작했다. 밤에 잠을 잘 못자서 감기에 걸린 거라고 생각했지만 전염병이 돌 수 있다는 소식을 듣고는 걱정되기 시작한 것이었다.

지성은 잘 몰랐던 사실이었지만 주희에겐 굉장히 심각한 문제였다. 그래. 축제날까지만 해도 그녀는 괜찮았다. 오히려 에너지가 넘쳤고 의욕이 넘치던 그녀였다. 하지만 그녀의 몸에 이상이 생긴 건 그 다음 날 오후부터였다. 그녀는 갑자기 두통을 호소했고 다음 날 아침부터 그녀는 기침을 하기 시작했다.

'너무 피로해서 그런 건가. 아님 폐에 질병이라도 생긴 걸까.'

주희는 최대한 긍정적으로 별일 아니겠지, 하고 생각하려고 노력했다.

며칠 후, 외국으로부터 혈액 샘플 검사 결과가 도착했다. 검사 결과는 이렇게 쓰여 있었다.

어떤 종류의 질병인지 아직은 가늠할 수 없음. 국제 의료 사회에서는 이 병을 UCS-1(Unidentified Critical Syndrome-1)이라고 부르고 있음. 임상 실험 결과 종기가 나고, 기침 등의 호흡기 질환과 어지러움, 각혈[5], 토혈[6] 등이 동반될 것으로 추정. 감염 경로는 직접적인 접촉이고, 호흡기를 통해서는 전염되지 않는 것으로 추정됨. 전염성은 낮으나 치사율이 높으므로 주의 요함. 환자를 대할 때 꼭 방역복을 착용하고, 환자든 봉사단원이든 조금이라도 증상이 보이는 경우 바로 격리 요망.

"다행이다. 호흡기 감염이 안 된다니."
동아리 회장이 안도의 한숨을 쉬었다.
"며칠 전부터 방역복을 의무적으로 착용한 게 다행이라면 다행이군요. 이제 문제는 그전에 병에 노출되었는지 여부인데…."
누군가 말했다.
"전에 그 노인도 개를 기르고 있었대요. 증상이 있는 개와 직접 접촉하면 위험한 것 같습니다."
"왕진 나가면서, 혹시 죽은 개들 직접 만진 사람 있나?"
몇몇 부원들이 주저하며 손을 들었다. 그러던 중이었다.

---

5 각혈 : 혈액이나 혈액이 섞인 가래를 기침과 함께 배출해내는 증상
6 토혈 : 소화관 내에서 대량의 출혈이 발생하여 피를 토하는 증상

"지성아… 캣도… 이 병에 걸린 거였을까?"

주희가 지성에게 말했다.

"응? 캣? 왜…?"

"너 그때… 캣 만지지 않았어?"

"뭐? 설마….."

말은 그렇게 했지만, 지성은 알 수 없는 불안감을 떨쳐낼 수 없었다.

잠시 후, 감염위험자와 비감염자를 분류하는 작업이 시작되었다. 먼저 봉사단원 전체의 혈액을 채취하였고, 그곳에서 할 수 있는 모든 방법을 동원하여 감염 위험 여부를 판단하였다.

아니나 다를까, 지성의 혈액에 대해 감염 판정이 나왔다. 주희의 얼굴이 하얗게 질렸다.

"지성아…!"

"…주희야."

지성은 아무런 생각도 할 수 없었다. 머릿속에 아무것도 떠오르지 않았다. 주희 역시 마찬가지였다. 설마 설마 했지만 막상 감염 판정이 나오자 그들은 생각이 마비되어 버렸다. 우물쭈물하는 사이, 지성은 곧바로 격리소로 향하게 되었다. 주희는 격리소로 향하는 지성을 급하게 부르며 뒤쫓아 갔지만, 사람들에 의해 저지당했다. 지성은 최대한 의연한 표정을 지으려고 하였지만, 오히려 그 점이 모두를 안타깝게 하였다.

격리소에 들어간 지성은, 간신히 정신을 가다듬고, 최대한 침착함을 유지하려고 노력하였다.

'UCS-1….'

어느덧 그는 그가 걸린 병에 대해 생각하고 있었다. 그와 함께, 아버지, 어머니, 그리고 주희의 얼굴이 하나둘 스쳐 지나갔다. 함께했던 친구들의 얼굴도 스쳐갔다.

'나는 뭘 어떻게 해야 하지…?'

지성은 크나큰 재앙 앞에서 어떻게 대처를 해야 할지 막막하기만 하였다.

한편 그 시각, 감염자들이 모두 격리된 후 남은 사람들은 회의를 진행하고 있었다.

"…우리는 어떻게 되는 겁니까?"

장내의 분위기가 매우 흥분되어 있었다.

"진정하세요. 일단 호흡기 감염의 확률이 거의 없고, 접촉하면 감염이 된다고는 하지만 전염률이 낮다고 하니, 직접적인 접촉만 주의하면 위험하지 않을 겁니다."

"한국에서는 연락 없습니까?"

"곧 케냐 한국 대사관을 통해 연락을 보낸다고 하니 그때까지는 주의하며 치료활동을 계속합시다."

"직접적인 치료제도 없는데 우리가 여기서 무슨 활동을 한단 말입니까? 일단 한국에 돌아가서 상황을 지켜보다가, 치료제가 개발되면 전문 인력을 대동하여 다시 오는 것이 현명한 것 아닙니까?"

"우리도 UCS-1에 노출되지 않았단 법이 없습니다. 일단 상황을 지켜봅시다."

여러 가지 의견이 나왔지만, 결정된 사항 없이 회의가 끝났다.

며칠 후, 케냐 한국 대사관에서 연락이 왔다.

더 이상의 치료 활동은 무의미하다고 판단됨. 환자와 그들을 돌볼
최소한의 인력을 남겨두고 모두 철수하기 바람. 곧 그곳에 전문 장비
와 의료진을 보내겠음.

소식을 들은 봉사단원들은 다시 회의를 시작하였다.

먼저 단장이 말했다.

"일단, 저는 남겠습니다. 강요하지 않을 테니, 이곳에 남아 있고 싶은
분들만 남고, 나머지는 숙소로 돌아가서 짐을 싸시기 바랍니다."

단장의 말이 끝나자, 일순간 침묵이 흘렀다.

잠시 후, 어떤 용기 있는 사람이 먼저 회의장을 나갔고, 점점 많은 사
람들이 그곳을 빠져 나가기 시작했다.

조금 시간이 지나자, 남아 있는 사람은 채 20명도 되지 않았다. 주희와
정태, 그리고 동아리 회장 선배도 포함되어 있었다.

"더 이상의 치료가 불가능하다고 했는데 남았다는 건… 너희도 지성이
가 걱정돼서 그러는 거지?"

동아리 회장이 주희와 정태에게 말했다.

"네… 지성이를 두고 어떻게 떠나요?"

"마, 당연한 걸 물어보나?"

주희와 정태가 말했다.

앞에서 단장이 말하는 소리가 들려왔다.

"이곳에 남아 있게 될 여러분. 감사합니다. 일단 더 이상의 치료 활동

은 불가능하기에 우리가 남아 있는 목적은 환자들을 치료하기 위한 것이 아닙니다. 여기 계신 분들 중에는 전문의도 계십니다만, 우리에게는 이 병에 관한 지식도 없고, 전문 장비도 없기 때문에 우리의 목적은 현 우리 봉사단 측의 감염자들을 의료진과 장비가 도착하기 전까지 안전하게 보호하는 것입니다. 일단 나머지 대원들이 철수한 후 다시 계획을 논하도록 합시다."

단장이 마이크를 내려놓고 회의실을 나가자, 주희와 일행 역시 회의실을 빠져나와 각자의 숙소로 향했다.

주희는 숙소에 돌아와 침대에 누워, 앞으로의 일에 대해 생각했다.

"지성아… 괜찮아? 우린 어떻게 되는 걸까?"

그녀는 피곤했던 나머지 곧 잠이 들었다.

며칠 후, 어느덧 한국으로 돌아갈 날짜가 되었다. 격리자들을 위한 생필품들과 의약품들을 제외하고는 모든 캠프를 철수했고, 한명씩 버스에 탑승하기 시작했다. 그들의 표정 역시 좋지 않아 보였다.

동아리 부원 중 한 사람이 회장에게 말하는 모습이 보였다.

"선배… 죄송해요…."

"괜찮아. 먼저 가 있어. 곧 뒤따라 갈게."

곧 버스가 출발하였고, 남아 있는 사람들은 떠나는 버스만을 하염없이 바라보았다.

"후… 우린 이제 우짜노?"

정태가 한숨을 푹 내쉬었다.

"그러게요…. 이젠 진짜 우리밖에 없네요."

주희가 말했다.

"의료진이 장비를 가지고 일주일 내로 도착한대. 그때까지만 버티자. 항상 환자를 대할 때 방역복 입는 거 잊지 마."

회장 선배가 말했다.

그들은 먼저 남은 장비들을 최대한 한곳에 모아 격리소 옆에 베이스 캠프를 만들었다. 그런 후, 교대로 격리소 안에 들어가 환자들을 돌보아 주었다. 처음 며칠은 그런대로 환자들의 상태가 괜찮았지만, 점점 심각한 증세들이 나타나기 시작하였다. 그러던 어느 날,

"콜록 콜록 크와 켁."

며칠 전부터 증상이 악화되어 몸져누워 있던 한 부원이 기침을 하며 피를 토하기 시작했다.

"이 문디야, 와 그라노? 정신 차릴 수 있갔나?"

마침 간병을 하고 있던 정태가 그에게 급하게 달려갔다.

"선배… 미안해요…. 저는 여기까지 인가봐요…."

"자슥아, 그게 뭔 소리냐…. 좀만 더 버텨라…. 내가 해열제랑 갖고 올게… 기다려 봐 인마…."

그러나 이미 그는 걷잡을 수 없이 피를 토해 대고 있었다.

"선배…, 한국에 있는 제 부모님한테 이… 이 편지를 전해주세요."

"자슥아… 죽지 마라 안카나…. 니가 직접 가갔고 말씀드려라. 나 훌륭한 의사 됐다고 사랑한다고 인마 정신 좀 차려라!"

그 순간이었다. 피를 토하고 있던 부원의 온몸에 경련이 일어나더니 이내 축 처지고 말았다

"이…뭐꼬 진짜 죽어삤냐…. 말을 좀 해봐라. 이 문디 자슥아. 말을 좀 해보라고!"

그러나 아무 반응이 없었다. 옆에서는 지성이 멍한 표정으로 앉아 있었다.

드디어 누군가 죽었다. 이제 우린 어떻게 되는 거지? 나는? 주희는? 과연 살아 돌아갈 수 있을까?

"…."

"…지성아."

"…지성아!"

지성은 정태의 목소리에 가까스로 정신을 차렸다. 지성은 자신의 얼굴로 흘러내리는 눈물을 발견할 수 있었다.

"지성아… 정신 차려보라 안 카나. 좀만 기운 내래이. 산 사람은 살아야 되지 안캤나? 우리 조금만 더 버텨 보자."

담담하게 말하고 있는 정태였지만 약간의 흐느낌은 숨길 수 없었다.

그렇게 그들은 죽은 부원을 땅에 묻어주었다. 한국에 묻어주고 싶은 생각이 간절했지만 이 병으로 인해 어떤 결과가 발생할지 모르기 때문에 어쩔 수 없었다.

그렇게 며칠 새에, 부원 두어 명이 이렇게 죽어 갔다. 주희는 지성이 혹여나 희망을 놓지는 않을까 걱정이 되어, 계속 지성의 곁에 있어 주었다.

"지성아… 힘 좀 내봐…."

"…."

주희의 정성에도 불구하고 지성의 상태는 점점 심각해져 갔고, 며칠 간 깨어나지 못했다. 주희는 그럴수록 지성의 옆에 붙어서 궂은일도 마다

하지 않고 지성을 위해 부단히 애를 썼다.

"주희 마, 너 글다가 너까지 아파블면 어쩔라 그러나? 서서히 몸 사리면서 할 줄도 알아야 하는기라."

오죽하면 정태가 이런 이야기를 할 정도로 주희는 지극정성으로 하루 종일 지성의 곁을 떠나지 않았다.

그러던 중에 드디어 의료진이 왔다. 남아 있는 이들은 안도의 한숨을 쉬었다.

"지성이 이놈, 그래도 잘 버텼네…."

동아리 회장이 말했다.

"근데, 아직까지, 이 병이 무엇인지도 정확히 모른다고 하지 않았어요?"

주희의 질문. 모두가 애써 외면해왔던 진실이다. 실제로 아직까지 정확한 병의 정체나 원인이 밝혀지지 않았고, 단지 증상을 완화시켜주는 약물만이 개발되어 왔을 뿐이었다.

"그러게 말이다… 상황이 좀 나아졌기만을 바래야지."

회장이 한숨을 쉬었다.

장비를 가지고 도착한 의료진은 감염자들의 상태를 면밀히 살피기 시작했다.

"김지성 군은 그래도 상태가 양호한 편이군요. 굉장히 관리를 잘 받은 것 같아요. 약으로 증상을 호전시켜 가면서 상황을 지켜봅시다."

의료진의 말에 주희는 긴장이 풀린 탓인지 다리에 힘이 풀려 주저앉고 말았다.

"여긴…?"

정신을 차린 지성은 어딘지 모를 해변가에 있었다.

"…꿈인가."

그때, 앞에서 젊은 여성이 걸어왔다. 지성은 그녀가 어머니라는 것을 느낌으로 알 수 있었다.

"…엄마?"

"지성아…. 이제 돌아가야지…. 아직 넌 여기 오면 안 돼…."

"엄마… 엄마…!"

지성은 태어나서 처음으로 엄마를 크게 불러보았다.

"김지성 환자, 깨어났습니다!"

간호사로 보이는 사람이 외치는 소리에 정태를 비롯한 모두가 몰려들었다.

"인마, 그래도 살았구마잉…. 참말로 다행이구마, 어째 버틸 만은 했는가?"

"뭐… 그런가요? 하하"

지성은 약간의 쓴웃음을 지었다.

"그런데 주희는 어딨나요?"

"주희? 그 가스나… 니 간호한다고 그렇게 애쓰드만 아까 느 상태 괜안타는 소리 듣고 긴장 풀려서 쓰러져붓다. 침대에서 쉬고 있는데… 아마 별 일 없을끼다. 일단 니 몸이나 다 회복하고 남 걱정해라."

지성은 주희의 소식에 약간 걱정이 되긴 하였으나, 아직 회복이 덜 된 상태여서 그런지 곧 다시 잠에 빠져들었다.

"여긴…?"

주희가 일어난 곳은 어느 해변이었다.

"다리에 힘 풀려서 쓰러진 것까지는 기억나는데…."

내리쬐는 햇빛에 주희는 머리가 아파오기 시작했다. 그때, 주희는 저 멀리에 앉아 있는 지성을 발견하였다. 그 옆에 알 수 없는 어떤 여인이 그와 함께 있었다.

"지성아… 무사하구나…."

그녀가 소리쳤지만, 그 말은 지성이에게 닿지 않았다. 일순간 지성과 그 여인은 어디론가 사라져 버렸고, 다시 해변은 검푸른 고요함으로 뒤덮였다.

그때였다. 저 바다 멀리서, 큰 소리가 들렸다.

"뭐지?"

점점 그 소리는 실체를 드러내더니, 이윽고 주희의 눈에 모습을 드러내었다. 엄청난 규모의 쓰나미였다. 주희는 너무 놀라 발을 내딛을 수조차 없었다. 파도는 순식간에 해변까지 밀려왔다.

"꺄악!"

주희가 눈을 뜬 곳은 그녀의 침대였다. 그녀의 온몸에서는 열이 나고 있었다. 그녀의 꿈의 여운과 함께 불안감이 그녀의 얼굴을 뒤덮었다.

'설마….'

주희는 전화를 걸어 의료진을 급히 호출하였다.

"UCS-1의 초기 증상이 나타나고 있습니다. 일시적인 현상일 수도 있지만, 감염되었을 가능성을 배제할 수 없습니다…."

한 의사가 불안해하는 주희의 눈을 읽어낸 듯 주저하며 이야기를 꺼냈다.

"일단 감염이 확실하지는 않으니 현재 지내는 이 방에 임시 격리조치를 취하도록 하죠."

"저… 지성이에게는 알리지 말아주세요…. 이제 겨우 회복되고 있는데…."

이런 상황에서도 지성이에 대한 걱정이 앞서는 주희를 보며 의료진들은 마음이 아파왔다.

"뭐라고? 주희가 결국?"

정태 형이 소리쳤다.

"쉿, 조용히 해주세요. 주희 양이 비밀로 지켜주랬으니까요."

주희에게 격리 조치를 내렸던 의사선생님이 말했다.

"아니, 그 가스나는 우짤려고 그래뻣나 모르것네. 인자 지성이도 나아갔고 맘고생 다했다 생각했는디…. 이제 다른 아들만 잘 치료해주면 될끼라고 생각했는디…."

정태는 약간 울먹이며 말을 이었다.

"하이고, 그 가스나… 이제 어뜩하나…."

지성은 며칠 새에 회복 속도가 눈에 띄게 향상되었다. 이제 간단한 활동도 할 수 있을 정도였다.

"환자분이 워낙 체력이 좋아서 잘 이겨낸 듯해요…. 참 다행이네요."

"지성군 덕분에 격리소 내에서도 희망을 보는 사람들이 생겨나기 시작했네. 앞으로 지켜봐야겠지만 부디 완치되었으면 하네."

진찰하는 의사마다 지성을 축하해 주었다. 그런데 정작 지성이 기다리는 주희는 보이지 않았다.

"저… 정태 형. 주희는 어디에 있어?"

"아 주희? 그러게…? 좀 바쁜가?"

정태의 두루뭉술한 대답에 의아해하는 지성. 그러나 그는 그녀의 상태가 어떤지 전혀 상상도 할 수 없었다.

"콜록 콜록 콜록…."

이제는 주희 스스로 자신이 UCS-1에 걸렸음을 인식할 수 있었다. 아마 의료진들이 주희를 걱정하는 마음에 제대로 알려주지 않았으리라.

그녀는 처음에 지성이가 UCS-1이라는 소식을 들었을 때에 자신의 몸을 바쳐서라도 그가 낫기만을 바랬다. 이는 실제로 이루어졌고 그녀는 필히 만족스러울 거라고 생각했는데 사실은 그게 아니었다.

그녀는 아직 완전한 의사도 되지 못했고 의사로서의 꿈을 펼치지 못했다. 그녀는 앞으로도 더 지성과 같은 일상 속에서 살아가고 싶었다.

'지성이와… 지성이와 또 놀이공원에 가고 싶은데…. 지성이 아버님께 인사도 드려야 되는데….'

이런 행복할 미래를 두고 떠나갈 수는 없다고 생각한 그녀는 어떻게든 버텨보려고 노력했다. 그러나 그것은 그녀의 의지 문제가 아니었다. 점점 각혈 등의 증상이 동반되기 시작했고, 주희는 점점 무너지기 시작했다.

"지성 군. 완치입니다."

지성의 완치 소식은 그곳에 남아 있던 봉사단원들과 의료진 모두에게 활력을 불어 넣어 주었다. 의료진이 온 후로 더 이상의 희생자는 발생하지 않았는데, 지성이 완치되니 모두에게 희망이 생긴 것이다.

'아… 드디어 지긋지긋한 격리소에서 해방이구나….'

들뜬 마음의 지성은 주위를 둘러보았다. 역시나 주희는 보이지 않았다.

"저… 선배. 주희는 어디에 있나요?"

지성이 동아리 회장에게 물었다. 그는 곤란하다는 듯 하늘을 한 번 쳐다보았다. 그 후 그는 천천히 말을 꺼내기 시작했다.

"지성아…. 주희가 한번 쓰러진 적 있다는 이야기는 들었지? 사실 주희는 그때 UCS-1 판정을 받았어. 주희가 너한테 이야기하지 말라고 신신당부해서 그동안 아무도 너에게 말하지 않았었어…. 미안하다."

지성은 일순간 머리가 하얘졌다. 대체 그녀가 왜?

"이건… 말도 안 돼요…. 혹시 저에게 옮은 건가요?"

"확실하지는 않아. 중요한 건 지금 그녀가 상태가 많이 안 좋다는 거야."

동아리 회장의 말이 끝나자마자, 지성은 방역복을 입고 주희의 방에 찾아갔다. 주희는 간신히 눈을 뜨고 지성을 바라보았다.

"지성아? 완치됐다며? 축하해!"

희미하게 웃는 주희의 얼굴을 바라보며 지성은 눈시울이 뜨거워졌다.

"너 왜… 어쩌다가… 나 같은 놈한테…."

"아니야…. 너 건강해진 거 보니까 나도 다시 콜록… 건강해질 수 있을 거 같아."

"주희야…."

지성은 가슴 속부터 치솟아 오르는 여러 가지 감정들과 눈물 때문에 더 이상 말을 이어 나갈 수 없었다.

"지성아, 걱정하지 마! 내가 누구야? 주희라구. 곧 나을 수 있을 테니 걱정하지 말고 몸 조리 잘 하고 있어."

주희는 일부러 밝은 모습만을 보여주려고 노력하였고, 그런 주희를 잘 아는 지성은 그러한 주희가 안타까울 뿐이었다.

그 이후, 주희의 상태는 점점 나빠졌고, 점점 그녀의 의식은 흐려져 갔다. 지성은 주희가 그랬던 것처럼 주희의 곁을 지켰다.

하늘이 그의 노력을 인정해 준 것일까. 몇 번의 고비를 넘긴 주희의 상태가 약간 회복되려는 조짐이 보였다.

"지성아, 벌써 며칠째냐. 어째 너희 둘은 하는 행동이 똑같냐. 이제 주희 약간 좋아졌는데 당분간 내가 보고 있을게. 가서 쉬어라."

지성이 무리하는 것을 지켜봐 온 회장이 지성에게 말했다.

"아니요. 주희 나을 때까지 있어야 할 것 같아요. 주희는 저 때문에 이렇게 됐는걸요."

"그래도 그러다가 너까지 다시 쓰러질 수도 있어. 딱 오늘 하루만 잠깐만 쉬다 와. 주희 상태도 나아졌으니까 괜찮을 거야."

이미 지칠 대로 지친 상태였던 지성은, 주희의 상태가 나아진 것을 보고 약간 안심이 되어 잠깐만 눈을 붙이기 위해 숙소로 돌아갔다. 갑자기 피로가 몰려왔고, 그는 방역복도 벗지 않은 채 거의 쓰러지다시피 눈을 감았다.

"이곳은…?"

지성이 눈을 뜬 곳은 높은 언덕 위였다. 아래를 내려다보니 익숙한 해변이 펼쳐졌다.

"전에… 그 꿈?"

지성은 전에 꾸었던 꿈을 기억해냈다. 분명 저 해변에서 엄마를 만났었지.

이윽고 지성의 눈에 주희가 들어왔다. 길을 잃은 채 방황하는 것 같았다. 그때 어떤 소리가 들렸다.

"…이 소리는?"

저 멀리서, 쓰나미가 몰려오고 있었다. 주희는 아직 눈치를 채지 못한 것 같았다.

"주희야!"

그 순간 쓰나미가 주희를 덮어버렸다. 지성은 정신을 잃고 말았다.

"헉…헉…."

지성은 놀라 잠에서 깨어났다. 꿈의 내용이 불안해서 견딜 수 없었다. 그때 갑자기 벌컥 방문이 열렸다.

"지성아 인마, 언능 온나! 큰일 났다!"

정태 형이 헐레벌떡 방으로 들어왔다.

"주희… 주희가…!"

지성은 정태 형의 말이 끝나기도 전에 밖으로 달려 나갔다. 그는 당장이라도 쓰러질 것 같았지만, 최대한 정신을 바로잡고 주희에게로 달려갔다.

주희의 숙소 근처는 이미 난장판이었다. 의료진들이 부지런히 움직이고 있었고, 기계 장치들도 들락날락했다.

"다 비켜!"

지성은 단숨에 주희의 숙소 내로 들어갔다.

"어서 CPR 실시해! 거기 너, 뭐 하는 거야!"

의사 한명의 고함 소리가 들렸다. 간호사 하나가 주희에게 달려가 CPR을 실시하였다. 지성은 점점 주위가 아득해지는 것을 느꼈다. 다리에 힘이 풀리려는 찰나, 주희가 눈을 떴다.

"환자 의식 돌아왔습니다!"

"아직 안심하기엔 일러! 혈압이 불안정해!"

주희의 표정이 일그러졌다. 매우 고통스러워 보였다. 그녀는 다급하게 주위를 둘러보았고, 지성과 눈이 마주쳤다. 지성은 이런 상황을 전에 한 번 겪은 적 있음을 몸으로 느낄 수 있었다.

주희는 멀리서 아득하니 들려오는 지성의 목소리를 듣고 목소리가 나는 곳으로 시선을 돌렸다.

'지성아…'

주희는 더 이상 무언가 생각하기에도 너무나 고통스러웠다.

"선생님, 환자 상태가 진전될 기미가 보이지 않습니다."

"어서, 해열제랑 영양제 투여해!"

그 순간 주희는 어느 정도 예상하고 있었다. 자신의 운명을….

"주희야, 정신 차려, 주희야!"

지성이 점점 나빠져 가는 주희의 상태를 보고 오열했다.

"주희야… 주희야!"

주희는 마지막으로 지성을 쳐다보았다. 지성은 그녀의 손을 잡았다. 방역복을 입고 있어 그녀의 손의 감촉을 느낄 수는 없었지만, 그녀가 매우 떨고 있다는 것은 알 수 있었다. 그녀의 손을 꼭 잡아주며 그녀를 하염없이 바라보던 지성은, 그녀의 입술이 움직이는 것을 보았다. 지성에게 마지막으로 무엇인가 말하려는 듯, 입술이 바들바들 떨리고 있었다.

　'사랑해…. 지성아….'

　분명 주희는 그렇게 말하고 있었다. 지성은 그녀의 눈을 쳐다 보았다. 불안한 느낌이 엄습하였다. 더 이상 그녀의 눈은 그를 쳐다보아 주지 않았다.

　"…주희야, 주희야!"

　그는 흐느끼며 말을 이었다.

　"여길 봐야지, 어딜 보고 있어…."

　아무리 불러도 주희는 반응이 없었다.

　"박주희 환자 사망, 사망시각 20:47."

　의사 선생님은 그렇게 외치고 주희를 흰 가운으로 덮었다.

　그 순간 지성은 지금까지 항상 자신과 같이 있었던, 자신이 사랑했던 사람을 떠나보내야 했다. 주희의 초점 없는 눈을 바라보면서 지성은 가슴 깊은 곳부터 솟구치는 슬픔을 억제할 수 없었다.

　"주희야, 주희야! 너가 너가… 여기서 죽을 리 없어…. 일어나… 일어나라고…. 다시 일어나서 나한테 핀잔도 주고 같이 웃고 떠들고 그래야지… 주희야… 주희야… 장난치지 말고 일어나… 주희야…!"

　자리에 있던 많은 사람들 역시 그들의 비극적인 사랑에 가슴이 아파왔다.

　"주희랑… 마지막으로 인사해. 우리는 나가 있을게."

동아리 회장이 말하며 다른 사람들과 함께 자리를 떴다. 울음소리가 점점 멀어져갔다.

"주희야… 난 이제 어떡해….."

하지만 떠나간 자는 말이 없는 법, 주희의 옆에는 지성이뿐이었고, 지성의 옆에는 아무도 없었다.

*

몇 개월 후, UCS-1은 알 수 없는 이유로 잠잠해져 갔다. 의학계에서는 아직까지도 이 병에 대해 정확히 밝혀내지 못하고 있었다. 병이 잠잠해짐에 따라, 소말리아에 묻혀 있던 주희와 희생자들의 유골이 드디어 한국에 올 수 있었다. 이윽고 그녀의 장례식이 끝나고, 그녀는 땅의 품에 안겼고, 그제야 그는 그녀의 죽음을 인정할 수 있었다. 그에겐 주희가 없다는 것은 너무나도 고통스러운 사실이었다. 그렇기 때문에 그는 그녀와의 추억이 담긴, 소말리아에서 가져온 짐들을 차마 정리할 수 없었다. 아니 가방조차 열어볼 수 없었다. 몇 번 꺼내보려 시도해 보긴 하였으나 그때마다 다가오는 알 수 없는 두려움에 좌절하고 말았다. 할 수 없이 지성은 그것들을 창고에 쌓아 두었다.

'언젠간 이걸 정리할 수 있겠지.'

그에게는 그녀의 죽음을 슬퍼할 시간조차 길게 허용되지 않았다. 다시 대학 생활로 돌아가야 했기 때문이다. 사람들을 돕고자 하는 순수한 마음으로 향한 소말리아, 그곳에서의 비극을 겪은 후 지성은 점점 무너져 내리고 있었다.

Chapter 3

꺼질 듯한 불씨

거울

비상

꺼질 듯한 불씨

> 어린 시절 우리는 어른이 되면 더 이
> 상 나약하지 않을 거라 생각했다.
> 하지만 어른이 된다는 것은 나약함을
> 받아들이는 것이다.
> 살아 있다는 것은 나약하다는 것이다.
> – 매들린 랭글

평생 끔찍한 기억으로 남게 될 길었던 여름방학이 끝나고, 다시 학교 수업이 시작되었다. 하지만 큰 충격으로 인해 수업에 집중이 될 리가 없었다. 그나마 학교를 그만두지 않은 것은 그의 사정을 아는 아버지, 주변 선배들의 격려와 도움, 그의 친구들 특히나 정혁과 인수, 그리고 정혁의 동생인 정효의 관심과 위로 때문이었다. 또한 의료 봉사에서 직접 몸으로 배운 많은 경험과 기술의 도움으로 그럭저럭 학교 생활을 이어 나갔다.

지성은 여름방학 이후로 의료봉사 동아리에서 탈퇴했는데, 다른 사람들을 위해 봉사하겠다는 의지가 완전히 사라져 버렸기 때문이다. 대신 그 자리는 점점 끝이 보이지 않는 무기력감으로 채워졌다.

시간이 흘러 지성은 대학을 졸업하게 되었고, 의사고시에도 합격하였다. 대학 병원에 인턴으로 나가게 된 지성은 여전히 무기력감에 사로잡혀 있었지만, 자신이 지금껏 배운 기술을 가지고 이제 진짜로 의사들의 삶을 살아보게 된다는 생각에 약간의 기대가 되었다.

예상은 하였지만 인턴 생활은 매우 힘들었고, 온몸이 녹초가 되어 쓰러질 것 같았지만 그렇다고 쉴 수도 없는 힘든 나날이 이어졌다. 그러나 힘든 만큼 보람이 있었고, 점차 지성은 무기력감에서 벗어나는 듯하였다.

그러던 어느 날이었다. 지성이 응급의학과에 인턴으로 들어간 지 한 달이 채 안 되었을 때였다.

"선생님, 제발 살려주세요."

"진정하세요! 이러신다고 환자분의 상태가 좋아지진 않아요!"

잠시 응급실이 한산했기 때문에 쪽잠을 자고 있던 지성은 바깥이 시끄러워지는 것을 듣고 본능적으로 벌떡 일어나 환자 쪽으로 다가갔다. 교통사고를 당한 것 같았는데, 환자가 매우 위급한 상황이었다. 당장 조치를 취해야 할 것 같았다.

"흉부외과 교수와 정형외과 교수에게 각각 연락해서 빨리 병원으로 오라고 해."

응급의학과 교수가 말했다.

그때였다. 응급실의 문이 열리더니 다른 환자가 들어왔다.

"여기 환자 왼팔에 유리가 박혔습니다!"

인솔 담당자가 소리쳤으나, 누가 봐도 먼저 온 환자의 상태가 위험해 보였기 때문에 모두 먼저 왔던 환자에만 집중하였고, 간호사 한 명이 응급 처치로 간단한 소독을 해 주었다.

그때였다. 나중에 온 환자와 같이 온 여자 보호자가 소리쳤다.

"여기 우리 아들 안 보여요? 빨리 조치해 줘!"

"그럴 수 없습니다. 여기 환자가 먼저 왔을 뿐더러 훨씬 위급합니다. 기다리십시오."

갑자기 그 여자 보호자가 간호사에게 다가가더니 무어라 말하였고, 간호사가 교수에게 다가가더니, 갑자기 교수가 누군가와 통화를 하였다. 그리고….

"거기 김 인턴, 이 환자 좀 잠깐 보고 있어 봐."

"교수님, 저 이런 상황은 처음인데…."

"아, 좀 적당히 보고 있으란 말이야!"

교수는 소리침을 뒤로 하고, 나중에 온 환자의 왼팔을 손 보아 주기 시작했다. 지성은 무슨 일이 일어난 건지 어안이 벙벙하였고, 그대로 가만히 안절부절 못하고 있을 뿐이었다.

환자는 유리를 빼는데도 엄청나게 엄살을 부려 댔고, 그 덕분에 완전히 처치하기까지 시간이 오래 걸렸다.

그때 처음 왔던 환자의 바이탈이 점점 불규칙해지기 시작하였고, 결국,

"어레스트! 약물 주사하고 거기 인턴 CPR 하고 간호사들 심장충격기 준비해!"

교수의 소리침과 함께 정신을 차린 지성은 재빨리 환자 앞으로 다가가 심폐소생술을 시작했다. 환자는 20대 초반으로 보이는 젊은 여성이었고, 그 옆에 있는 보호자 역시 비슷한 나이인 것으로 보아 연인관계인 것 같았다.

"의사 선생님, 제발 살려주세요!"

환자의 보호자가 계속 소리쳤고, 지성 자신이 겪었던 상황과 매우 비슷한 이 상황에 잠시 멍해져 있던 지성은 정신을 차리고 최선을 다해 응급조치를 하였다.

"환자 맥박이 정상으로 돌아옵니다!"

다행이 환자의 심장은 다시 뛰기 시작했다. 그러나 이제 시작인 것이다.

"드라이브를 하던 중 트럭에 치인 환자입니다. 우리 인력으로는 수술

할 수 없습니다!"

레지던트가 소리쳤다.

"거기 김 간호사, 최대한 빨리 흉부외과, 정형외과 교수 병원으로 오라고 다시 전화해! 인턴들은 계속 환자 상태 보면서 진정제 투여하고, 바로바로 보고해!"

"이렇게 죽으면 안 돼요…. 전부 내 탓이야…! 제발 살려주세요!"

교수의 외침과 보호자의 울부짖음으로 응급실은 아수라장이었지만 지성의 정신은 점점 아늑해져 갔다. 마치 자신이 겪었던 일이 누군가에게 다시 한 번 일어나는 것을 지켜보는 듯한 느낌이었다.

"김지성! 정신 차려!"

교수의 외침에, 지성은 침착하게 환자의 상태를 지켜보기 시작하였다. 10분, 운이 좋다면 10분까지는 이대로 버틸 것이다. 그러나 그 다음은… 장담할 수 없다.

"정형외과 박 교수님 5분 내로 도착하시니 수술 준비하라고 하십니다! 흉부외과 이 교수님은 15분 정도 걸린다고 합니다!"

간호사가 소리쳤고, 응급실은 간호사의 말 한마디에 바로 수술을 위한 준비를 시작하였다.

이윽고 수술이 시작되었고, 다음 날 환자가 간신히 위기를 넘겼다는 말을 들은 지성은 안도의 한숨을 내쉬었다. 그러나 산소 부족으로 인한 환자의 뇌 손상이 치료될지 여부를 알 수 없다는 말을 듣고 마음이 우울해졌다. 그러나 문제는 지금부터였다.

"다시 한 번 말하지만, 병원비를 지불할 수 없다면, 수술할 수 없습니다."

문이 쾅 닫는 소리가 들렸고, 교수가 계단을 내려가는 소리가 들렸다.

'병원비를 낼 수 없나 보군.'

지성은 자신이 도울 수 없다는 생각에 안타까웠지만 규칙은 규칙이었다. 어떻게든 돈을 마련하는 것은 환자의 몫이었기 때문이다.

그런데 간호사실을 지나가던 지성은 간호사들이 수다를 떠는 것을 우연히 들었다.

"…그래서 응급의학과 교수님이…."

"…환자를 방치했다고?"

갑자기 생긴 엄청난 궁금증에 지성은 바로 간호사실에 들어갔고, 간호사들에게 상황을 물었다.

대강 요약하면 이러하다.

어제 새벽 팔을 다쳤던 환자가 지금 이 병원이 추진하는 큰 사업을 지원하는 고위급 간부의 자제였는데, 그 간부의 말 한마디에 교수가 옆에 있던 응급환자에게 손을 쓰지 않고 그 자제의 팔을 먼저 조치하느라, 옆에 방치되었던 그 환자는, 간신히 위기는 넘겼지만 상태가 훨씬 악화되어서 추가적인 수술이 필요하게 되었는데, 그 환자나 보호자인 남자친구 모두 부모님이 안 계시고 돈을 구하기 어려운 상황이라는 것이다. 그리고 그 사이에 있던 간호사 하나가 죄책감에 병원에 나오지 않았더라는 뒷이야기가 이어졌다.

"그런…."

분노에 찬 지성은 간호사실을 뛰쳐나와 응급의학과 교수에게 전화를 걸었다.

"교수님… 설명을 들어야겠습니다."

"무엇을 말인가?"

"왜 어제, 훨씬 위급했던 환자를 두고 고작 팔에 유리가 박힌 환자를 먼저 봐주신 겁니까?"

"아, 일반 사람이었다면 '고작' 유리 한 조각이겠지. 하지만 그 아이는 고위급 간부의 아들이야. 병원 전체가 그 사람 손짓 하나하나에 흔들리는 판에 당연한 조치 아니겠나?"

"교수님은… 그런 사업 따위가 사람의 목숨보다 중요하다는 말입니까?"

"목숨이라니… 결국 그 응급 환자도 살려내지 않았나?"

"하지만 그들은 수술을 위한 추가 비용을 감당할 수 없습니다…! 그때 좀 더 빨리 적절한 조치를 했다면…!"

"그것은 내 알 바 아니네. 난 내가 할 수 있는 한 가장 합리적인 결정을 했을 뿐이네."

지성은 더 이상 들을 수가 없어 통화를 종료해 버렸다. 이 짧은 통화로 인해, 교수에 대한 신뢰가, 그리고 그가 있던 병원 전체에 대한 신뢰가 바닥나 버렸다. 자신의 판단으로 인해 환자를 위기에 빠뜨려 놓고 그것을 정당화하려는 교수, 그리고 그것을 알고도 묵인하는 병원, 이 병원은 환자보다 사업을 더 중요시 하는가? 아니, 이런 병원이 이곳뿐이 아니라면? 여러 가지 생각들이 그의 머리를 어지럽혔다.

지성은 이러한 상황에 대한 반항심에, 그리고 왠지 모르게 생기는 그 환자에 대한 연민에, 여러 방면으로 도울 수 있는 방법을 알아보았지만 그들에게 손을 내밀어 주는 곳은 없었고, 상황은 결국 그 환자의 사망으로 종료되었다.

그렇게 지성의 타오르려는 한 줌의 열정은, 다시 차갑게 식어버렸다.

지성은 이러한 상황에서 아무것도 할 수 없었던 자신에게 너무나 큰 무력감을 느꼈고, 허무함이 일렁이기 시작했다.

환자가 사망한 바로 그 다음 날. 지성이 병원 일에 집중하지 못하는 것은 당연했다. 그저 삶이 너무 고달프고 또 너무 힘들었다. 그래서였을까. 그날따라 자신의 친구들이 너무 보고 싶었다. 대학 봉사에서의 사건이 있고 난 후 지성을 진심으로 위로해주고 격려해주던 친구들이 너무 그립고 또 보고 싶어 견딜 수가 없었다.

'정혁이와 인수. 내 소중한 친구들이 있었기에 지금의 내가 있는 것이 아닌가. 친구들이… 친구들이 보고 싶다.'

지성은 이런 생각이 들자마자 곧바로 휴대폰을 집어 들고 친구들에게 너무 힘들다고, 술이나 한잔 마시자고 전화를 걸었다.

'하… 역시 혼자 마시기엔 너무 쓰네.'

술집에 가장 먼저 도착한 지성은 곧바로 술을 주문하고 컵에 따라 들이켰다.

딸랑딸랑.

문이 열리는 소리가 들리고 먼저 인수가 도착했다.

"지성아! 와 진짜 오랜만이다."

지성을 보자마자 인수는 반갑게 달려들었다.

"최인수 너, 잘 지냈냐?"

인수를 본 지성도 너무나 반가워 당장 친구의 안부를 물었다.

"나야 뭐 하루하루 똑같이 지내지. 너는… 표정 보니까 물어 볼 필요도 없겠다. 엄청 힘들어 하는 게 눈에 보인다 보여."

"하하… 힘들다. 의사란 게 이런 거였냐?"

"또 어떤 놈이 우리 지성이를 요렇게 힘들게 할까?"

"그게…."

그때였다.

딸랑딸랑. 다시 한 번 문이 열리는 소리가 나더니 정혁과 그의 동생 정효가 들어왔다.

"어 정혁이다. 이제 오네? 진짜 반갑다. 정효도 왔구나?"

"정혁아! 여기야. 이리로 와. 정효도 오랜만이네."

"오빠들 안녕!!"

"야 너네들 엄청 오랜만이다. 다들 잘 지냈냐?"

그렇게 오랜만에 만난 반가움을 서로에게 푼 뒤 술자리를 시작했다.

술을 마시며 적당히 분위기가 오르자 지성은 술기운에 기대어 드디어 자신이 하고 싶은 푸념을 늘어놓기 시작했다.

"크… 의사로 살아간다는 게 너무 힘들다."

이 말로 시작하여 환자의 죽음에 자신이 아무것도 할 수 없었다는 무력감, 그런 환자를 방치하고 환자의 건강이라는 본래의 목적보다 병원을 하나의 회사로 생각하며 사업을 중시하는 교수. 친구들은 지성의 이야기를 귀 기울여 들어주었다.

지성이가

"내 자신이 너무 무기력하게 느껴진다."

라는 말로 자신의 고민을 끝마치자 인수가 말했다.

"그래. 그런 일이 있었구나. 요 며칠간 얼마나 힘들었을지, 너의 심정이 이해가 가는 것 같다."

"하지만 그건 오빠 잘못이 아니잖아! 오빠는 오빠 나름의 최선을 다했잖아. 그니까 오빠가 이 일에 대해 죄책감을 가질 필요는 없다고 생각해! 오빠는 아직 인턴이라고….”

“그렇다고 내 책임이 없어지는 건 아니야. 강압적이긴 했지만 그 환자를 맨 처음 맡은 건 나였어. 만약 내가 그 상황에서 고위 간부의 아들보다 그 환자의 상황이 더 심각하다는 것을 좀 더 강하게 주장했더라면 이런 결과를 초래하지 않을 수도 있었어.”

그렇게 지성이가 자신의 무력감에 대해 자책하고 꾸짖을 때였다.

“김지성! 과거에 있었던 일에 대해서 그렇게 ‘만약에, 만약에,’ 하면 네가 망가질 수가 있어. 그리고 나는 그렇게 되기를 바라지 않아. 우리가 지금 네 고민을 해결해 줄 순 없지만 과거보단 미래를 보는 게 좋지 않을까? 물론 지금은 환자 한 명도 살리지 못한 무능력한 의사라고 자책하지만 그렇다고 여기서 주저앉으면? 네가 미래에 살릴 수 있는 많은 사람들을 배신하는 거야. 나는 네가 그렇게 되기를 바라지 않아. 물론 여기 있는 인수도. 그리고 정효도.”

“맞아! 오빠 좀 더 긍정적으로 생각해.”

“그래 지성아. 이건 인턴이 고민을 갖는다고 해결할 수 있는 문제도 아니잖아. 네가 얼마나 힘들게 여기까지 왔는데? 네가 그런 지나간 과거 때문에 주저하면 안 된다고 생각해. 그게 주희를 위한 일이라고 생각한다.”

“하지만 아무리 미래를 바라본다 해도 내가 그 환자의 죽음에 어느 정도 책임이 있다는 건 어쩔 수 없는 사실이야. 주희는… 주희가 내 옆에 있었다면 내가 직시해야만 하는 일에서 눈을 돌렸다면 도망치지 말라고 핀잔을 줬을 거야.”

이 말을 끝으로 지성과 그의 친구들은 아무 말도 할 수 없었다. 주희를 떠올린 지성의 눈에 눈물이 고여 있었기 때문이었다.

그렇게 몇 병의 술을 더 마신 뒤 술자리는 끝이 났다. 지성은 친구들과 인사를 나누었지만, 지성이의 고민은 명확한 해결을 못낸 채 하루가 지나갔다.

그 후로는 지루한 일상이 반복될 뿐이었다.

몇 달 후 인턴 과정을 모두 끝마친 지성은, 흉부외과 레지던트 코스를 밟은 후, 전문의가 되었다. 그러나 의사라는 직업에 대한 그의 열정은, 주희의 죽음과, 인턴 과정에서 본 선배 의사들의 타락한 모습을 통해, 이미 바랠 대로 바래진 상태였다.

전문의가 된 후, 지성은 군의관 신분으로 군대에 입대하게 되었다. 매일 훈련 중에 가볍거나 큰 부상으로 다쳐서 자신을 찾아오는 군인들을 보며 짜증이 났고 점점 자신의 의료 생활에 회의감이 들기 시작했다. 이윽고 정말 심각한 부상이 아니면 환자들에게 대충 약만 발라주고 넘어가는 상황에 이르렀고 비록 그에게 대놓고 말하지는 않았지만 일반 병사들 사이에서 그에 대한 불만은 하늘을 찌를 듯 했다.

지성 또한 그것을 알고 있었지만, 별로 대꾸하고 싶지도 않았고, 그저 이 지긋지긋한 군 생활이 빨리 끝났으면 할 뿐이었다.

그로부터 몇 년이 지났다.

어느 날이었다. 전역이 얼마 남지 않았지만 아무 감흥도 없이 보내던 중에, 여러 곳을 건너서 그에게 급히 전화가 걸려왔다.

"김지성 씨 맞으십니까? 아버지께서 위독하시니 빨리 H대학병원으로 와주시기 바랍니다."

"뭐라고요? 무엇 때문에요?"

"…."

전화는 일방적으로 끊긴 상태였고, 지성은 사정을 설명한 후 급히 가까운 공항으로 가서 최대한 빠른 비행기로 아버지가 근무하시던 H대학병원으로 향했다.

"아버지…."

지성은 비행기에서 아버지에 대해 생각했다.

흉부외과의 권위 있는 교수였던 아버지, 어머니를 잃고 슬픔으로 사셨을 아버지, 병원 일에 바빠서 다른 많은 것들을 희생해야 했던 아버지….

비행기는 생각보다 빨리 인천국제공항에 도착했고, 지성은 택시를 잡아 바로 H병원으로 갔다.

지성의 아버지는 코마 상태였고, 그 방에는 여러 의사들이 있었다.

어릴 적 지성과도 안면이 있었고, 그가 트럭에 치어 위급했을 때 그를 살리는데 일조하였던 전문의 최 교수가 그를 불렀다. 그는 X대학병원에 재직해 있다가 몇 년 전 지성의 아버지가 있는 H대학병원으로 옮겨왔었다.

"사실은, 몇 개월 전 나의 제안으로 너희 아버지가 건강검진을 받았는데, 식도암 판정을 받았었다. 이미 다른 장기로 퍼진 상태였고, 치료를 받는다고 해도 엄청난 비용이 들고 완치 여부도 장담할 수 없는 상황이었지. 너희 아버지는 치료를 받지 않고 아무에게도 알리지 않기를 원했었다. 이제 말해서 미안하다…."

"지금 그게… 미안하다는 말로 해결될 문제입니까??"

지성은 분노에 차서 소리쳤다.

그때, 지성의 아버지가 갑자기 발작을 일으켰고, 점차 심장 기능이 정지되어 가기 시작했다.

"더 이상 손쓸 수 없습니다…. 죄송합니다."

의사들은 같은 말만 반복할 뿐이었다.

"김현철 교수님, 21시 18분 사망하였습니다."

어떤 의사의 차가운 선고가 들렸고 지성은 분노에 차서 그 의사를 쳐다보았으나, 사실 그 의사도 지성의 아버지의 후배였고, 간신히 울음을 참고 있는 듯 보였다.

"아버지가 전해 달라고 하였다."

최 교수가 그에게 편지를 쥐어 주고 떠났다.

편지의 내용은 이러하였다.

"말도 없이 가게 되어 미안하구나…. 지금 내 상태로는 길게 못 쓰겠다…. 좋은 의사가 되거라."

"좋은 의사? 평생 다른 사람만 고쳐주다가 정작 자신을 못 고쳐서 죽어가는 게, 그런 게 좋은 의사라면, 다 집어치워!"

지성은 분노에 차서 뭐든지 닥치는 대로 집어 던졌고, 그가 진정하기까지는 오랜 시간이 걸렸다.

한때는 사이가 좋지 않았지만, 결국 존경하게 되었고, 또한 하나의 인간으로서 연민을 갖게 되었던 자신의 아버지가 이제는 이해가 되지 않았다. 그와 동시에 의사라는 직업에 대한 증오 또한 깊어질 수밖에 없었다.

결혼도 하지 않은 젊은 나이. 고작해야 30대 초반의 그에게, 기억도 나지 않는 어머니의 죽음과, 여자 친구의 죽음, 그리고 아버지의 죽음까지… 이것은 그의 정신을 흔들어 놓기에 충분했다.

이렇듯 지성이가 심적으로 많은 방황을 했지만 최 교수의 도움으로 아버지의 장례식을 치를 준비를 할 수 있었다. 최 교수의 말로는 아버지께서 돌아가시기 전에 미리 임전준비를 하고 계셨다고 했다.

장례식을 치렀다. 첫날은 어떻게 지나갔는지도 모르게 정신없이 지나갔다. 둘째 날에도 아버지의 직업과 명성, 그리고 아버지의 인자한 성격 때문인지 정말로 많은 조문객이 오고 갔다. 그들은 한 명도 빠짐없이 아버지의 죽음을 진심으로 애도하고 슬퍼해주었다. 아버지 때문에 새로운 삶을 시작할 수 있었다고 지성이에게 고맙다고, 정말 고맙다고 인사하는 분들도 몇몇 계셨다.

하지만 지성은 그런 조문객들의 모습에 오히려 부정적인 생각만 더 들었다.

'살아 생전에 그렇게 힘들게만 사시다가 돌아가시고 나서야 이런 대접 받으면 뭐해? 이런 게 의사라면… 차라리 안 하는 게 나아. 대체 왜 우리 아버지는 이렇게 자신을 희생하면서 사신 걸까? 사람을 살린다는 게 자신의 모든 것을 포기할 만큼 가치 있는 일이었던 걸까?'

이런 생각으로 머릿속이 복잡해질 때쯤이었다.

"지성아, 나 왔다. 많이 힘들어 보인다. 괜찮냐?"

갑자기 들려오는 반가운 목소리에 지성은 크게 놀라며 바로 고개를 올렸다.

"서정혁… 너도 왔구나…."

"네 친군데 당연히 와야지. 정효랑 인수도 같이 왔어. 곧 들어올 거야. 힘들었지? 우리가 내일까지 있어줄게. 잠깐 문상 좀 드리고."

"그래."

그렇게 정혁이 문상을 드리고 일어서는데 정효와 인수도 들어왔다.

"지성아, 많이 힘들었지? 이제 걱정 마라. 우리가 왔으니까."

"지성이 오빠. 얼마나 힘들었을까…. 오빠 힘내야 돼. 우리가 있잖아."

"하하… 고맙다."

그렇게 세 명 모두 문상을 드리고 난 뒤 장례식 일을 도와주었다. 어찌어찌해서 이틀째가 가고 늦은 밤이 되었다.

"오빠, 좀 쉬어. 그렇게 계속 있으면 몸 상해. 와서 밥 좀 먹고. 지금은 손님도 별로 안 계시니까 얼른 방에 가서 눈 좀 붙여둬. 나머지 정리는 우리가 할게."

"그래, 지성아. 너 오늘 아무것도 안 먹었지? 얼른 와서 밥 좀 먹어. 우리가 보기 안타까워서 그래."

"알았어. 먹을게."

그렇게 지성과 인수, 정혁, 그리고 정효는 한 식탁에 앉아 함께 밥을 먹었다. 밥을 다 먹은 후 약간의 술을 마시다가 갑자기 정혁이 입을 열었다.

"하… 의학계의 큰 별이 이렇게 지셨구나."

"그러게 말이다. 내가 엄청 존경하는 분이었는데….."

지성은 이런 친구들의 대화를 듣고 잠깐 동안 생각에 잠긴 듯 뜸을 들이다가 친구들에게 자신의 생각을 털어놓기 시작했다.

"얘들아…. 너희가 보기에도 우리 아버지가 존경스럽냐?"

"무슨 당연한 소리를? 한국 의학계에서 너희 아버지 성함을 모르는 의사는 전국에 한 명도 없을걸?"

"하지만…, 내가 보기에 우리 아버지는 전혀 행복한 삶을 사시지 않으셨어. 나를 낳고 어머니가 돌아가신 뒤 나를 키우느라 고생하며 사셨고,

평생을 자신의 행복보다 환자의 행복만을 바라보며 사셨지. 물론 그만한 명성은 얻을 수 있었겠지만… 우리 아버지는 정말로 행복하셨을까? 행복하지 않았더라면… 의사라는 직업을 하지 말았어야 했던 거 아닐까?"

"……."

지성의 고민의 흔적이 담겨있는 질문을 들은 정혁이와 인수, 그리고 정효는 잠시 동안 아무 말도 할 수 없었다.

말문을 연 건 정효였다.

"오빠! 계속 그런 쓸데없는 생각이나 한 거야?"

정효는 정말 화가 난 듯 격하게 말을 했다.

"뭐? 쓸데없는 생각? 내가 지금 얼마나 고민하고 있는지 알기나 해?"

지성도 이에 질세라 격분하며 맞섰다.

"아니, 몰라! 근데 알고 싶지도 않아. 내가 알기로 지성 오빠의 아버지는 평생 환자들을 위해 헌신하셨고, 또 거기서 큰 보람을 느껴가며 사시는 분이셨어. 항상 자신을 희생해서 환자들을 살리고! 환자들이 한 명 한 명, 자신의 손에 의해 새로운 삶을 살아갈 수 있을 때마다 그 곳에서 오는 보람과 기쁨 때문에 행복할 줄 아신 내가 정말 존경하는 분이야!! 그런데 왜 오빠가 그걸 몰라주는 거야? 행복하셨을까? 당연히 행복하셨지!"

이 말을 들은 지성은 잠시 아무 말도 할 수 없었다.

"……."

"지성아."

인수가 지성이를 불렀다.

"물론 나는 자세히 알지 못하지만 너에게 많은 신경을 써주지는 못하셨을 거야. 하지만 환자를 돌보는 일에 행복감을 못 느끼지는 않으셨을 거야. 행복하지도 않은 일에 자신을 희생하기는 불가능한 법이잖아."

"……."

"자, 그만! 얘들아 지성이 좀 쉬자. 지성이 오늘 한숨도 못 잤어. 자, 지성아, 빨리 방으로 들어가서 자."

정혁이 밀어내는 통에 지성은 정효와 인수에게 할 말을 생각하지도 못한 채로 방에 떠밀려 들어갔다.

그날 밤 지성이는 매우 피곤했지만 잠을 잘 수가 없었다. 정효와 인수가 한 말 때문이었다.

'그래, 내가 너무 감정적으로만 생각했던 것 같아…. 아버지는 행복하셨겠지…. 하지만… 그렇다고 아무 말 없이 가신 아버지를 용서할 수 있는 건 아니야…. 병원이라는 가치 때문에 자신과 가족을 포기한 거니까.'

그렇게 기나긴 밤이 지나가고 장례 셋째 날이 되었다.

셋째 날도 첫째 날처럼 정신없이 지나갔다. 하지만 지성은 정혁과 인수, 정효의 도움으로 셋째 날의 모든 일정을 모두 마칠 수 있었다.

장례식이 끝나고 정리를 하고 있는 지성에게 정효가 접근했다.

"저기… 오빠."

"어, 정효야. 왜?"

"어제 나 때문에 많이 화났지? 내가 순간 정신이 없었나 봐."

"아니야, 어제 누워서 너랑 인수가 했던 말에 대해서 많은 생각을 했어. 물론 아무 말 없이 가버리신 아버지를 아직은 이해할 자신도 없고, 용서할 자신도 없지만, 무작정 아버지가 나쁘다고만 생각하는 건 확실히 아니라고 생각해. 조금 더 고민을 해 봐야겠지만."

지성은 속으로는 아직 아버지에게 풀리지 않은 화도 있었고, 의사에 대한 회의감도 남아 있었지만, 정효가 걱정하지 않게 적당하게 둘러댔다.

"정말이지? 정말 화 안 났지?"

"그렇다니까"

"헤헤… 다행이다. 난 또 오빠가 우리가 한 말 때문에 머리만 더 복잡할까봐 걱정했거든. 아 맞다. 오빠!"

"응?"

"이제 곧 깜짝 놀랄 일이 생길 거야."

"깜짝 놀랄 일? 그게 뭔데?"

"아직은 몰라도 돼."

정효는 의미심장하게 웃으며 대답을 회피했다.

그렇게 길었던 장례식이 끝났다.

며칠 후면 전역이었기 때문에 곧바로 군에 복귀한 지성은, 며칠 뒤 전역하고 아버지와 자신이 함께 살던 집으로 돌아왔다.

여전히 집 안 창고에는, 의료 봉사에 갔다 와서 풀지 않은 짐이 그대로 들어 있었다. 지성은 차마 아버지의 방을 정리하지 못했는데, 그가 남긴 마지막 흔적을 정리할 때 느껴질 외로움과 고독감을 감당하지 못할 것 같았기 때문이다. 의료 봉사에서의 짐을 정리하지 않는 이유도 주희의 흔적을 정리하기 두려워서였다. 또한 지성의 마음 속에는 여전히 의사에 대한 불신, 의사라는 직업에 대한 회의감, 의사를 하면서 느낀 무기력감 등이 강하게 남아 있었고, 그는 갈수록 의사라는 직업에 대한 회의감에 사로잡혀 갔다.

거울

추위에 떨어 본 사람이라야 태양의
따스함을 진실로 느낀다.
굶주림에 시달린 사람이라야 쌀 한
톨의 귀중함을 절실히 느낀다.
그리고 인생의 고민을 겪어 본 사람
이라야 생명의 존귀함을 알 수 있다.

– 월트 휘트먼

의사라는 직업에 대한 회의감에 사로잡힌 지성, 그러나 그가 지금껏
배워온 일은 그것뿐이었기에 일단 그는 최 교수의 제안을 받아 아버지가
있던 H대학병원에 페이닥터로 취직했다.

과연 그에 대한 병원 전체의 기대는 대단했다. 처음에는 조용조용히
월급이나 받고 살려 했지만 어찌된 것인지 어느샌가 자신이 김현철 교수
의 아들이라는 소문이 온 병원에 퍼져 있었다. 흉부외과 전문의로서 전국
에 명성이 알려진 김현철 교수의 아들이라 하니, 그러한 기대는 어쩌면
당연한 것이었다.

김지성도 처음에는 새로운 환경과 사람들의 시선을 의식하고 맡은 바
최선을 다해 수술을 집도하고 환자들의 상태를 체크했다. 그러나 이미 그
의 온몸을 사로잡은 무기력감을 물리치기에는 역부족이었다. 곧 그는 다
시 예전 군의관 때처럼 회의감에 젖어 하루하루를 보내기 시작했고, 그에
대한 교수들과 간호사들, 그리고 아울러 병원 전체의 기대감은 점점 낮아
지기만 하였다.

어느 날, 병원장이 직접 지성을 불렀다.

"자네가 김지성인가?"

"예. 그렇습니다."

왜 그가 자신을 불렀는지 대충 눈치 챈 지성은 덤덤하게 대답했다.

"자네에 대한 소문은 익히 들었네."

"…."

"자네의 최근 실적과, 특히 태도를 보면, 차라리 자네같이 일하는 전문의보다 열심히라도 일하는 인턴이 더 나을 정도야."

"…."

"왜 우리가 자네를 해임하지 않는지 아나? 자네의 안위는 아무 문제가 되지 않지만, 자네 아버지의 명성을 존중하고 싶기 때문이네. 이런 식으로 일을 할 거면 차라리 다른 직업을 찾아보는 게 어떤가?"

"…고려해 보겠습니다."

"이것은 자네에게 베푸는 마지막 인간적인 충고이네. 이만 가 보게."

다음 날 병원에 출근하니, 병원장이 지성을 불러 대화를 나눴다는 사실이 병원 전체에 퍼져 있었고, 심지어 몇몇 부서에서는 김지성이 사임한다는 소문이 퍼져 있었다.

이 소문은 당연히 최 교수의 귀에도 들어갔고, 그는 김현철 교수가 아끼던 그의 아들이 이런 식으로 몰락하여 가는 것을 가만히 두고 볼 수만은 없었다.

"자네 대체 이러는 이유가 뭔가?"

최 교수는 지성을 불러 물었다.

"의사라는 직업은 이제 진저리가 납니다."

지성은 당연하다는 듯이 말했다.

"왜 그렇지? 자네는 그렇다면 왜 의대에 진학했던 거지?"

"당시에는 아버지, 넓게 말하면 의사라는 직업이 존경스러웠습니다. 자기 자신을 희생하여 다른 사람을 돕는다… 이보다 더 가치 있는 직업이 있을까 싶었습니다. 그런데 그게 다 무슨 소용입니까? 제가 지금껏 본 의사들 중 몇몇은 자신의 이익만 추구하는, 환자들을 보호해야 할 대상이 아니라 돈으로만 인식하는, 그런 사람들이었습니다. 물론 그렇지 않은 의사도 있었지요. 그런데 그게 다 무슨 소용입니까? 생판 처음 보는 사람들을 치료하느라, 정작 자기 자신의 여가와, 사랑과, 많은 것들을 희생하고, 정작 자기가 지키고 싶어 하는 것들은 지키지 못하고, 심지어 자기 자신도 지키지 못하고 죽고 마는데!"

순간적으로 지성은 감정이 북받쳤고, 어느새 눈물을 흘리고 있었다.

"자네 아버지가 불행했었다고 생각하나?"

최 교수는 흔들림 없이 물었다.

"예. 자신의 직업 때문에 소홀하여 어머니를 잃고, 비록 노력은 하셨지만 자기 자식과도 많은 시간을 함께하지 못했고, 자신마저 지키지 못했…."

순간 날아온 최 교수의 손바닥에, 지성은 말을 다 맺지 못하였다. 의사에 대한 반감이 어느새 아버지에 대한 반감으로까지 번지고 있다는 것을 깨달은 지성은, 자신이 큰 실수를 했다는 것을 깨달았다.

"그렇게 살았던 자네 아버지의 마음은 생각해 본 적 있나?"

"…."

"물론 자네 아버지도 아내를 잃고 많이 힘들어했지. 그렇기 때문에 자네를 강하게 기르려 하기도 했지. 그런데도 그가 의사 생활을 계속 이어나간 이유는 사명감이 있었기 때문이지."

"…."

　주변에 아무도 없이 둘만 남게 되자, 최 교수는 지성에게 조금 더 부드러운 말투로 말하기 시작했다.

　"너의 아버지도 의대생 시절 너와 똑같은 고민을 했었어. 이익을 추구하는 의사와 진정 환자를 위하는 의사. 그 둘을 보며 나와 함께 많은 생각을 했지. 그리고 결론을 내렸지. 진정으로 사회에 봉사하며 아픈 사람들을 돌보기를 원한다면, 자신의 안위나 자신이 원하는 것 중에서 일부를 내려놓아야 한다는 것을."

　"…."

　"물론 지금 네가 힘들다는 것은 알아. 하지만, 네가 의대생 시절 원했던 그러한 의사가 되려면, 자기 자신을 내어줄 줄도 알아야 해."

　최 교수의 말을 듣고 당황한 지성은 잠깐 동안 생각한 뒤 무언가를 깨달은 듯 말했다.

　"그럼 아버지가 암 치료를 하지 않으신 이유가…."

　"선배님은 치료를 해도 완치 여부를 장담할 수 없는 상태였어. 아니 오히려 실패할 확률이 높았지. 또, 치료를 한다 해도 엄청난 돈이 들고, 너를 포함한 주변 사람들에게 폐만 끼치게 될 상황이었지. 그래서 선배는, 남은 시간 동안 더욱 자신의 환자들의 치료에 열중하였지. 자신의 건강을 포기하고."

　"…."

　"부디 선배님의 깊은 뜻을 깨닫길 바라."

　최 교수는 그에게 열흘간의 휴가를 주었다. 어차피 그가 병원에서 하던 일은 거의 없었으므로, 아무도 이의를 제기하지 않고 그저 사임의 절차 정도로만 생각하였다.

집에 들어온 지성은 소파에 앉아 생각에 잠겼다.

자기 이익만 추구하는 의사들, 그리고 자기 자신을 희생하는 의사들…. 이 두 가지 전혀 다른 인간상이 머릿속에서 빙빙 돌았다.

언젠가 TV에서 들었던 말이 생각났다.

"요즘 학생들이 전문직이고, 돈을 많이 번다는 이유로 의대를 많이 지망합니다. 그러나 실제로 의사라는 직업은 환자를 위해서라면 뭐든지 할 수 있는, 그런 사명감을 가지고 임해야 하는 고된 직업입니다."

어느 직업 소개 프로그램에서 의사의 인터뷰 중 일부였던 것 같은데, 그 말이 머릿속에 계속해서 울렸다.

"사명감…."

지성은 무엇인가 생각난 듯 자리에서 벌떡 일어나, 아버지의 방에 들어갔다. 더 이상 두려움은 없었다. 이 엄청난 무기력감을 해소하기 위해서는, 무엇인가라도 자극이 필요했다.

남자 혼자 생활하던 방, 그리고 이제는 아무도 쓰지 않는 방이라 약간의 삭막함이 들었다.

지성은 천천히 아버지의 옷가지나 소지품 등을 정리하기 시작하였다.

아버지의 인생에 대해서 곰곰이 생각하면서 물품들을 정리하던 중, 아버지의 낡은 옷장이 눈에 띄었다. 결혼할 적에 샀던 물건일 것이다. 다른 가구들은 한 번씩 교체해서, 그럭저럭 쓸 만하였지만 이 옷장은 더 이상 쓸 수 없을 것 같았다. 아니, 아버지 자신도 최근에는 그 옷장을 거의 사용하지 않아, 자리만 차지하고 있는 듯하였다.

옷장을 치우려고 들어 올려 한쪽 구석으로 밀어 넣는 순간, 무엇인가가 지성의 눈을 사로잡았다.

문, 문이었다. 옷장 뒤에 숨겨진 문이 있었다.

어떻게 이런 걸 모를 수가 있었지? 하는 생각으로 지성은 문을 열었고 문은 굉장히 삐걱거리며 서서히 열렸다.

아아, 낯익은 풍경이었다.

사진으로 몇 번이나 봤었던, 점점 배가 불러오던 엄마와 아버지가 안방에서 찍었던 그 사진이, 당사자 둘만을 제외하고 그곳에 고스란히 재현되어 있었다.

창고로 쓰이기 위해 만들어졌을 법한 그 방은, 의외로 여러 가지 가구들이 들어갈 수 있을 정도였고, 그것들은 모두 아버지가 어머니와의 결혼 생활 때 썼던 가구들이었다.

벽에는 아버지와 어머니의 여러 사진들이 걸려 있었다. 오랫동안 쓰지 않은 방 치고는 먼지가 없는 편이었다. 아버지께서는 가끔씩 이곳에 들어와 청소를 하셨던 것일까. 이곳에서 어머니를 그리워하셨던 걸까.

어느새 지성은, 눈물을 흘리고 있었다. 태어난 이후, 아주 오랜만에 맡아보는 어머니의 향기 때문이었을까. 감정이 북받쳐 올랐다.

아버지도 결국은 인간이었다. 의사로서 누구보다도 헌신적인 삶을 살았지만, 그로 인해 잃은 행복을, 적어도 이 방에서만큼은 유지하고, 또 기억하고 싶었던 것이다.

그중에서도 유독 눈에 띈 건 아버지의 일기장이었다.

그중에 눈에 띄는 내용들을 읽어 보았다.

- 여보, 당신이 가 버린 지도 한 달이 지났어. 당신과 함께 있던 시절을 항상 기억하기 위해 이 방을 만들었어. 나를 위해서, 그리고 언젠가 당신을 그리워하게 될 우리 아이를 위해서. 마음에 들어?

아들의 이름은 지성으로 지었어, 김지성. 당신이 마음에 들어 하던 이름이지. 내가……. 잘 키울게.

- 여보, 오늘 지성이 학교에서 사고가 있었어. 지성이 친구가 지성이한테 엄마가 없다고 놀렸더라. 내가 학교로 찾아갔는데 그 아이 부모님까지 엄마가 없다고 막말을 하더라. 결국 참지 못하고 나도 사고를 쳐버렸어. 어린 아이같이….

여보… 당신이 없어서 너무 힘드네…. 앞으로 지성이가 이런 말을 들을 수 없게 좀 더 완벽한 아버지가 돼야겠어. 응원해줘.

- 내가 뭘 잘못하고 있는지 모르겠어. 계속 지성이와 사이가 틀어지고 있어. 난 항상 그 애를 위했을 뿐인데…. 내가 잘못한 걸까?

- 지성이를 지켜 줘서 고마워. 당신이 아니었다면, 정말 지성을 잃었을지도 모르겠어….

- 지성이가, 바라던 의대에 합격했어! 정말 잘 된 일이야. 내가 옆에서 많은 것을 가르쳐줄 수 있겠지?

- 지성이가 벌써 여자 친구를 사귀었어! 마치 예전의 당신과 나를

보는 것 같아….

　- 지성이가 학교에서 하고 있는 의료봉사 동아리에서 해외로 봉사를 나간다고 해. 진정한 의사가 되어 가는 것 같아 기쁘지만 한편으로는 조금 걱정되기도 해. 별 일 없겠지?

　- 봉사지에서 전염병이 돌고 있대. 몇몇 동료들은 귀국했지만 지성이랑 지성이의 여자 친구는 아직 그곳에 남아 있어. 무사하기를 빌어 줄래?

　- 지성이가 부쩍 말수가 줄고 요즘 계속 무기력해. 아마 그때 그 일 때문이겠지…. 그 심정은 나도 잘 알기에 도와주려고 하지만 잘 되지 않네…. 어떡하지?

　- 여보, 나 오늘 식도암 판정을 받았어. 치료가 힘들지도 모르겠대. 다른 건 다 상관없지만 지성이가 마음에 걸려서 차마 말을 못하겠어….

　- 이제 이곳에 올 기회도 없을 것 같아…. 지성이가 언젠가 이 방을 발견한다면 나처럼 당신을 그리워할까?

일기는 마지막 몇 장을 비워둔 채 이렇게 마무리되고 있었다.

지성은 아버지가 이 일기장을 일부러 남겨뒀음을 깨달았다. 그리고 지금까지 아버지가 잘 표현하시지 않았던 사랑에 대해 다시 한 번 깨달을 수 있었다.

'사랑…. 아버지의 어머니에 대한 사랑…, 나에 대한 사랑….'

지성에게 사랑이라는 단어는 마치 오랜만에 들어본 듯 매우 낯설게 다가왔고, 낯설지만 또한 매우 강렬하게 다가왔다.

지성은 그 방을 나와 안방을 다시 정리하기 시작했고, 무척이나 심란한 듯 보였다.

이윽고 방을 다 정리하자, 지성은 천천히 방에서 나와 다시 소파에 걸터앉았다. 그리고 잠시 뒤, 마음을 정리한 듯, 다시 일어나 창고 쪽을 향해 발걸음을 옮겼다.

창고에는, 그가 해외 의료 봉사를 다녀온 직후 던져놓은 짐들이 그대로 있었다. 지성은 그것들을 전부 꺼내서 필요한 것들을 정리하기 시작했다. 동료들의 부재 속에서도 꿋꿋이 봉사를 했었던 기억, 그리고, 지금까지 피하고만 싶었던, 주희에 대한 추억이 지성을 덮치는 듯했지만 지성은 굳은 결심을 한 듯 말없이 짐을 정리하였다.

옷가지들이나 다른 큰 짐들은 모두 정리하고, 잡동사니를 넣어 두던 마지막 가방만이 남았다.

그리고 그 가방에는, 주희의 물품들이 가득했다.

지성은, 그리웠던 그 냄새와, 자신을 덮쳐오는 외로움에, 참았던 눈물을 흘리고 말았다. 하나하나 꺼내면서 그때의 추억을 회고하고, 마음에 담아두었다.

물품들을 다 정리할 즈음, 가방 밑바닥에 무언가 놓여 있었다. 편지였다.

'주희 건가?'

라고 생각하며 편지를 집어 드는 순간, 지성은 다시 한 번 큰 충격을 받았다.

'지성이에게'

라는 글자가, 주희의 글씨체로 쓰여 있었다.

　지성은 떨리는 손으로 조심스럽게 편지를 펼쳤다.

　　지성이에게

　　이 편지를 지금 네가 보고 있다면, 나는 이미 이 세상에 없다는 뜻이겠지. 떠나가는 나를 보고 있을 너는 얼마나 마음이 아플까…. 정말… 미안해….

　　하지만, 내가 이 편지를 남기는 이유는 단순히 나를 기억해달라는 의미가 아냐. 너에게는 많이 고통스럽겠지만… 우리가 함께했던 추억들… 언젠가 마음의 준비가 되면 모두 잊었으면 해. 나는 네가 나라는 존재 때문에 남은 인생 내내 발목을 잡혀서 불행해지는 것은 원치 않아. 나는 너의 무기력한 모습보다, 더욱 행복해지는 모습을 보고 싶어. 그리고 나중에 진정으로 행복해졌을 때, 한때의 아련한 추억으로만 나를 기억해 줄래?

　　나는 이제 떠나지만, 너는 계속 이 세상에 남아서, 내 몫까지 열심히 노력해 줬으면 좋겠어…. 우리가 함께 하고자 했던, 사람들을 돕는 일… 너에게만 맡기고 가게 돼서 미안해….

　　사랑해….

편지에는 눈물 자국으로 범벅이 된 곳도 있었고 , 여러 번 쓰고 지운 흔적도 보였다. 편지를 쓰면서 주희가 얼마나 가슴이 아팠을지 지성은 상상도 할 수 없었다.

'함께 하고자 했던 일…. 사람들을 돕는 일….'

편지의 단어들과 봉사 이후 자신의 생활이 차례차례 떠올랐다. 편지를 조금 더 빨리 발견했더라면 어땠을까 하는 후회감과, 지금까지 자신이 해왔던 일들을 주희가 만약 보고 있다면 뭐라고 했을까 하는 생각에 지성은 견딜 수가 없었다.

'주희는 이렇게 떠나기 직전까지도 우리가 함께하고자 했던 일들을 잊지 않았는데… 나는 뭘 하고 있었지?'

지성은 후회 속에 잠긴 채 몇 시간 동안 자신이 그동안 밟아 온 삶의 길을 되돌아보았다. 어느새 지성의 눈빛은 대학교 초기의 그 열정적인 눈빛으로 돌아가 있었다. 지성은 서둘러 남은 짐을 정리하였고, 정리하던 도중 주희가 자신의 부모님께 쓴 편지 하나를 더 발견하고 챙겨두었다.

'가자, 내가 있어야 될 곳으로. 내가 가야만 하는 장소로.'

지성은 이런 결심을 하였다. 그러나 그 전에 마무리 지어야 할 일이 있었다.

먼저 지성은 주희의 부모님을 찾아갔다. 그 사건 있고 나서 장례식을 치른 이후 찾아뵙질 못했었다.

"어이구 지성이 아니야? 어서 들어와."

주희의 집은 처음이었다. 주희의 부모님은 의외로 반갑게 지성을 맞아 주셨다.

"저……. 사실 부끄럽지만 해외봉사에 갔다 왔을 때 가져온 짐을 이제 정리했는데…… 이런 게 안에 있었어요."

이미 예상하고 있었던 듯 편지를 받아 든 주희의 부모님의 표정은 무덤덤한 듯했지만, 편지를 받아 든 손이 떨리고 있었다.

"…이제라도 가져다 줘서 고맙네."

그들이 편지를 펼치기 전에 이만 집을 나서려고 하는데, 갑자기 주희의 아버지가 그를 잡아 세웠다.

"그… 이제 그만 주희를 잊고 자네 인생을 살아줬으면 좋겠네."

"…네?"

주희가 자신에게 남긴 말과 비슷한 말이었다.

"어찌어찌해서 자네 친구들에게 자네가 주희 일 때문에 많은 고통을 받고 있다고 들었네. 죽은 사람은 이만 떠나보내고, 산 사람은 다시 자신의 인생을 살아가야 하지 않겠나? 나는 자네가 주희에게 좋은 추억을 주었고, 그 기억을 잊지 않는 것만으로도 고마울 따름이야."

주희의 아버지의 눈에는 눈물이 맺혀 있었지만, 지성은 그것을 애써 의식하지 않으려 했다.

"예……. 그동안 감사했습니다."

말은 그렇게 하였지만, 지성은 주희가 절대로 잊혀질 것 같지가 않았다.

주희의 집을 나선 지성은, 갑작스럽게 걸려온 전화를 받았다.

"예, 교수님"

정형외과 교수의 전화였다.

"큰일 났네. 병원 근처 진행 중이던 30층짜리 고층 빌딩 건설 현장에서 폭발 사고가 일어나 부상자들이 셀 수 없이 많네. 위급 환자도 있어. 와서 수술은 됐고 환자들 상태 파악이나 해 주게. 오죽하면 자네에게까지 전화했겠나?"

교수는 일방적으로 전화를 끊어 버렸다. 그러나 지성은 개의치 않고 바로 병원으로 향하였다.

"3번 환자, 위급합니다!"

"기다리게. 13번 환자도 안정되려면 시간이 필요해."

"다른 집도 가능한 의사, 아니 레지던트라도 없나?"

"지금은 아무도 없습니다. 상황이 위급해서 모두 집도 중이에요. 심지어 수술실이 부족해서 응급실에 임시 수술실을 만들 정도에요."

의사와 간호사들의 외침이 오가는 이곳, 이곳은 H대학병원의 한 수술실이다. 의사가 부족하여 상태가 아주 심각하지는 않은 환자 두 명을 한 전문의가 동시에 수술 집도하고 있는 상황이다.

"3번 환자 어레스트!"

"빨리 약물 주사하고 장비 준비해서 100줄부터 시작해!"

"선생님, 13번 환자 출혈이 심합니다!"

"알아! 거기 꽉 잡고 있으라니까 뭐하는 거야!"

"200줄 슛!"

"아직도 돌아오지 않습니다!"

"13번 환자 바이탈이 급격하게 떨어집니다!"

"…난장판이군."

갑자기 들려오는 낯선 목소리.

"김지성? 자네가 여기서 뭘 어쩌려고…!"

수술을 집도하고 있던 흉부외과 교수 박인석의 외침을 뒤로 하고,

"설명할 시간 없습니다. 300줄 준비해. 3번 환자는 제가 맡지요."

"너……. 일을 망치기만 해 봐. 내가 꼭 옷 벗기고 말겠어."

전혀 개의치 않는 듯 지성은 이미 환자에게 집중하고 있었다.

"숫!"

"성공입니다!"

"이 환자는 어떤 환자지?"

"폭발 현장 바로 근처에 있던 환자입니다. 갈비뼈가 내장을 찌른 듯합니다."

"혈액 준비해. 가슴을 연다. 메스."

….

"13번 환자, 수술 끝났습니다."

간호사의 말이 끝나기도 전에 먼저 집도하고 있던 흉부외과 전문의는 3번 환자를 수술하고 있는 김지성에게 달려갔다.

"비켜! 내가 집도한다."

"다 끝났습니다. 봉합 중이에요."

"너……. 무슨 꿍꿍이냐?"

"그럴 시간에 환자나 한명 더 보는 게 어떻습니까?"

"너, 다음에 보자."

박인석은 부들거리며 수술실을 나와 응급실로 달려갔다.

'훗… 겨우 이 정도 가지고 그렇게 호들갑이라니……. 곧 있으면 아주 까무러치겠군.'

피식 웃으며 수술을 마무리 짓는 김지성이었다.

"김지성, 돌아온 건가?"

환자를 보고 있던 최 교수가 다가왔다.

"예정보다 빨리 돌아왔지 말입니다. 앞으로 더 힘들어질 텐데 조금 더 쉬다 올걸 그랬습니다."

"하하하. 농담은 그만하게. 이번 사태를 피해를 최소화하고 막은 것은 자네의 도움이 컸네."

"과찬이십니다. 이제라도 맡은 바 열심히 해야죠."

"여기 응급 환자 한 명 더 있습니다. 흉부외과 아무도 없나요?"

갑자기 들려오는 목소리.

"지금 갑니다!"

바쁘게 달려가는 지성을 보며 최 교수는 슬며시 미소를 지었다.

'선배님, 선배님이 시킨 대로 했습니다. 이제 그곳에서 아내 분과 편히 쉬세요. 지성은 제가 돌보겠습니다.'

최 교수는 흡족한 표정을 지으며 돌아섰다.

비상

당신의 노력을 존중하라.
당신 자신을 존중하라.
자존감은 자제력을 낳는다.
이 둘을 모두 겸비하면, 진정한
힘을 갖게 된다.

– 클린트 이스트우드

성실히 자신의 본분에 임하겠다고 결심한 지성이었지만, 그의 앞에는 해결해야 할 과제들이 많이 남아 있었다.

가장 큰 문제는 병원에 그가 일을 대충 한다는 소문이 쫙 퍼져 환자들이 때때로 그의 수술을 거부한다는 것이었다. 그리고 그가 병원에서 중요한 위치를 차지한다면 밀려나게 될 흉부외과의 박인석을 주축으로 한 전문의들 역시 그를 달가워하지 않았고, 항상 그를 못 잡아먹어서 안달이었다.

특히 인석은 흉부외과의 교수로, 지성의 아버지의 별세 후 과장직을 맡고 있었다. 그는 그의 전부라고 자랑할 수 있을 만큼 H대학병원에 모든 것을 쏟아 부었다.

어린 시절 의사라는 꿈을 가진 뒤로 의대에 들어가기 위해 미친 듯이 공부했다. 남들보다 머리가 좋은 편이 아니었기 때문에 많은 것을 포기하며 학업에 열중해야 했던 그는 친구들끼리 영화 보러 갈 때에도, 학교에서 체육대회를 할 때에도 반에 혼자 남아 공부를 하는, 흔히 말해 범생이었다.

노력은 그를 배신하지 않았다. 그는 사람들이 꽤 잘 알아주는 H대학의 의예과에 들어갈 수 있었고, 존경할 만한 교수님께 많은 것을 배웠다.

모두들 예상했겠지만, 대학에서도 그는 많은 것을 대가로 공부했다. 남들이 흔히 말하는 캠퍼스 라이프도 제대로 즐기지 못했다.

하지만 이런 노력 끝에 대학과정을 무사히 마칠 수 있었고, H대학병원에서 인턴 생활을 하게 되었다.

찬란한 의사 생활이 시작되었다.

처음 몇 달간 그는 병원에서 꽤 잘 나갈 수 있었다. 지금까지의 노력으로 다른 인턴들보다 많은 지식을 쌓을 수 있었고, 실전에 나가자 그의 지식은 곧바로 빛을 볼 수 있었다.

인석은 자신이 계속 이렇게 노력하면 정말 훌륭한 의사가 될 수 있겠다 생각하며 이런 생활이 유지될 거라 예상했다. 아니, 그럴 거라 확신했다.

하지만 그런 확신이 깨지기까지는 많은 시간이 걸리지 않았다. 인석이 인턴 생활을 한지 거의 반년이 지났을 때였다.

그날은 특히 인석이 되고자 하던 흉부외과로 발령받아 나간 날이었다.

아침은 별다를 게 없는 하루였다. 인석은 자신이 맡은 바를 확실하게 해냈고, 또 한 번 흉부외과 교수인 현철에게 칭찬을 받고 기뻐했다. 문제는 오후에 일어났다.

병원 안까지 들릴 만큼 많은 수의 구급차가 출동하더니, 갑자기 많은 수의 환자가 들이닥치기 시작했다.

"뭐? 버스 충돌 사고가 발생했다고? 어디서?"

"××유치원 가는 길의 사거리에서 ××유치원 셔틀버스와 시내버스가 충돌했다고 합니다. 거기다 유치원 셔틀버스가 전복되고 난리도 아니었다는데…."

"이런 젠장. 이 많은 환자를 여기서 어떻게 다 수술해? 응급의학과는? 연락해봤어?"

"예. 방금 연락이 들어왔는데… 환자 수가 너무 많아 그쪽도 엄청 바쁜 상황이라고 합니다."

"하… 미치겠군. 일단 급한 대로 대기 중인 전문의들 어서 준비시켜. 그리고 오늘 당번 아닌 애들도 전부 전화해서 오라해!"

현철의 말이 끝나자마자 흉부외과는 일사불란하게 움직이기 시작했다.

다행히도 시내버스에 탑승했던 사람들 중 목숨이 위험할 만큼 크게 다친 사람은 많지 않았다.

하지만 문제는 시내버스가 아니었다. 전복되었던 XX유치원 셔틀버스에 타고 있던 어린아이들은 대부분이 심각한 상태처럼 보였다.

"환자 상황은 어떻지?"

"교통사고로 늑골이 부러진 것 같습니다."

"혈관라인 확보하고, 거기 인턴. 혈가스[7] 측정해. 상황이 상황이니만큼 우리가 심장뿐 아니라 다른 곳을 봐야할 수도 있으니 맘 단단히 먹고."

"넵!… 거기 포터블로[8] X레이 찍어주세요!"

"네."

인석은 바쁘게 혈액검사를 하고 전문의 선생님과 X레이 검사결과를 보았다.

"흠… 아무래도 왼쪽 늑골이 부러진 것 같네요."

---

7 혈가스 : 혈액 가스 분석. 동맥혈의 산소, 이산화탄소 농도, pH 등을 측정하는 검사
8 포터블 : 어디로든 이동시킬 수 있는 촬영장치

인석은 X레이 결과를 보며 전문의에게 말했다.

"그보다… 복부에 상당량 출혈이 일어난 것 같아."

그때였다.

"의식 레벨 저하! 혈압 낮아지고 맥박이 상승합니다! 쇼크 상태입니다!"

환자를 맡고 있던 간호사가 큰 소리로 말했다.

"인턴. 혈액검사 결과는?"

"혈가스 데이터를 보니 아시도시스[9]가 보입니다."

"젠장… 출혈성 쇼크로군. 바로 긴급 개흉 수술에 들어간다!"

"아… 이렇게 어린아이가…. 나도 얼른 수술 준비해서 전문의 선생님들을 보조해야겠다."

인석은 얼른 수술복을 입고 손 소독을 했다.

그때였다.

"아이고, 내 딸이… 내 딸 어디 있어!!"

"보호자분! 그 쪽으로 들어가시면 안 됩니다! 어서 이쪽으로 나오세요."

"의사 선생님…. 의사 선생님. 제발 저희 딸을 살려주세요. 제발… 아침에만 해도 그렇게 멀쩡했던 애가…."

이렇게 말하며 보호자는 울기 시작했다.

"아…예… 최선을 다해 수술하겠습니다."

인석은 자신이 수술할 환자의 보호자 때문에 갑자기 불안감에 사로잡혔다.

'내가 수술을 보조하다 실수하면 어떡하지? 나 때문에 이 가여운 애가

---

9 아시도시스 : 동맥혈이 비정상적으로 산성으로 기우는 상태

죽기라도 하면 어쩌지?'

"거기 인턴! 빨리 이쪽으로 와! 지금은 일손이 부족해서 전문의가 나하나밖에 없다. 이런 상황에서는 인턴인 너도 평소보다 할 일이 많을 거다. 잘 할 자신 있지? 수술 잘 해서 이 애를 꼭 살리도록 하자! 알겠지?"

"예… 옙!"

대답은 우렁차게 냈지만, 인석은 함께 수술할 전문의의 말에 더 불안하기 시작했다. 하지만 불안하다고 이 막중한 책임감을 벗어던질 수는 없는 것 아닌가. 이런 생각에 인석은 바로 수술대 옆에 섰고 수술이 시작되었다.

"쇼크로 혈압이 떨어졌으니까 어쩔 수 없이 펜타닐[10]을 써서 급속 도입[11]해야겠군."

"메스. 개흉하겠다."

개흉을 하자 혈압 저하로 인해 출혈이 더 심해졌다.

"이런. 인턴! 얼른 출혈부위를 찾아라!"

"…네? 넵!"

이런 긴급 상황이 처음인 인석은 어떻게 해야 하나 당황했지만 전문의의 발에 맞춰 따라가기 위해 노력했다.

"비장에 손상이 발견되었습니다! 어떻게 할까요?"

"뭘 어떻게 해? 얼른 적출해야지. 침착하고, 조심스럽게. 그리고 자동수혈기만 갖고선 속도에 못 맞추겠어. 수술 간호사분들. 아무 데나 연결

---

10 펜타닐 : 마약성 진통제 중 하나.
11 급속 도입 : 정맥마취약을 정맥주사해서 순간적으로 의식을 잃게 하고 근이완약 정맥주사 후 2~3분 사이에 삽관을 하는 것

해 막 수혈해 주세요!"

인석은 전문의의 침착하라는 말로 인해 불안감이 다시 되살아나기 시작했다.

'내가 만약에 실수라도 하면 어떡하지? 이 어린 아이가… 나 때문에 죽는 것인가? 아냐…. 이런 생각 하면 안 돼. 환자를 위해서라도 내가 긍정적으로 생각해야 돼!'

인석은 긍정적으로 생각하려 했지만 이런 불안감 때문에 집중력이 분산되었기 때문일까. 인석은 비장을 적출하려다가 실수로 그 옆에 있는 동맥혈을 찔러버리고 말았다.

"어어, 거기 조심해서 잡아라! 동맥혈을 찔렀어! 피가 넘치잖아! 조심하라고 했지! 놔둬, 내가 거긴 다시 봉합할 테니까. 얼른 비장부터 적출해!"

그때였다. 갑자기 인석의 손이 떨리기 시작했다.

'아… 나 때문에… 어떡해야 하지? 나 때문에… 나 때문에 이 어린 아이가 죽으려고 하고 있어. 내가 뭐라도 해야 돼.'

전문의는 인석이 찌른 혈관을 봉합하는 데 신경이 쏠려 인석의 떨린 손을 보지 못했고, 인석도 너무 긴급한 상황에 자신의 손이 떨린다는 것을 감지하지 못했다.

"인턴! 빨리 비장부터 적출해!"

"네… 네!"

인석은 비장을 적출하기 위해 얼른 손을 갖다 댔지만 인석의 떨린 손으로는 수술에 아무런 도움도 주지 못할 뿐이었다. 아니, 상황을 더욱 악화시킬 뿐이었다. 비장 쪽의 내장 벽에 손상을 입힌 것이다.

평소였다면 환자가 죽을 정도의 실수는 아니었지만, 현재 수술 중의 환자는 가뜩이나 어려서 체력도 약할 뿐 아니라 출혈 상태였기 때문에 이 실수를 만회할 길이 없었다.

인석은 그제야 자신의 손이 떨린다는 것을 알아챘다. 하지만 그 사실을 알았다고 해서 달라지는 일은 없었다. 자신의 실수로 인해서 이 어린 한 생명이 죽는 것이다.

"거기 인턴, 네가 전문의냐? 손이 떨리면 못하겠다고 말을 해야지. 왜 괜히 설치다가 일을 만들어! 젠장 손쓸 방도가 없잖아…."

결국 전문의는 환자의 사망을 선고했다.

"환자, 과다출혈로 사망. 사망시각 9시 37분."

잠시 수술실에서 고요한 적막만이 흘렀다.

"… 보호자 분께는 내가 알리겠네. 얼른 다른 수술 준비해. 인턴, 너는 오늘 더 이상의 수술이 불가능하겠다. 들어가 있어라."

"…네."

인석의 대답을 듣자마자 전문의는 나가서 보호자 분께 수술의 결과를 알렸다.

"죄송합니다. 저희는 최선을 다했지만… 따님을 살릴 수가 없었습니다."

인석은 자신 때문에 어린아이가 죽었다는 죄책감 때문이라도 보호자에게 죄송하다는 인사를 드리고 싶었다. 아니 드려야만 했다. 떨리는 손을 최대한 억누르며 보호자 앞에 섰다.

"죄송합니다. 성공할 수 있을 수술이었는데…."

"그게 무슨 말씀이십니까? 성공할 수 있을 수술이었다뇨? 무슨 실수라도 했다는 말씀이십니까?"

인석은 그제야 자신이 말을 실수했다는 것을 알았다.

"박인석! 들어가 있어!"

옆에 있던 전문의가 얼른 가라고 인석을 떠밀었다.

"얼른 말씀하세요! 성공할 수 있을 수술이었다니, 대체 안에서 무슨 일이 있었던 겁니까? 어? 지금 그 손은 뭡니까? 떨리고 있는 거 아닙니까?"

상황이 심해지자 인석은 떨리는 손을 억누를 수 없었고 자신의 떨리는 손을 보호자에게 보이고 말았다.

"너 때문에… 우리 딸이! 너 때문에! 너 따위 돌팔이 의사의 빌어먹을 이 손 때문에! 네 손만 아니었어도, 네 손만 아니었어도! 내 딸 살려내! 내 딸 살려내라고…."

죽은 아이의 보호자는 이런 말을 쏟아내며 결국 오열하고 말았다.

*

그 후 며칠이 지났다. 그 보호자에게는 인석은 간단한 수술 보조만을 했고 아이의 죽음이 너무 안타까운 나머지 수술의 실패를 자신들의 능력 부족으로 여겨 그런 말을 했다는 식으로 둘러대서 그 일은 간신히 무마시킬 수 있었다.

하지만 그 이후로 인석은 어떤 수술실에 들어가든지 손이 조금씩 떨렸다. 다른 수술 시에는 그 정도가 덜했지만 자신이 실수를 한 수술인 폐수술을 할 때에는 수술이 불가능할 정도로 손을 떨었다.

"환자분께서 지금 앓는 수전증은 정신적인 문제로 보입니다. 지금은 어떻게 손쓸 방법이 없습니다. 그때의 정신적인 스트레스를 이겨내는 길 뿐이죠. 환자 분의 의지가 중요합니다."

고민 끝에 신경외과를 찾아간 인석에게 의사는 이렇게 말을 했다.

'그래, 나 때문에 죽은 환자가 한 명이라면, 나 때문에 산 환자가 백 명쯤 되어야 그래도 의사짓 제대로 했다고 할 만하다는 말도 있잖아? 지금부터라도 정말 정신 차리고 열심히 하자!'

그 후 인석은 정말 열심히 노력하고 또 노력해서 다른 수술에서는 거의 손을 안 떨 수 있게 되었다. 하지만 폐 수술을 할 때만은 손 떨리는 걸 멈출 수 없었다. 수술을 할 때마다 그 여자아이의 얼굴이 계속 인석의 머리에 맴돌았다.

"떠는 손으로 계속 환자에게 문제를 만들 순 없지 않나? 그럴 거면 의사 생활을 그만두게."

인석은 다른 전문의들에게 이런 말까지 들었다.

인석은 그 후로 폐 수술은 의도적으로 피하게 되었고, 그에 대한 열등감까지 가지게 되었다. 다행히도 다른 수술에서는 아직까지 아무런 문제도 일으키지 않았고, 그 또한 능력 있는 의사였기에 병원 측에서는 이 사실을 모른 척해 주고 있었다. 그렇게 엄청난 노력으로 흉부외과의 교수직까지 맡게 되었다. 버리기에는 너무 아까웠던 인재였던 것이다.

*

물론 처음부터 인석이 지성을 싫어하는 것은 아니었다. 지성이 흉부외과 교수였던 김현철의 아들이라는 것을 몰랐을 때에는 지성을 그저 보통의 전문의로 보고 있었다.

그런데 지성이가 H병원에 들어온 지 며칠이나 되었을까. 인석이 병원

식당에서 혼자 밥을 먹고 있었다.

"혹시 그거 들었어?"

"뭔데?"

인석의 뒤에서 간호사들이 밥을 먹으며 수다를 떨고 있었다.

"어제 우리 병원으로 들어온 김지성 선생님 있잖아."

"아, 그 잘생긴 분 말이지? 이번에 들어온."

"응. 근데 그 분이 김현철 교수님의 아들이래. 이번 김현철 교수님 장례식 때 내가 아는 간호사 몇 명이 거기서 봤는데, 확실하대."

"헐 진짜? 대박. 그럼 실력도 엄청나겠네? 아 맞다. 너 흉부외과 쪽에서 일하지? 어때?"

그러자 다른 간호사가 말했다.

"말도 마. 우리 쪽에선 이미 김지성 의사가 김현철 교수님 아들이라고 소문 쫙 퍼져서 기대 많이 했는데, 수술에선 완전 건성이야. 그냥 수술을 할 의지가 없는 것 같아."

"진짜? 헐. 그냥 낙하산인가?"

"모르겠는데, 내가 보기에는 그런 듯해. 그게 아니면 어떻게 우리 병원에 쉽게 들어왔겠어. 저렇게 의지도 없는데."

인석은 이런 간호사들의 뒷담을 듣고 지성을 싫어하게 되었다. 자신의 귀에까지 지성이 김현철 교수의 아들이라는 소문이 퍼지진 않았었지만 간호사들의 말을 듣고 지성이 낙하산이라고 믿게 되었다. 또한 간호사들의 말을 들어보면 지성은 실력은 없지만 단순히 김현철 교수님의 아들이라는 것 하나로 H대학병원으로 온 것 같았다. 자신의 오랜 경험상 그런 부류의 인간은 조금이라도 틈을 보인다면 자신의 자리까지도 먹어치우려고 하는 인간들뿐이라고 생각했다.

이런 박인석을 주축으로 한 전문의들 때문에 지성이 병원에서 할 수 있는 일은 몇 없었고, 그나마 의사가 부족할 때 가끔 수술을 할 수 있었다. 다행인 것은 지성과 함께 수술을 하는 레지던트들과 간호사들은 그의 변화를 눈치채고 그를 신뢰하기 시작했다는 것이다.

"선생님 많이 힘드시죠? 이거 드세요."

그가 평소에 차별을 많이 당한다는 것을 알고 있는 레지던트들은 가끔씩 그를 챙겼고 그는 그들의 그런 호의에 고마워했다.

하루하루 달라진 자신으로 병원 사람들에게 신뢰를 심어주기 위해 지성은 정말 열심히 일하고 또 일했다. 그러던 중 병원에서 간호사들을 추가한다고 했다. 지성이 일하던 흉부외과도 간호사들이 몇 명 추가되었다.

톡톡.

간호사가 추가된 날 누군가가 지성의 등을 쳤다.

'누구지?'

이런 생각을 하며 지성은 등을 돌렸다.

생각지도 못했던 이름이 명찰에 쓰여 있었다.

서정효.

"어? 정효야!!"

"헤헤. 오빠 놀랐지? 내가 깜짝 놀랄 일이 있을 거라 했잖아. 헤헤."

"그게 이거였어? 말을 하지 그랬어. 진짜로 깜짝 놀랐잖아."

지성은 오랜만에 활짝 웃을 수 있었다.

"에이, 미리 말하면 재미가 없지. 오빠, 다른 간호사 선배들이 말하는 거 들어보니까 처음에는 완전 의욕 없이 일했다면서?"

"걱정하지 마. 이젠 안 그러니까. 그냥 그때는 좀… 힘들었을 뿐이야."

"으휴, 내가 그걸 모르겠어? 요즘은 다시 정신 차리고 열심히 일하고 있다는 것도 들었어. 오빠. 언젠간 다른 사람들도 오빠가 열심히 하고 있다는 것을 알아 줄 거야. 그러니까 힘내!"

"고맙다. 정효야."

지성은 진심으로 자신을 걱정해주고 응원해주는 정효가 정말로 고마웠다. 그러나 주희가 죽은 이후로 여자에 대한 경계가 부쩍 심해진 지성에게 정효의 호의가 약간 부담스럽기도 하였다.

그렇게 많은 나날이 지나갔다. 지성은 하루하루 노력하며 의사로서의 실력을 키워갔다. 병원 내에서는 지성의 실력이 정말 놀랍다는 소문이 퍼져갔고, 그럴수록 인석은 더더욱 지성을 질투하고 싫어하게 되었다.

그러던 어느 날, 중앙선을 넘어온 대형 버스가 다른 관광버스와 충돌하여 수많은 부상자들이 발생했다. 바로 병원에 수많은 환자들이 실려 왔다.

다행히 대부분의 부상자들의 부상 정도는 경미하였지만, 관광버스 운전사의 상태가 매우 위급하여 오랜 시간 동안 대수술이 필요한 상황이었다.

병원은 그 수술에 지성과 박인석 두 명의 흉부외과 전문의를 배치하였다. 평소에 지성을 챙겨 주던 레지던트 두어 명과 정효도 그 수술에 참여하였다.

오랜 시간이 걸릴 것으로 예상되는 대수술인 만큼 사이가 좋지 않은 지성과 인석도 묵묵히 수술에 집중하였다.

그러던 중이었다.

리트랙터[12]를 이용해 수술 부위의 시야 확보를 하고 있던 박인석의 손이 순간적으로 떨리더니 도구를 놓치고 말았다.

한창 수술 중이던 지성은 순간적으로 시야가 확보되지 않아 이상한 곳을 찔러버렸고, 환자의 맥박이 급격하게 떨어지기 시작했다.

"지금 뭐 하시는 겁니까?!"

지성이 소리쳤다.

"지금 자네가 찔렀지 않나?"

인석 또한 지지 않고 맞섰다.

"교수님이 리트랙터를 놓치지 않으셨습니까? 다음에 이야기하죠."

지성은 대꾸하기도 지친다는 듯이 말하며 상처 난 부위를 처리하려고 하였으나, 피가 너무 많이 나오고 있었다.

"서 간호사, 석션으로 일단 혈액 빨아 들여."

박인석이 간호사에게 지시했다.

"안 됩니다. 지금도 이미 혈액이 부족한데 여기서 석션으로 혈액을 빨아들이면 환자 상태가 더 위급하게 되요. 먼저 봉합을 해야 합니다."

지성이 간호사를 제지하며 맞섰다.

"지금 이 상태로 어떻게 봉합을 하려는 건가? 시야 확보가 안 되잖아!"

"서 간호사, 거기 양쪽 혈관을 묶어 둬. 혈관을 연결하겠다."

"그게 어디 쉬운…."

"일단 한번 해 봅시다."

인석이 반박하려 하였으나 지성은 그의 말을 잘랐고, 성공적으로 위급한 부위를 처리하였고, 이 기세를 몰아 다른 위급한 부위들도 거의 마무리시켰다.

---

12 리트랙터 : 수술 부위의 시야 확보를 돕는 도구

그때였다. 간호사의 외침이 들려왔다.

"환자 바이탈이 떨어집니다! 아까 봉합했던 부분이 터진 것 같습니다."

"거 봐 내가 뭐랬나! 그렇게 하면 안 된다고 했지 않나?"

박인석이 비웃으며 말했다.

"간호사, 석션 준비해."

박인석이 간호사에게 지시하였다.

"안 돼요. 환자 상태가 불안정하여 터진 것 뿐입니다. 다시 봉합하면 돼요!"

"아니, 이번엔 내 지시대로 한다. 만일 봉합한다 해도 지금 환자 상태로는 버티지 못하고 계속 터질 뿐이야. 그렇게 되면 환자의 상태는 매우 위험해질 거다."

지성의 만류에도 인석은 간호사에게 지시하여 석션으로 혈액을 빨아들였다.

그러나 어느 순간, 갑자기 기계가 삐삐거리며 위급한 상황을 알렸다. 환자에게 혈액이 부족해진 것이다. 박인석은 당황하기 시작하였다.

"내가 뭐랬습니까! 서 간호사, 혈액 준비해 줘."

김지성이 간호사에게 말했다.

"환자가 Rh 음성이라 비축된 혈액이 없어요. 추가로 구해 와야 하는데…"

"최대한 빨리 다른 병원에 알아보고, 거기 인턴은 우리 병원에서 혹시 Rh- 수혈 가능한지 알아 봐!"

다급해진 박인석이 소리쳤다.

환자의 혈압은 점점 떨어지고 있었다. 시간이 별로 없었고, 혈액이 오기 전까지는 섣불리 건들었다가 더 위험해질 수도 있기 때문에 최대한 출혈을 막아보려고 노력할 뿐 누구 하나 쉽게 나서지 못했다.

——삐——

결국 환자의 심정지를 알리는 기계음이 울렸다.

"제길, 얼른 약물 주사해!"

흉부가 개복되어 있는 상태라 심폐소생술을 할 수는 없어 지성은 심장에 전기 충격을 주었다.

"200줄 차지, 슛!"

변화가 없었다.

"제길, 200줄 다시!"

역시 변화가 없었다.

수술실에는 삐이이 하는 기계음과 함께 정적이 흘렀다.

"제길!"

지성은 화가 났다. 만일 석션으로 혈액을 빨아들이지 않고 다시 한 번 자신이 봉합했더라면 이런 최악의 상황은 일어나지 않았을지도 몰랐다.

"교수님의 고집 때문에 이렇게 되고 말았습니다. 이제 어쩌실 겁니까?"

지성의 일침에,

"뭐 인마? 니가 실력이 있어서 우리 병원에 온 줄 아나본데, 너희 아버지 덕에 니가 지금 나랑 같은 자리에 서 있는 거야. 하기야 뭐 너네 아버지도 병원장 인맥으로 들어온 건데 너가 실력이 있을 리 없지."

인석은 지성을 향한 질투가 도를 넘어 지성을 비웃으며 말했다.

아버지를 모욕하는 것을 참을 수 없었던 지성은 이성의 끈을 놓치고 말았다.

"방금 뭐라 했어. 이 새끼야."

"지금 뭐하시는 거예요!"

지성이 인석의 멱살을 잡는 순간 뒤늦게 혈액을 가져온 정효가 큰 소리로 소리를 질렀다. 정효의 눈에는 눈물이 맺혀 있었다.

다음 날, 박인석과 김지성은 수술에 제대로 집중하지 않았다는 이유로 징계 처분을 받았다. 박인석은 전에 징계를 받은 적이 없었기에 경고 차원에서 1주일간 병원 자체에서 근신 처분을 받았지만 김지성은 이미 병원에서 사소한 문제를 많이 일으켰었기에 1개월 의사 자격정지 처분을 받았다.

"오빠, 내가 석션만 안 했어도…."

정효가 눈에 눈물이 맺힌 채 다가왔다.

"네 잘못이 아니니 걱정할 것 없어. 오더를 받은 것뿐이잖아?"

"그래도…."

"걱정 마. 나 없는 동안 병원이나 잘 지키고 있어."

걱정스러운 표정으로 쳐다보는 정효를 뒤로 하고 지성은 착잡한 마음을 숨기려는 듯 황급히 병원을 나섰다.

집에서 쉬던 중 인수인계로 인해 퇴근 시간 무렵 병원장의 호출을 받은 지성은 잠시 병원에 들렀다.

"자네가 어쩔 수 없었다는 것은 알지만 물증이 없는 것을 어떻게 하나? 마음 추스르며 조금 쉬다 오게."

병원을 다시 나서는 지성의 귀에 병원장의 마지막 말 한마디가 맴돌았다.

그런데 밖에는 그와 함께 수술을 했던 레지던트들과 간호사 정효가 사복을 입고 서 있었다.

"어, 너희들 왜 이 시간에 여기 있어?"

"지금 퇴근 시간이잖아요. 선생님 힘드실까 봐 저희가 위로해 드리려고요."

"짜식들… 의리 있네?"

순진하게 말하며 웃는 정효와 레지던트들을 보며 지성은 가슴이 뭉클해졌다.

"그래, 오늘 저녁은 내가 쏜다! 다들 따라와!"

"와아아!"

"그런데, 박인석 교수님 말이야. 수전증 있으시다며?"

"그래. 그래서 유독 까다롭게 구는 거지. 괜히 자격지심 있으니까."

지성은 저 쪽에서 레지던트들이 속닥대는 소리를 들었다.

"그게 사실이야?"

"네. 어제도 봤잖아요? 갑자기 손 떠는 거. 저희가 쉬쉬하고 있어서 그렇지 어제 그 사실 밝혀지면 옷 벗는 거죠. 유족들이 의료사고라고 우기면 저희는 할 말이 없는 거니까요."

레지던트가 속삭이며 말했다.

지성은 자신을 향한 인석의 질투가 왜 그토록 심했는지 조금은 이해할 수 있을 것 같았고, 지금껏 쌓여 왔던 그에 대한 분노가 조금 누그러졌다.

"뭐야. 여기까지 나와서 병원 이야기야? 좀 다른 이야기 좀 하자!"

한 레지던트가 술에 취해 말했다. 그때, 누군가가 지성에게 물었다.

"선생님, 여자 친구 있으세요?"

순간적으로 주희의 얼굴이 떠올라 당황한 지성은 대충 얼버무렸다.

"음… 지금은 없어."

"그럼… 정효 어때요? 우리 정효 이쁘지 않아요? 얘 병원에서 인기 완전 많아요!"

레지던트 하나의 갑작스러운 질문으로 인해 술자리는 더욱 시끌벅적해졌다.

"선생님이랑 잘 어울리는데?"

"그래 괜찮은데?"

"맞아, 대화하는 거 들어보니까 둘이 아는 사이 같던데?"

괜히 레지던트들이 분위기를 띄우자 지성은 얼굴이 새빨개졌다.

"에이, 선생님들 하지 마세요…."

정효도 당황했는지 얼굴이 약간 빨개졌다.

"그래, 정효는 나보다 멋진 남자 만나야지?"

하며 지성은 대충 얼버무렸다.

그러나 그 순간 지성은 지금까지 자기가 정효의 미모를 모른 채 하고 있었다는 것을 알게 되었다. 확실히 지성이 보기에도 정효는 얼굴도 예쁘고 성격도 좋았다. 객관적으로 보아도 정효는 예뻤고, 성격도 적극적이고 활기찼다. 정효의 눈은 동그라니 예뻤고 정효의 코는 동양인답지 않게 오뚝 서 있었다. 그녀의 입술에는 매력이 넘쳐났고 작은 키와는 다르게 매사에 적극적이고 당당한 태도가 그녀를 병원 내 인기순위 1, 2위로 만들었다는 것을 알고 있었다. 그러나 그녀에게 은근히 호감이 가는 자신을 보며 지성의 마음속에는 한편으로는 왠지 모를 죄책감이 들기도 하였다.

술자리가 끝나고 모두와 헤어진 후 지성은 집으로 향했다. 술을 꽤 많이 마셨지만 정효가 부축을 해줘서 집으로 안전하게 돌아올 수 있었다. 비록 징계를 받은 상태였지만 전에 휴가를 받아 집으로 향했던 때보다 훨씬 마음이 홀가분했다.

지성은 집으로 와 컴퓨터를 켜서 주희와 함께 했던 사진들을 보며 추억에 잠겼다. 최근 들어 지성은 힘들 때마다 퇴근 후 주희와 찍은 사진들을 바라보곤 했었다.

'너는 너를 잊으라고 했지만, 나는 아직 준비가 안 된 것 같아. 아직도 너의 사진만 보면 이렇게 좋고, 또 가슴 한편이 아파오면서 네가 그리워지거든. 나… 이대로 살아갈 수나 있을까?'

지성은 밤새 계속해서 주희의 사진을 보았다.

띵동.

초인종이 아침의 적막한 고요를 깼다.

어젯밤 내내 컴퓨터를 하다가 그만 그대로 잠들어버린 지성은 비몽사몽 일어나 헛소리를 했다.

"주히이윙이이…무시이어니…저응효…자오이히아….”

띵동, 띵동.

"오빠 안에 없어?"

지성은 사람의 목소리가 들리자 정신을 차리려고 노력하며 대답했다.

"아니요. 저 보험 안 들어요."

"어 오빠 있네. 오빠, 나 정효야."

그것은 바로 정효의 목소리였다.

"어. 정효야. 웬일이야?"

"오빠, 어제 너무 과음해서 집에 잘 들어갔는지 걱정돼서 와봤지. 어제 전화 몇 통이나 걸었는데 하나도 안 받아서 걱정돼서 찾아와 봤어."

그녀의 말 그대로 그의 핸드폰에는 4통의 부재중 전화가 있었다.

"오빠, 잘 들어간 것 같으니 나는 이만 가 볼게."

지성은 정효의 마음에 감동을 받은 동시에 이대로 정효를 집에 돌아가도록 하는 것은 도리가 아니라고 생각했다. 하지만 정효를 붙잡았다간 정효에게 괜한 오해를 살 것 같아 어떻게 해야 할지 고민하고 있었다. 그 순간 이었다.

지성은 어제 과음을 한 탓인지 머리가 어지러워 발을 헛디뎠다. 방금까진 막 일어나서 머리가 아픈 걸 잘 느끼지 못했나 보다.

"어머, 오빠, 몸이 많이 안 좋은 것 같은데 내가 좀 도와줄게."

정효의 말에 지성은 어쩔 수 없이 정효를 집으로 들였다.

지성은 정효를 집 안으로 들이고 주섬주섬 집 정리를 하기 시작했다.

"좀 더럽지만 여기 앉아."

그의 말대로 그의 집은 폭탄을 맞은 듯이 더러웠다.

"우와… 집 진짜 더럽다. 오빠 나도 도와줄게….'

"아니 괜찮아. 여기 앉아 있…우웩."

지성이 헛구역질을 하였고, 정효는 걱정스러운 눈빛으로 쳐다보았다.

"아니야. 오빠 내가 꿀물 타올 테니까 그거 좀 마시고 좀 쉬고 있어. 난 술이 세서 숙취 그런 거 없거든. 헤헤."

몇 분 뒤 정효는 시원한 꿀물을 타서 지성에게 가져다주었다.

"오빠, 내가 치울게. 여기 앉아 있어."

지성은 마지못해 자리에 앉아서 정효가 정리를 하는 것을 지켜보았다.

"오빠, 이것들은 어떡할까? 색도 바라고 녹도 슬고 한 것 같은데? 버려야겠다."

정효가 이렇게 말하며 한쪽에 놓아둔 주희와의 추억이 잔뜩 담긴 물건을 버리려 했다.

"아니, 그것들은 내가 나중에 정리할게."

"그래도… 이렇게 해지고 더러워 보이는데…."

"아니 거기에는 말이야 좀 사연이 있어서…."

"응. 알았어."

그 물건이 주희와의 추억이 담긴 물건이란 것을 알 리가 없는 정효였기에 지성은 말을 얼버무리며 자신이 정리한다고 둘러댔다.

그렇게 1시간정도에 걸친 청소가 끝난 후에 지성과 정효는 탁자에 둘러앉았다. 숙취 때문에 그런 것이었는지 의지할 사람을 찾아서 그런 것인 줄은 몰랐지만 지성은 주희와의 자신의 구체적인 과거 이야기를 정효에게 털어놓기 시작했다.

"정효야, 아까 내가 치우지 말라고 했던 물건들 있지? 내가 사연이 있다고 했잖아. 사실은 말이지…."

정효는 주희와 지성이에 대해서 어느 정도는 알고 있었지만 이렇게 구체적인 이야기는 듣지 못했었다. 지성의 이야기를 듣고 처음에는 놀랍고 당황스럽기도 했지만 그가 자신이 생각했던 것보다 작고 여린 사람이라는 것을 알고 그를 위로했다.

"괜찮아. 오빠… 다 잘 될 거야."

지성은 정효에게 자신의 과거 이야기를 털어놓으면서 왠지 모르게 마음이 편안해짐을 느꼈다. 이런 말을 하고 있었던 지성 또한 정효에게 아무에게도 털어놓지 않았던 일을 털어놓으면서 모종의 해방감 같은 편안함을 느끼고 있었던 것이었다.

"…그렇게 된 일이야. 내가 주책이었나. 너무 길게 말한 것 같아서 미안하네."

지성은 이 말을 하고 주희, 어머니, 아버지… 에 대한 생각으로 머리가 혼탁해지기 시작했다.

"아니야. 오빠. 나도 오빠에 대해서 더 많이 안 것 같아서 좋았어."

정효는 이 말을 하면서 지성의 눈을 쳐다봤는데 그의 눈은 말 그대로 번뇌에 사로잡힌 중생과 같이 엄청난 고민을 가진고 있는 것처럼 보였다. 정효는 지성의 기분을 풀어주기 위해서 무슨 말을 할지 고민하다가 용기를 내어 말했다.

"오빠, 우리 산책이나 할까?"

지성은 잠깐 고민했지만 얼마 전에 이 근처에 동물원이 새로 생긴 것을 기억했다.

"그러면 이 근처에 새로 동물원이 생겼던데 거기나 갈까?"

"그러자! 재밌겠다. 헤헤."

지성과 정효는 얼마 전에 새로 생긴 동물원에 갔다. 그러나 사실 지성은 떠오른 과거 생각 때문에 머리가 복잡하였고, 동물을 구경할 기분이 아니었다. 단지 이런 자신을 위해 분위기를 바꾸러 산책이나 가자는 정효의 호의를 거절할 수 없어 같이 따라온 것뿐이었다.

"오빠, 저기 봐. 호랑이야!"

"그래. 무섭네."

"오빠, 저기 펭귄 좀 봐봐. 완전 귀여워!"

"그러네, 귀엽네."

"오빠, 저기 봐봐. 대머리 독수리야."

"그러네. 대머리네."

계속되는 지성의 무신경한 대답.

"오빠, 저기 봐 봐. 외계인이야. 외계인! 완전신기하다!"

"그러네. 신기하네."

정효는 지성을 새침하게 쳐다본다.

"오빠, 대체 무슨 생각을 하고 있는 거야? 외계인이 어디 있어? 계속
그럴 거야?"

정효는 삐진 척을 하며 지성에게 말을 했다.

"오빠, 왜 이렇게 정신이 딴 데 가 있어? 어디 안 좋아?"

지성은 잠시 동안 말이 없다가 겨우 입을 열었다.

"미안, 오늘은 먼저 들어가 봐야 할 것 같아."

"몸이 안 좋아서 그래? 괜히 나 때문에 나온 거 아냐? 미안해 오빠….
좀 쉬어. 담에 또 찾아올게…."

떠나는 정효의 뒷모습을 보며 지성은 괜히 미안해졌다.

며칠 후 정효는 계속 우울해 있는 지성을 위로해 주기 위해 그의 집에
찾아갔다. 그러나 그는 잠시 외출한 상태였고 정효는 돌아갈까 잠시 고민

했지만 지성과 통화 후 지성의 집에서 그를 기다리기로 하였다.

"오빠, 나 정효인데, 지금 오빠 집 앞이거든? 잠깐 들어가 있어도 돼? 알았어. 빨리와~~."

띠리리링.

경쾌하게 문 열리는 소리가 들렸다. 정효는 저번에 지성과 병원 사람들과 술을 마시고 돌아올 때에 술에 취한 지성을 대신해서 지성의 집 문을 열어준 적이 있어 집 비밀번호를 알고 있었다.

분명 정효 자신이 치운 지 채 1주일도 지나지 않았을 터인데 지성의 집은 그의 마음과 같이 난장판이었다.

"그럼, 일단 청소를 하고 있어야지."

정효는 지성의 방을 구석구석 치우기 시작했다. 그러나 정효는 이 방에서 무언가 예전과는 다른 괴리감을 느꼈다. 그것이 무엇이었을까? 라고 생각하는 정효였지만 처음에 떠올리기는 어려웠다.

'뭐지… 뭔가 이상한데….'

그 순간 정효는 지성과 주희의 추억이 담겨 있는 물건이 보이지 않는다는 것을 깨달았다.

'응…? 어디 갔지…. 주희 언니에 대해서 아직 잊지 못한 것 같고 버리지도 않은 것 같은데….'

정효는 이 물건들이 어디 있는지 알 수는 없었지만 오늘 이 집에 찾아온 것은 그때문이 아니었기에 계속해서 청소를 했다. 화장실, 거실, 침실을 전부 청소하고 그녀가 옷장을 정리하고 있던 도중에 그녀는 무언가 문처럼 생긴 것을 옷장 옆에서 발견했다.

"이게 뭐지?"

정효는 의아함을 가지고 그 문을 열어보았다. 그 속에는 지성과 지성의 아버지의 사진, 지성의 어머니로 추정되는 사람의 사진, 그리고 예전에 그녀가 직접 보았던 주희의 물건이 거기에 전부 놓여 있었다. 들어가서 거기 있던 물건을 뒤적여 보던 정효는 서랍장 위에 놓여 있던 종이를 집어 들었다. 그것은 주희가 지성이에게 남겼던 편지였다.

편지의 군데군데에는 눈물 자국들이 가득했고, 그중 어떤 것은 생긴지 얼마 되지 않은 것 같았다. 전에 지성에게 주희의 이야기를 들은 정효였지만 이 편지를 보고 그가 이전에 가졌던 고통, 그리고 지금 그가 가지고 있는 고통을 그대로 느낄 수 있었다.

"오빠…."

정효는 많은 생각이 들었지만 더 이상 그 방에 있을 수는 없었다. 지성의 마음을 몰래 엿본다는 생각이 들었기 때문이다.

정효는 지성이 아직 이 상처들을 가슴에 떠안고 살아가고 있다는 것을 다시 한 번 느낄 수 있었다. 또한 그것이 얼마나 고통스러울지 상상도 되지 않았다.

잠시 후 지성이 돌아왔다. 그의 손에는 소주 몇 병이 든 비닐봉지가 들려 있었다.

"미안, 오래 기다렸지?"

"아니에요. 얼른 앉아요."

"우리 술이나 한잔 할까?"

지성은 자신이 가져온 소주가 든 봉지를 내보이며 말했다.

몇 분 동안, 둘은 말없이 술을 마시고 있었다.

평소에 술을 잘 못하던 지성이 먼저 취했다. 정효는 술에 취한 지성에게 말을 걸었다.

"오빠, 계속 마음 속에 상처를 혼자 떠안고 갈 거야?"

지성은 아무런 대답도 하지 않았다.

"오빠, 계속 그렇게 우울하게 있으면, 먼저 떠나신 오빠 부모님이나 주희 언니가 얼마나 슬퍼하겠어?"

"후… 그래도 잊혀지지가 않아…."

지성의 눈에는 눈물이 맺혀 있었다.

"나도 이제 그들을 보내주고 싶어. 그런데 그게 잘 안 되네…."

"그건 오빠가 바보같이 혼자서 상처를 다 끌어안으려고 하니까 그런 거야. 내가 도와줄게."

정효는 아무 말 없이 지성을 껴안았다. 그는 최근에 정효가 점점 좋아지고 있었으나, 자신의 정리되지 않은 머릿속 한편에서는 계속 그녀를 거부하고 있었다. 지성은 이런 모순된 상황에 혼란스러워 하는 중이었다. 그 순간이었다.

"오빠. 나랑 사귀자."

지성은 잘 못 들었나 자신의 귀를 의심했다.

"뭐라고?"

"사귀자고."

잠시 아무 말 없이 정효를 껴안고 있던 지성은 정효와 약간 떨어진 후 말하였다.

"…정효야."

"응?"

"네가 싫은 건 아니지만… 나는 아직… 마음의 준비가 안 된 것 같아. 미안해…."

"…."

"네가 싫은 게 아니야. 단지… 나에게는 이런 것을 받아들이기까지는 아직 시간이 필요할 뿐이야."

"그래…. 내가 오빠 사정 아는데도 너무 무리하게 말했나 봐…. 괜히 마음 뒤숭숭하게 해서 미안해…."

잠시 후 정효는 자신의 집으로 돌아갔고, 지성은 계속되는 정효의 적극적인 호의를 거절하는, 아니 거절할 수밖에 없는 자신의 처지를 자책하였다. 정효의 당돌함에 마음을 많이 뺏긴 그였지만 이제는 자신의 마음조차 제대로 알 수가 없었다.

"주희야. 나 어떻게 해야 돼?"

지성은 주희의 사진을 다시 들여다보며 하염없이 울었다.

다음 날 아침, 일어나 옷을 갈아입고 잠시 볼 일이 있어 밖에 나가려는데 정효에게서 전화가 걸려 왔다.

"오빠, 나 오늘 출근 늦을 것 같은데 데려다주면 안 돼?"

"응? 그… 그래. 데려다줄게."

지성은 정효의 활기찬 목소리를 듣고 안심이 되었지만 일부러 그러는 게 아닌가 싶어 미안한 마음이 앞섰다.

정효를 태우고 일상적인 이야기들을 하며 병원에 도착하였다. 정효가 내리려다가 그에게 뭔가 말을 하였다.

"오빠, 내가 너무 성급했던 것 같아…. 오빠 아직 힘든데 나만 생각한 것 같아…. 그래도… 난 포기 안 할 거야!"

말을 끝맺으며 갑자기 뛰쳐나가버리는 정효의 뒷모습만 하염없이 쳐다보고 있는 지성이었다.

그렇게 한 달이 흐르고, 지성의 병원 복귀일이 되었다.

지성이 병원에 복귀하자, 그를 따르던 레지던트들이 먼저 그를 맞았다.

"선생님, 어서 오세요! 저희가 선생님 자리 잘 지키고 있었어요."

"그래. 고맙다."

웃으며 인사하는데, 뒤쪽에서 박인석이 다가왔다.

"집에서 노는 것도 할 만하지?"

"네. 덕분에요."

가볍게 응수한 지성은 밀린 업무를 처리하려고 자신의 방으로 돌아갔다. 돌아가면서 지성은 자꾸 인석에 대한 연민이 솟아올랐다. 레지던트들과 밥 먹을 때 인석에 대한 이야기를 들은 후부터 인석에 대한 연민이 솟아오르는 것을 지성은 느낄 수 있었다.

"음… 이건 병원장님께서 결제하셔야 하는데?"

지성은 레지던트에게 병원장님의 결재를 맡아오라고 하였다.

잠시 후, 그 레지던트에게서 전화가 걸려왔다.

"선생님, 병원장님께서 쓰러져 계십니다! 그리고 이 층 전체에서 가스 냄새가…."

깜짝 놀란 지성은 정신이 번쩍 들었다.

"일단 병원장님 상태 확인하고 당장 응급실로 후송해. 다른 사람들도 위험할 수 있으니까 응급실에 상황 알리고!"

지성은 바로 전화를 끊고 상황실에 연락했다.

"병원장실이 2층인가? 거기 식당 있을 텐데, 조리실에 연락해서 당장 가스 사용 중단 시키세요. 가스가 유출된 것 같습니다."

연락하면서 지성은 서둘러 응급실로 발걸음을 옮겼다.

"병원장님!"

병원장이 누워 있었고, 그 옆에는 심부름을 보냈던 레지던트가 가벼운 상처를 입은 채 누워 있었다.

"병원장님 최근에 건강이 많이 안 좋으셨는데 가스 중독으로 쓰러지신 것 같습니다. 거기에 폭발로 인해 흉부에 파편이 박혔어요! 바로 수술이 필요합니다."

"파편 상태는? 심각한가?"

"파편이 여러 군데 박혔고, 평소에 병원장님 건강이 안 좋으셔서 빨리 조치를 취해야 할 것 같습니다."

"나 말고 지금 집도 가능한 의사 있나?"

"흉부외과 박인석 선생님 가능합니다."

"아… 그래. 일단 급하니까 어서 불러."

지성은 그와의 수술이 그리 내키지는 않았지만, 병원장의 목숨이 달린 급박한 상황이었기에, 이것저것 따질 상황이 아니었다.

'환자 상황이 많이 안 좋은데… 일단은 빨리 수술에 들어가야겠어.'

그때 박인석이 도착했다.

"무슨 일이야?"

"병원장님이 중상입니다. 수술 들어갈 준비하세요."

"자네는?"

"옆에서 돕지요. 교수님이 집도하세요."

"음… 그래."

박인석은 의외라는 듯이 지성을 쳐다봤다. 자기가 바로 수술에 들어갈 수도 있었는데 굳이 교수인 자신을 부른다는 것이 지성에게는 자존심을 버리는 일이라는 것을 인석도 잘 알고 있었기 때문이다. 위험한 수술이기 때문에 책임을 피하기 위해서 집도를 양보한다고 생각할 수도 있지만 병원장을 수술하는 것이기 때문에 성공한다면 실력을 입증할 수 있고, 인정하긴 싫지만 실제로 지성은 그 정도의 실력이 있었기에 인석은 의아해할 뿐이었다.

"메스."

인석이 수술을 시작하였다.

중요한 수술이었기에 인석은 긴장이 되었다. 또다시 손이 떨리는 불상사를 막기 위해 침착하게 수술을 이어갔다.

"혈액 준비해."

수술 중 환자의 혈액이 부족해지자, 지성이 지시하였다.

"저… 가스 폭발 현장 부근에 혈액 보관실이 있어서… 지금 당장은 혈액이 부족하다고 합니다."

"빨리 다른 병원에서 혈액 보충 받아 오라고 해! 그리고, 병원장님이 AB형이니 간호사든 레지던트든 지금 아무나 헌혈해서 오라고 연락해."

"하지만… 헌혈하고 나서도 혈액에 유해한 성분들이 있는지 검사를 해야 하는데요….”

“지금 그런 거 검사할 시간이 어디 있어? 일단 수술부터 성공해야지. 일단 어떻게 해서든지 AB형 혈액을 준비해!”

인석이 소리쳤고, 그로부터 몇 분 간 환자의 상태가 위급한 듯 했지만 곧 진정되었다. 그러나 그들은 혈액을 지원 받을 필요가 없다고 다시 연락하지 않았고, 이것이 어떤 결과를 불러올지 그들은 상상하지 못했다.

이윽고 수술 막바지에 이르러 인공 혈관을 연결하는 일만 남아 있었다. 인석은 침착하게 혈관을 집어 들었다.

툭.

순간 인석은 인공 혈관을 바라던 곳이 아닌 환자의 수술 부위 어딘가에 떨어뜨렸고, 그것을 다시 집으려 하였으나 자신의 손이 떨리고 있는 것을 본 인석은 지성에게 수술을 마무리하라고 시켰다.

“안 됩니다. 교수님께서 하십시오.”

“뭐?”

“이겨내셔야 합니다. 하실 수 있어요.”

“너 지금….”

“어서요.”

지성이 집도를 그에게 양도하였을 때부터 의아함을 가지고 있던 인석은, 그의 바뀐 태도에 놀랐다.

“너, 내 손 때문에 동정하는 거냐?”

“아니오. 이건 동정이 아닙니다. 저는 교수님께서 수전증을 이겨내셔야 한다고 생각합니다. 아니 이겨내셔야 합니다.”

사실 인석은 지성의 말이 맞다는 것을 알고 있었다. 자신의 수전증이 정신적 질환이기 때문에 이겨낼 수 있다는 것을 알고 있는 인석이었다.

인석은 어쩔 수 없이 다시 인공 혈관을 집어 들고 연결을 시작하였다.

그의 머릿속에서 그가 처음으로 환자를 살려내지 못한 인턴 시절의 어느 날과 현재가 겹쳐져 보이기 시작했다.

어어, 거기 조심해서 잡아라!

"조심하십시오."

지성이 말했다.

동맥혈을 찔렀어! 피가 넘치잖아! 조심하라고 했지!

거기 인턴, 네가 전문의냐? 손이 떨리면 못하겠다고 말을 해야지. 왜 괜히 설치다가 일을 만들어!

"교수님, 집중하십시오"

지성이 다시 한 번 말했다.

환자, 과다출혈로 사망. 사망시각 9시 37분.

"교수님!"

지성이 소리쳤다.

너 때문에… 우리 딸이! 너 때문에! 너 따위 돌팔이 의사의 빌어먹을 이 손 때문에!

가까스로 생각에서 벗어난 인석은 한쪽을 연결하는 데 성공하였다. 이제 반대쪽을 연결할 차례였다.

네 손만 아니었어도, 네 손만 아니었어도!

"후우…."
"교수님 괜찮으십니까? 힘드시다면 제가 하겠습니다."
"아니, 내가 한다."

환자분께서 지금 앓는 수전증은 정신적인 문제로 보입니다.

떠는 손으로 계속 환자에게 문제를 만들 순 없지 않나? 그럴 거면 의사 생활을 그만두게.

'아니, 나는 할 수 있어.'

마침내 그는 떨리는 손을 진정시키며 수술을 끝마칠 수 있었다. 수술이 끝난 후 그들 사이에는 형식적인
'수고 하셨습니다.'
따위의 말만이 오갔으나 인석은 자신이 지성에게 고마움을 느끼고 있다

는 것을 깨달았다.

수술실에서 나가려 하는 지성을 보고 인석은 말했다.

"옛날 외국에서 일하는 선배가 말씀해주셨는데. 그곳에서는 수술이 끝날 때마다 수술 집도 팀 멤버들끼리 악수를 나눈다는군. 오늘은 정말… 고마웠네."

그리고 인석은 곧바로 지성에게 손을 내밀었다.

지성은 인석의 반응을 보고 처음에는 적잖이 당황하였지만 곧 인석의 진심 어린 표정을 보고 악수에 응해 주었다.

"저야말로 교수님과 이런 성공적인 수술을 할 수 있어서 영광이었습니다."

이렇게 병원장님의 수술을 끝마치고 나가는데, 응급실 쪽도 거의 정리가 된 것 같았다. 한숨 돌린 지성은 잠시 휴식을 취했다.

'그러고 보니 정효가 어디 갔지?'

그때였다. 응급실로 한 통의 전화가 걸려 왔다. 혈액을 지원받으러 떠난 앰뷸런스 차량의 운전사였다.

"지금… 트럭과 충돌 사고가… 빨리…."

전화는 갑자기 끊겨 버렸고, 병원은 한순간에 아수라장이 되었다.

아까부터 정효가 보이지 않는다는 것을 의식하고 있던 지성이 정효가 위급한 상황에 빠졌다는 것을 알아차리는 데에는 얼마 걸리지 않았다.

얼마 지나지 않아 다른 앰뷸런스가 운전사와 간호사를 후송하여 왔다. 역시 그 간호사는 정효였다. 상태가 심각한 듯 보였다. 후에 말을 들어 보니 앰뷸런스의 측면과 트럭의 정면이 충돌하여 앰뷸런스가 몇 바퀴 굴렀다고 하였다.

"내가 수술을⋯."

지성이 말하려 했지만 방금 수술을 끝마치고 나와 지친 상태에서 정효에 대한 걱정에 머리가 어지러워 말이 제대로 나오지 않았고, 응급실이 매우 혼잡했기 때문에 그의 말은 묻혀 버렸다. 그가 할 수 있는 일은 수술실 앞에서 그녀가 무사하기를 기도하는 것뿐이었다.

'주희?

'주희야?'

'꿈속인가?'

지성은 어딘가에 서 있었다. 주변은 온통 하얀색이었다.

'저건⋯ 정효?'

정효는 무척 고통스러운 듯 신음하고 있었다.

지성은 그녀에게 다가가려고 하였으나, 무언가 알 수 없는 벽이 그와 그녀 사이를 가로막고 있었다.

"정효야! 나 여기 있어!"

소리조차 들리지 않는 듯하였다. 완전히 단절된 공간인 것 같았다.

자세히 보니 정효는 바닥 속으로 점점 가라앉고 있었다.

"안 돼! 누가 좀 도와줘요!"

그러나 아무런 일도 일어나지 않았고, 그녀는 더욱 고통스러워하며 바닥 속으로 사라지려 하고 있었다.

그때였다.

지성의 뒤에서 무언가 발소리가 났다.

그가 뒤돌아보자, 그곳에는 주희가 서 있었다.

"주희야!"

그녀는 아무 대답도 없었다. 어느덧 그녀는 지성을 지나쳐 투명한 벽 쪽으로 다가가고 있었다.

"주희야, 정말로… 정말로 보고 싶었어…."

갑자기 지성이 뒤에서 주희를 꼭 껴안았다.

"주희야…. 이제 나를 떠나지 마…. 두고 가지 마…."

지성은 흐느꼈고, 주희는 말없이 가만히 서 있었다. 그녀의 어깨가 떨리는 것을 지성은 느낄 수 있었다. 정효가 계속 허우적거리며 고통스러워하고 있는 것이 그에게 보였다.

갑자기 주희가 뒤돌아섰다. 그녀는 웃으려고 노력하였으나 그녀의 얼굴에 쓰인 슬픔을 감추지는 못하였다.

"지성아… 사랑해…. 영원히."

주희는 지성의 입술에 자신의 입술을 맞추었다. 잠시 후, 정신을 차린 지성은 주희가 없다는 것을 알아차렸다. 갑작스러운 재회에 위급한 상태의 정효를 순간 방치했다는 생각에 정효 쪽을 돌아본 정효는 주희가 정효의 손을 잡고 그녀를 끌어당기고 있는 것을 발견하였다.

갑자기 주희와 정효, 그 둘이 하나로 보였다.

"지성아…."

"지성아!"

그를 깨운 건 최 교수였다.

"저… 정효는요?"

"수술은 성공적으로 끝났어. 그런데 아직 의식 불명이라 좀 더 지켜봐야 할 것 같아."

최 교수의 말에 안도의 한숨을 내쉰 지성은 정효를 보러 중환자실로 올라갔다.

최 교수가 지성을 정효가 있는 방 앞까지 데려다 주었다.

"두 사람 잘 되기를 빈다."

입원실 문 앞에서 최 교수가 갑자기 지성에게 말을 했다.

"네?"

"너 그렇게 정효 걱정 많이 했으면서 내가 모를 것 같냐? 나도 눈치가 있지… 네가 조금 더 밝아진 것 같아서 흡족해하던 참이다."

"아니…."

지성이 반박해보려 했지만 최 교수는 이미 떠나고 없었다.

'내가 생각보다 정효를 많이 챙기고 있구나….'

비로소 그는 자기 마음을 깨달을 수 있었다. 모든 상황과 그의 태도는 한 가지만을 말해 주고 있었다. 다만 그 자신이 인정하지 않으려 했던 것 뿐이다. 그는 누워 있는 정효 앞으로 다가갔다.

"지금까지 나를 기다리느라 마음고생 많이 했지? 몰라줘서 미안해. 사실 나도 널… 사랑해."

"네가 나를 기다리겠다고 말했지? 이제 그럴 필요 없어. 그러니 얼른 깨어나. 이젠 내가 너를 기다릴게."

그녀는 여전히 반응이 없었지만, 지성은 그녀가 그의 말을 들었다고 확신하였다.

　그렇게 지성은 며칠 동안 시간이 날 때마다 그녀를 찾아갔고, 이런저런 이야기들을 하였다.

　어느 날이었다.

　"…그날, 사실 난 네 고백을 받고 기분이 너무 좋았어. 그런데 차마 사귀자고 말을 할 수 없었어. 너와 사귀기를 원했지만 아직 주희를 생각하고 있는 내 마음 때문에 네가 상처받을 것 같았어."

　그 순간이었다.

　"바보. 내가 얼마나 마음고생이 심했는지 알아?"

　희미한, 그러나 명랑한 정효의 목소리가 지성에게 들려왔다.

　지성은 바로 정효를 껴안았다.

　먼발치에서 최 교수가 그들을 흐뭇하게 바라보고 있었다.

Epilogue

"김 교수, 김지성 교수!"

"예. 병원장님?"

"왜 책상에서 졸고 있나?"

"아… 잠시 옛날 생각이 나서… 꿈까지 꾸고 있었네요….."

"하하…. 확실히 예전에는 자네가 이렇게까지 일을 잘 하는지 몰랐지. 교수가 될 줄은 꿈에도 몰랐고 말이야. 역시 핏줄은 못 속인다니까."

"그때 일은 부끄럽습니다. 꺼내지도 마십시오."

"그래. 과거는 잊고 지금 열심히만 하면 되지. 지나가던 길에 잠깐 들렀네. 그럼 앞으로도 열심히 해 주게."

"예. 안녕히 가십시오!"

아버지의 자리를 그대로 이어받아 김지성은 흉부외과 교수가 되었다. 박인석 교수는 노력 끝에 수전증이 거의 완치되었음에도 불구하고 자진해서 그에게 과장직을 넘겨 주었고, 둘은 이제 친한 선후배 사이가 되었다. 지성은 현재 병원에서 많은 신임을 받고 있다. 지성과 정효는 다음 달에 결혼을 약속한 사이가 되었다.

결혼 소식을 듣고 오랫동안 만나지 못했던 정태에게서 소식이 들려왔다. 대학교 때의 사건 이후 외과의사 생활을 하다가 심리상담 쪽으로 옮겨갔다고 한다. 그게 자신의 긍정적인 사고방식과 잘 어울린다면서 말이다. 그쪽 분야에서는 사투리 선생님이라고 하면 꽤나 유명하다고 한다.

정혁이와 인수도 각각 자신의 분야에서 많은 노력을 해서 지금은 전국적으로 이름 있는 의사가 되었다.

"교수님, 지금 환자가 한 번에 너무 많이 와서 교수님 도움이 필요할 것 같습니다!"

"지금 바로 가겠네. 수술 준비 해두게."

지성은 과거에도 그랬듯 지금도 환자 한 명 한 명을 살려내기 위해 최선을 다한다. 그리고 지성의 아버지처럼 자신의 운명을 다할 때까지 최선을 다할 것이다.

'엄마. 아빠. 엄마가 살려 냈고, 아빠가 키워 낸 그 아들이 지금 여기까지 왔어요. 저… 열심히 할게요. 지켜봐주세요.

그리고 주희야… 네가 못다 한 일들, 내가 모두 하고 있어. 교수가 되었고, 사람들을 위한 의사가 되려고 노력하고 있어. 이제 그만, 너를 보내주려고 해… 그동안 나에게 힘이 되어 줘서 고마워. 안녕.'

EMERGENCY

초판1쇄 찍은 날 | 2016년 5월 26일
초판1쇄 펴낸 날 | 2016년 5월 31일

지은이 | 김민성·문정주·민승헌·송종웅·양혜만·진도형
펴낸이 | 송광룡
펴낸곳 | 도서출판 심미안
등록 | 2003년 3월 13일 제05-01-0268호
주소 | 61489 광주광역시 동구 천변우로 487(학동) 2층
전화 | 062-651-6968
팩스 | 062-651-9690
전자우편 | munhakdle@hanmail.net
          simmian21@hanmail.net

값 12,000원
ISBN 978-89-6381-176-5 03810